dtv

Tanja Langer

Wir sehn uns wieder in der Ewigkeit

Die letzte Nacht von Henriette Vogel
und Heinrich von Kleist

Erzählung

Deutscher Taschenbuch Verlag

Von Tanja Langer
sind im Deutschen Taschenbuch Verlag erschienen:
Cap Esterel (13379)
Kleine Geschichte von der Frau, die nicht
treu sein konnte (13658)
Nächte am Rande der inneren Stadt (24659)

**Ausführliche Informationen über
unsere Autoren und Bücher
finden Sie auf unserer Website
www.dtv.de**

MIX
Papier aus verantwortungsvollen Quellen
FSC® C019821
FSC
www.fsc.org

Originalausgabe 2011
2. Auflage 2011
Deutscher Taschenbuch Verlag GmbH & Co. KG,
München

Umschlagkonzept: Balk & Brumshagen
Umschlagbild: ›Interior with Garden‹
von Carl Holsoe (1863–1935),
akg-images / Connaught Brown, London
Gesetzt aus der Sabon Antiqua 9,5/12,5
Satz: Fotosatz Amann, Aichstetten
Druck und Bindung: Druckerei C. H. Beck, Nördlingen
Gedruckt auf säurefreiem, chlorfrei gebleichtem Papier
Printed in Germany · ISBN 978-3-423-13981-6

I

In der letzten Nacht.

Seltsamer Gedanke, dass einer weiß, es ist die letzte Nacht seines Lebens.

Ich weiß nicht wirklich, was einer sich vorstellt, oder eine, jeder etwas anderes, jede, und beide gemeinsam. Heinrich und Henriette. Ich lebe in der Nähe von ihrer letzten Nacht, von dem Ort, an dem sie sich aufgehalten haben, dem Gasthof, den es nicht mehr gibt, den ich nicht mehr sehe, von dem ich nur wissen kann, weil ich etwas darüber gelesen habe. Ich fahre oft mit dem Fahrrad an dieser Stelle vorbei, am Ende der Brücke, die über die Verbindung zwischen dem Kleinen Wannsee und dem Großen Wannsee führt, Richtung Potsdam, und unter der Männer das ganze Jahr über angeln und unter der ich manchmal im Sommer hindurch rudere.

Ich lebe auch in der Nähe ihrer allerletzten Stunde, falls man so sagen kann, von ihrem allerletzten Ort, am Nachmittag, der auf diese letzte Nacht folgte, gegen sechzehn Uhr, am 21. November 1811, um genau zu sein, einem Donnerstag, an dem es zunächst überraschend mild war, sonnig und klar, bevor das Wetter zum Abend hin plötzlich umschwang, zum Winter hin, so wie es hier am Wasser nicht selten der Fall ist, eine solche Veränderung in wenigen Stunden. Eintausenddreihundertzwölf

Schritte sind es von mir zu der Stelle, an der damals eine Kiesgrube unter den Kiefern lag, am Kleinen Wannsee, mit dem Blick weit über den See hin, bis zur Kirchturmspitze von Kladow; ich sehe sie jedes Mal, wenn ich an ihr vorbeirudere; sie ist wiederum nur siebenhundertfünfzig Schritte entfernt vom »Neuen Krug«, auch »Gasthof Stimming« genannt, in dem Heinrich und Henriette die letzte Nacht ihres Lebens verbrachten und an dessen Stelle sich heute ein Yachthafen befindet.

Ich denke immer wieder an Heinrich von Kleist in dieser letzten Nacht seines Lebens, in der er seinerseits an viele andere Nächte denken mochte, vielleicht an die Nacht in Paris, in der er sein erstes Stück zerriss und fortrannte, oder vielleicht die Nächte im Gefängnis, in französischer Kriegsgefangenschaft, im *Fort de Joux*, im Jura, einer Gegend, durch die ich durch Zufall einmal gekommen bin, in der ich sogar selbst eine Nacht verbracht habe. Ganz in der Nähe, so las ich im Prospekt unseres Hotels, das wir sehr spät am Abend hinter Dôle, einer beeindruckenden Festungsstadt im lieblichen Tal des Flusses Doubs, gefunden hatten, habe der deutsche Dichter Henri de Kleist im Gefängnis gesessen und an seiner weltberühmten Tragödie geschrieben, in der die Amazonenkönigin Penthesilea ihren Geliebten zerfleischt, Achill.

In jener Nacht lag ich viele Stunden wach und sah aus dem Fenster des Hotelzimmers in den klaren, phantastischen Sternenhimmel hinaus und dachte an Heinrich von Kleist, in dessen Nähe in Berlin ich ja sozusagen lebe, und wie seltsam es war, ihn so überraschend an diesem Ort in einem Faltblatt für Touristen zu finden, und wie es ihm wohl in diesem Gefängnis ergangen sein mochte, und ich dachte an die letzte Nacht seines Lebens und das Nachdenken über das ganze Leben in einer einzigen, letzten Nacht. All das verschwand in einer tiefen Schicht meiner selbst, um Jahre später wieder aufzutauchen, Jahre, in denen ich durch weitere Zufälle noch andere Orte kennenlernte, an denen Kleist sich aufgehalten hat, bei seinem unermüdlichen Zickzack durch halb Europa, zu Fuß, zu Pferd und in der Kutsche, immer unterwegs zu neuen Lebensentwürfen, immer unterwegs auf der Suche, das Glück zu machen und einen Ort zum Schreiben zu finden, ob in Paris, Mainz, Berlin, Frankfurt an der Oder, der Stadt seiner Kindheit, oder Dresden, das er besonders liebte, oder Weimar, Prag und sogar Memel, das heute Klaipèda heißt und in Litauen liegt. Überall entdeckte ich etwas, das mit Heinrich von Kleist zu tun hatte, ein Museum, eine Gedenktafel, die Aufführung eines Theaterstücks, eine Ausstellung mit haitianischer Kunst oder das Kleid von Königin Luise im Heimatmuseum in Vilnius.

Vor allem aber zog es mich immer wieder hin zu diesen letzten Orten seines Lebens, diesen letzten Stunden, am Wannsee, nur wenige Minuten zu Fuß von meinem Zuhause entfernt. Mehr und mehr beschäftigte mich Henriette Vogel, die ihn begleitet hat, und, vielleicht weil dort dieses Nachdenken begonnen hat, seine Zeit im Gefängnis, im Fort de Joux, im Jura. Mich lockte das Doubstal, das im warmen Abendlicht jenes sehr heißen Sommertags so zauberisch wirkte, das helle Band des Wassers, mit den hingeduckten Bäumen und Büschen, weich und rund, in den verschiedensten Tönungen und Schattierungen von silbrigem bis gelblichem Grün.

Heinrich von Kleist hatte, wie ich später feststellte, nicht nur auf den sanften Doubs geblickt, sondern auch auf den wilden Gebirgsfluss Cluse, nur wenige Meilen weiter südöstlich, zur französisch-schweizerischen Grenze hin.

Er lag auch keineswegs im Bett, in seiner letzten Nacht. Er rannte vielmehr auf Strümpfen hin und her, schrieb Briefe oder redete mit sich selbst, und mit Henriette, die das Zimmer nebenan hatte, durch eine Zwischentür getrennt, die aber im Laufe der langen Nacht mehrmals geöffnet wurde oder offen stand.

Heinrich liegt nicht im Bett, im Gasthof Stimming an *der* Wannsee, wie man damals sagte, Heinrich schläft ohnehin eher am Vormittag, nach einer durchschriebenen Nacht, oder einer durchzechten.

Hin und her geht er im Zimmer, in der eine Kerze flackert, wieder und wieder rechnet er sich seine Möglichkeiten vor, das Wenn und Aber, das Für und Wider möglicher Projekte, die ihn noch am Leben halten könnten, doch eines nach dem anderen bedenkt er mit einem resoluten Schütteln des Kopfes. So wie er es sich vorgenommen hat. Kein Zurück mehr in die Potenzialität. Schluss mit dem Sich-selber-Hinhalten. Er riecht den See draußen, er hört das Wasser ans Ufer schwappen, erstaunlich für ein Binnengewässer, diese Unruhe, das Havelmeer hat schon für manchen Toten gesorgt, mit überraschend hohen Wellen, er spürt den Sog dieses Sees, dem er sich nicht anvertrauen würde, weil er keiner ist, der sich dem Wasser überlässt wie ein Fisch oder Frosch. Nicht wie Ernst, sein Freund, der an keinem Fluss vorüber konnte, ohne sich die Stiefel auszuziehen und sogar die Kleider, wenn das Wetter es nur halbwegs erlaubte, und hineinlief wie ein Kind, rufend und freudig, und der sich hineingab in die Wellen, ohne zu wissen, was da unter ihm los war, wie tief es da hinabging, wer da lebte, der einfach losschwamm, in kräftig ausholenden Zügen, und der später den Soldaten, wo auch immer sie ihm unterstellt waren, das Schwimmen beibrachte, an der Angel in einem Ring.

Heinrich registriert den Geruch des Sees wie alles andere, das ihn umgibt, ohne besonders darauf zu achten, er speichert es in seinem Körper, in irgendeiner nicht näher zu bezeichnenden unbewussten Region, er würde alles später zur Verfügung haben, wie immer, setzte er sich hin zum Schreiben, denn immer, wenn er schrieb, stellten sich die aufgenommenen Eindrücke von selber her, ganz ohne Nachdenken und Sich-erinnern-Müssen, einfach so, sie waren da, in ihm, abrufbar, sie schnellten in die Feder, die Gerüche von Menschen, die in Angst schwitzten oder sich freuten, von Tieren, die sich quälten oder gequält wurden, von Wiesen, die blühten und Blumen in fauligem Vasenwasser, die welkten. Die Gerüche wie die Geräusche, noch schärfer eigentlich die unbewusste Aufnahme von Geräuschen, spitzen, schrillen, schrägen, lieblichen, von Stimmen, der Stimme eines freundlich zögernden Mädchens etwa, oder der blechern tönenden eines fremden Befehls, vom lustvollen Aufstöhnen seiner selbst, wenn er an seinen Freund dachte, oder das grässliche Brummen, das ihm entfuhr ohne sein Zutun, wenn ihn in Gesellschaft so eine blöde Öde überkam oder er die anderen vergaß und mit sich selber disputierte. Das Geräusch, wenn er mit den Kiefern knirschte und es plötzlich wahrnahm. Oder eben das der knarrenden Dielen jetzt, über die er hin und her lief, auf Strümpfen, wie so oft. Er liebte seine Stiefel nicht, er zog sie aus, so oft er konnte, vielleicht, weil sie zu eng waren, vielleicht, weil sie zu ausgetreten waren und er kein Geld für neue hatte. Der Witz aber war, wie gesagt, dass er das Knarren der Dielen jetzt gar nicht so sehr bemerkte, erst später, wenn er es zum Schreiben bräuchte, wäre es da, abrufbar und überdeutlich – würde es denn jemals noch ein Schreiben geben! –, während jetzt, hier, in dieser Nacht, seine ganze Konzentration bei seinen Gedanken lag, bei den Sätzen, die wie wild gewordene Pferde in alle Richtungen sprangen und sich nicht zusammenhalten ließen und dann doch wieder in schönster Klarheit vor ihm standen: Ich werde sterben, welch ein Glück, ich werde morgen mit Henriette sterben.

Und er bleibt stehen, geht zu der Tür, die sein Zimmer von ihrem Zimmer trennt, er legt den heißen Kopf an das spröde Holz, er spürt seinen Schweiß, er achtet nicht auf ihn, er lauscht, schließt die Augen, Henriette, eine Welle von Glück und Zärtlichkeit durchströmt ihn, Stille – bewegt sie sich? Was tut sie? Er will nicht klopfen, er will nicht sprechen, er will sie nur ahnen, durch das Holz hindurch, und plötzlich nimmt er das Gerenne wieder auf, hopst sogar, freut sich, dass sie mit ihm sterben wird, dass sie sich ihm anvertraut hat, dass sie mit ihm dorthin geht, wohin ihm bisher keiner folgen wollte. Henriette, denkt er, sich aufrichtend, tief in den Brustkorb atmend –

Das Zimmer. Das einfache Bett, der Stuhl aus Weichholz, der kleine Tisch unter dem Fenster. Die Kutsche zum See, mit der Heinrich Henriette abgeholt hat, an der Ecke der Markgrafenstraße, heimlich, damit niemand sie in letzter Sekunde sieht und von ihrem Vorhaben abbringen kann. Henriette hat ihre Tochter Pauline bei einer Freundin untergebracht, wie schon zuvor ihrem Mann Louis hat sie gesagt, sie müsse zu einer Tante, die krank sei, kurzfristig, in Potsdam, und sie hat ihr Kind zum Abschied geküsst, so wie sie es immer tat. Von der Mauerstraße aus, in der Heinrich wohnt, ist er zu Fuß gekommen, es sind nur wenige Schritte, um sie vor ihrem Haus in der Markgrafenstraße abzuholen, wo auch die Kutsche wartete, die er bestellt hat. Sie waren aufgeregt und entschlossen zugleich, Heinrich und Henriette. Der Zweispänner passierte den Gendarmenmarkt mit dem Schauspielhaus, fuhr Unter den Linden weiter, über das Quarrée hinweg, mit der Sieburgschen Baumwollmanufaktur zur Linken, auf das Brandenburger Tor zu, durch das Napoleon eingeritten war und dessen Quadriga er hatte abbauen und nach Paris bringen lassen.

Zuerst hatte Henriette nicht aus dem Fenster sehen wollen, doch da Heinrich still und in sich gekehrt neben ihr saß, schob sie die Gardine beiseite und nahm Abschied von ihrer Stadt. Hier war sie spazieren gegangen. Hier hatte ihr Mann zum ersten Mal ihren Arm genommen. Hier war sie zum Spielen mit Pauline gewesen. Hier hatte sie den Viehmarkt besucht und hier hatte sie erlebt, wie der gesamte Platz von französischen Soldaten in Besitz genommen wurde.

Als sie durch den Tiergarten fuhren, lehnte sie sich zurück.

Heinrich, fragte sie, ist es wirklich wahr?

Heinrich nahm ihre Hand und drückte sie. Er legte einen Finger an seine Lippen. Schweigend fuhren sie, beide für sich in Gedanken, und so blieben sie die ganze Zeit, nebeneinander, ruhig atmend, heftig atmend, je nachdem, was ihnen gerade durch den Sinn ging, und immer wieder drückten sie ihre Hände, verkrallten sie ineinander, lösten sie wieder, ließen sie sanft beieinander liegen. Es war eine lange Fahrt, gute drei Stunden lang, allein durch den Grunewald brauchten sie zwei. Und doch kam es Henriette so vor, als verginge die Zeit wie nichts. Sie sah die kahlen Stämme der Kiefern vorbeifliegen, manchmal schien eine Gestalt aufzutauchen und sie erschrak, doch es waren nur die Gestalten in ihrem Kopf, Personen, an die sie flüchtig, sehr flüchtig dachte, denn sie schob sie fort, sie wollte an nichts und niemanden denken, außer an Heinrich und sich selbst, an ihren Plan, an ihre letzten Stunden auf dieser Erde, an ihre letzte Nacht, die einzige, die sie in ihrem Leben zusammen verbringen würden, bevor sie für immer zusammen sein würden in einer Welt, von der sie keineswegs sicher sagen konnten, wie sie aussah. Ob sie dort nur stumm miteinander umherschweben würden, wie sie es sich manchmal ausgedacht hatten, über sonnige Wiesen mit Blumen, wortlos und zufrieden? Oder ob es dort eine eigene Sprache geben würde, in der sie sich nun endlich unterhalten könnten, ohne eine Begrenzung, ohne einen anderen, der sie störte und unterbrach? In einem war sich Henriette sicher: es wäre für sie wie ein ewiger Tag.

Ein Tag, der die wundersamen Stunden der Nacht einschlösse, das Wispern, die heimlich anvertrauten Worte, ganz dicht am Ohr, eine Berührung fast, ein leiser Kuss, ein Hauch. Henriette fühlte ihren Puls wilder schlagen, sie fühlte eine fiebrige Hitze durch ihren Körper fluten, sie fühlte sich selbst wie nie zuvor und, zum ersten Mal in ihrem Leben, als vollkommene Herrin über ihr Schicksal. Ich bestimme den Tag meines Todes, dachte sie, und es erfüllte sie mit einem ungekannten Rausch, leicht und heiter. Sie sah die Bäume vorbeifliegen, den novembrigen, fast blätterlosen Wald, sie spürte Heinrich neben sich und nichts vom kalten Wind, der durch die Ritzen der Kutsche hineinpfiff.

Die Kutsche war nicht gut gefedert, dafür machte sie kein einziges Mal Halt. Es waren achtzehn Meilen, von der Mitte der Stadt bis zu ihrem Ziel.

Der See, sagte Heinrich plötzlich, aus seinen Gedanken auftauchend. Gleich wirst du ihn sehen.

Der Wannsee lag in der herbstlichen Mittagssonne an ihrer rechten Seite, er öffnete sich weit, es war ein riesiger See, und Henriette verstand, weshalb er auch von vielen als *eine See*, als ein Meer bezeichnet wurde, *die* Wannsee, *sie* war viel größer als Henriette es in Erinnerung hatte. Und schöner. Das Wasser glitzerte silbriggrau mit einigen hellen Lichtreflexen, ein riesiger Spiegel des Himmels.

Der Weg führte ein Stück an der östlichen Seite des Wassers entlang, dann nahm die Kutsche eine Kurve und sie fuhren auf eine einfache Brücke zu, die sie überquerten. Von der Brücke aus konnte man nach beiden Seiten auf das Wasser sehen, und Henriette hätte gern *halt!* gerufen, doch Heinrich sagte: Wir sind gleich da, du wirst dir alles in Ruhe ansehen können.

Hier sind sie vorbeigekommen,

ich laufe neben der Kutsche her. Ich zähle die Schritte von meinem Haus zu dem Gasthof, auf den heute nicht einmal mehr eine Tafel hinweist. Es sind eintausendzweihundertzwanzig. Sie führen mich an der Bushaltestelle gegenüber dem Bahnhof vorbei, einem Backsteingebäude aus den Zwanzigerjahren, wo neben den Bewohnern von Wannsee-Dorf jeden Tag viele Touristen warten, um zur Pfaueninsel zu fahren, oder zum Liebermann-Haus oder dem Haus der Wannseekonferenz, vorbei an den Treppen, die zu den Anlegestellen hinunterführen, von denen die Ausflugsdampfer nach Potsdam und Kladow, zum Griebnitzsee und zur Moorlake ablegen, im Winter nur bis sechzehn Uhr, oder gar nicht, wenn der See ausnahmsweise zugefroren ist und sich eine dicke Eisschicht über der Fahrrinne geschlossen hat. An der Ampel an der Ecke, an der auf der Straßenseite gegenüber der große Biergarten »Loretta« liegt, mit dem freien Blick über den See, mache ich halt, nach links führt der Weg zu ihrem Grab, ich aber biege jetzt erst einmal nach rechts ab, nach rechts, Richtung Potsdam, Richtung Gasthof. In lateinamerikanischen Romanen sitzen die Toten mit auf dem Sofa oder gehen mit übers Feld oder auf der Straße spazieren, warum nicht hier, auf dem Boden des alten Preußens?

Für Heinrich, glaube ich, war es anders: wenn ein Freund nicht in seiner Nähe war, war er für ihn wie tot.

Tragödien der Abwesenheiten wuchsen daraus. Nur im Schreiben der Briefe, wenn er den Freund zu einer Figur machte, die er ansprach wie einen Teil seiner selbst, konnte er ihn »lebend« machen, im Schreiben zumindest konnte er den Faden halten. Allerdings nicht immer, nicht in den letzten Wochen seines Lebens.

Nähern wir uns langsam, die Ewigkeit ist kein Pappenstiel, und zweihundert Jahre sind es auch nicht:

Ich kehre um und gehe zurück und laufe wieder los und zähle noch einmal die Schritte von meinem Haus zu ihrem Grab, dieser *letzten Stelle*, heute verschattet unter hohen Kiefern und Buchen, eingezwängt zwischen zwei alten Villen, Rudervereinen, und struppigen Büschen am Ufer: wieder sind es eintausenddreihundertzwölf. »Nun o Unsterblichkeit bist du ganz mein« ist in den Stein geritzt, in Anspielung auf den »Prinz von Homburg«, in dem es auch diese Zeile gibt: »Seit ich mein Grab sah, will ich nichts, als leben.« Oft liegen Blumen hier, im Herbst sogar Kürbisse. Unten im Wasser steht ein blaues Schild, das man nur vom Boot aus lesen kann, mit dem Hinweis darauf, was hier geschah.

Die Unsterblichkeit –

Heinrich und Henriette also, die sich ausgerechnet am Ufer des Kleinen Wannsees das Leben nahmen, während hundert Jahre später ein anderer Dichter am Großen Wannsee um das seine kämpfte: Georg Heym. Beim Schlittschuhlaufen. Im Winter des Jahres 1912, fünfundzwanzig Jahre alt war er da. Sein Freund, der mit ihm Schlittschuh lief, war in das Eis eingebrochen. Heym hatte verzweifelt versucht, ihn herauszuziehen, ein schrecklicher Kampf, und war dabei selbst in das eisige Wasser gestürzt. Die beiden jungen Männer hatten um Hilfe geschrien, doch die Hilfe kam zu spät. Heym hatte schwere Verletzungen an den Händen, er hatte versucht, sich hochzuziehen, er wollte leben, unbedingt, doch vergebens, der See hat ihn gefressen, ein Monster.

Henriette begutachtete ihr Zimmer. Sie stand, in ihrem leuchtend blauen Mantel, den Korb noch über den linken Arm gehängt, in der Rechten die kleine Tasche, einige Schritte von der Tür entfernt im Raum. Ihr war etwas feierlich zumute, und so nahm sie alles auf, die getünchten Wände zwischen den schrägen dunklen Holzbalken, den einfach, um nicht zu sagen roh gezimmerten Bettkasten mit dem Plumeau, das sich unter der ordentlichen, doch leicht abgenutzten Überdecke wölbte, den Stuhl mit dem geflochtenen Sitz, den Waschtisch mit Schüssel und Krug, selbst die einzelnen Dielen des Holzbodens. Einen Nachtschrank gab es und einen weiteren Stuhl. Das Schönste war ein Tisch aus hellem Kiefernholz, er stand neben dem Fenster an der Wand, darüber hing ein kleiner, nicht sehr glänzender Spiegel, immerhin. Henriette hatte noch nie eine Nacht in einem Gasthof verbracht, noch dazu in einem eigenen Zimmer. Sie wollte jeden Augenblick auskosten. Jeder Augenblick würde erfüllt sein mit Gedanken und Gefühlen, jeder Augenblick sollte ihr vorkommen wie ein ganzes Lebensjahr, zusammengezogen darin das Beste und Schönste und Reichste. So hatte sie es sich vorgestellt und so hatte sie es sich vorgenommen. Es ging in diesem Zimmer nicht nur um die unermessliche Welt ihres Inneren, die sie an Heinrichs

Seite so glücklich zu durchwandern begonnen hatte, es ging nicht mehr um die Unermesslichkeit der Vorstellungskraft, mit der sie sich so oft aus ihrer ehelichen Wohnung fortgeträumt hatte, hinaus, hinauf, wohin auch immer, hinfort in jedem Fall, obwohl sie es doch liebte, ihr Leben, mit dem Kind vor allem, umgeben von Dingen, die sie liebte, –

Nein, nicht um all diese Unendlichkeiten ging es, die sich in einem Zimmer versammeln konnten, wenn das Innere unendlich weit wird, sondern jetzt ging es auf die eigentliche Unendlichkeit zu, die des ewigen Lebens, des Lebens, das sie noch nicht kannte. An dessen unbedingte Richtigkeit sie unbedingt glaubte. Wie veränderte dies ein Zimmer! Fast bedauerte sie, dass es nicht drei Nächte sein konnten, aber nein, bremste sie sich, sei nicht dumm, dann käme es fast schon wieder einer Gewöhnung gleich. Es könnte ihr womöglich gefallen. Sie käme dann womöglich von ihrem Beschluss ab.

Das Haus hatte einen eigentümlichen, fremden Geruch. Er kam nicht nur vom Wasser her; es war der Geruch gebackenen Brots vom Morgen, erkalteter Rübensuppe vom Mittag, und dazu ein leicht süßlicher Duft wie von Blut, als würde ein Huhn für den Abend soeben in der Küche geschlachtet. Henriette bemerkte, dass ihr Magen knurrte; sie hatte in den letzten Tagen kaum etwas zu sich genommen; sie wollte sich auch jetzt nicht weiter darum kümmern. Sie stellte die Tasche ab, und noch mit dem Korb im Arm machte sie zwei Schritte auf das kleine Fenster zu und öffnete es; es klemmte, sie musste kräftig ziehen. Die hereinströmende Luft war angenehm, kühl und frisch. Sie hörte den Wellenschlag; vor dem Gasthof zum Wasser hin hackte ein Mann Holz; ein anderer machte sich an einem Fischerkahn zu schaffen, den er aufs Land gezogen hatte; sie hörte Möwen schreien. Ein Reiherpärchen flog auf; Henriette folgte ihnen mit dem Blick und lächelte, sie fand kaum Wolken am Himmel. Die Bäume am anderen Ufer waren dunkle Flecken, nur vereinzelte Birken trugen noch ihr letztes, goldgelbes Laub, es leuchtete im Nachmittagslicht, über dem Grau in Blau des Sees; Wellen blitzten in der Sonne auf. Ein Novembertag, überraschend schön und klar.

Henriette!

Heinrichs Stimme ließ sie aus ihrer Träumerei aufschrecken, er klopfte heftig an ihre Tür, Henriette, darf ich eintreten, komm, wir wollen einen Spaziergang machen, du weißt schon, ich will dir etwas zeigen!

Henriette schoss das Blut bis an die Haarwurzeln, ihre Hände zitterten, als sie den Korb auf den Tisch stellte.

So Henry and I
We walked down the lane
The weather was fine
For a November day.

Heinrich und Henriette.

Ich nenne Heinrich bei seinem Vornamen, denn wann immer ich seinen Nachnamen lese, scheint er mir so festgelegt, belastet von einem Wissen, das mich daran hindert, ihn neu zu befragen, ihn neu zu erfinden.

Der Gasthof der Familie Stimming lag also dort, wo sich heute ein Yachthafen befindet, am Ende der Brücke, die damals als »Grenze« zwischen dem Kleinen und dem Großen Wannsee bezeichnet wurde und an der es eine Maut zu zahlen galt. Sie war schmal und führte nur knapp über dem Wasser über den See. Nicht nur einmal würden die beiden sie in den kommenden vierundzwanzig Stunden überqueren.

Heinrich und Henriette hatten sich einen Ort ausgesucht, der im *Zwischen* lag, zwischen Berlin und Potsdam. Sandwege, Felder, Wasser und Wald. Ton, Lehm, Honig. Ein paar Höfe. Fischerkähne. Ziegen und Schafe. Stolpe hieß das Dorf, es hatte eine Ziegelei, eine Kirche und eine Poststation. Wannsee heißt es heute.

Werden sie nichts sagen, fragte Henriette, aus der Kutsche steigend, und hielt Heinrich einen Augenblick fest, der auf den Gasthof zugehen wollte, weil wir nicht – sie zögerte – verheiratet sind?

Sie haben nichts gefragt und nichts gesagt, als ich die beiden Zimmer bestellt habe, antwortete Heinrich, warum sollten sie es tun? Ich bin so oft mit meiner Schwester gereist, es hat nie jemand gefragt.

Der Gastwirt Stimming tritt vor das Haus, vor dem die Lohnkutsche aus Berlin wartet. Er geht seinen beiden Gästen entgegen. Er hat viele Gäste. Er braucht nicht lang, sie einzuschätzen. Vor zehn Jahren hat er das neue, zweistöckige Haus an der Friedrich-Wilhelm-Brücke eingerichtet. Sein alter »Krug« am Königsweg, im anderen Teil des Dorfes, hatte ausgedient, nachdem der König die befestigte Chaussee hatte errichten lassen, die Berlin und Potsdam direkter miteinander verband. In drei bis vier Stunden statt in sechs kam man nun über Charlottenburg und durch den Grunewald hierher. Der König selbst nahm diesen Weg und hatte schon bei ihm gerastet; Adlige auf dem Weg zu ihren Verwandten oder zu ihren Ämtern, Offiziere und Generäle, aber auch viele Händler: dieser Weg verband letztlich auch Königsberg mit Hamburg. Hier mussten alle vorbei. Manchmal verweilten sie nur kurz, für die Damen einen Kaffee, die Herren ein Bier, die Pferde eine Hand voll Hafer. Auch französische Soldaten und Offiziere stiegen hier ab, seit Napoleon Preußen unterworfen hatte.

An diesem sonnigen Nachmittag im November ist der Betrieb eher ruhig.

Machen wir hier eine Aufnahme.

Ein Mann und eine Frau. Nicht alt, nicht jung. Nicht arm, nicht reich. Sie trägt einen auffallend leuchtenden blauen Mantel, schmal in den Schultern, über die Taille weit fallend, bis zu den Knöcheln ist er lang, darunter ist eine Hand breit von einem graubraunen Reisekleid zu sehen, städtische Stiefel aus braunem Leder an den kleinen Füßen. Ihr freundliches Gesicht ist blendend weiß, dunkles Haar betont dies noch, ihre hellblauen Augen haben eine eigene Intensität, groß und aufmerksam blicken sie in die Welt. Sie hält eine Reisetasche in der rechten Hand und einen Weidenkorb über dem linken Arm. Der Mann neben ihr, von mittlerer Größe und schweren Gliedern, nimmt gerade vom Kutscher einen Rucksack aus Leder entgegen, wie ihn Postleute oft für die Verstauung der Briefe um die Schulter hängen haben, ein Reiseranzen, mit Leder und Fell außen, der wohl schon einiges von der Welt gesehen hat. Zu seinem braunen Mantel aus gewalkter Wolle trägt er runde hellbraune Schlappstiefel, die etwas gelitten haben, seine Hosen sind grau. Die schwarzen Haare fallen unordentlich in die breite Stirn hinein, und seine auffallenden, ausdrucksvollen Augen sind unruhig und hellblau, fast wie die der Frau. Sie wirkt graziös, aber schüchtern, er ein wenig linkisch und leichtfüßig zugleich.

Die Dame, der Herr.
Guten Tag.

Sie könnten Geschwister sein, so ähnlich sind sie einander, wie die Namen, die sie tragen: der ihre die weibliche Form des seinen. Heinrich und Henriette. Eine Bürgerliche und ein Adliger. Sie geben nicht viel darauf.

Er ist vierunddreißig, sie einunddreißig Jahre alt.

Im Zimmer, bevor Heinrich sie ruft, um den Spaziergang zu machen, will ihr eine Schwäche in die Glieder, befällt sie eine Beklommenheit, die sie fortzudrängen sucht wie den Gedanken an Pauline, ein gefährlicher Gedanke, der sie zurückholen könnte, aber nein, es gelingt ihr; beim Blick in den Himmel, dem Reiherpärchen hinterher, weiß sie, dass alles gut ist, dass sie ihr Kind *von dort aus* begleiten wird. Noch wartet der Lohnkutscher unten. Sie waren nicht mit der Journalière gefahren, einer sechssitzigen Kutsche, die zweimal am Tage von Berlin nach Potsdam fuhr und die Post gleich mitnahm.

Sie hatten eine eigene Kutsche genommen, um allein sein zu können, der einzige Luxus, wenn man so will, für diesen Tag.

Heinrich zeigte sich, ungewohnt gegenüber seiner sonstigen Sprunghaftigkeit, in ihrer »Angelegenheit« klug und besonnen, wie sie ihr Vorhaben untereinander nannten, oder »ihre kleine Verabredung«; er hatte darauf bestanden, den Kutscher warten zu lassen, bis er ihr die Stelle gezeigt haben würde. Der Kutscher musste ohnehin eine Pause machen, die Pferde waren ohne Halt von Berlin hierher im Geschirr, sie brauchten Ruhe und Stroh.

Ein Vorwand, nicht wahr, fragt sie, du willst sichergehen –

Falls du es dir anders überlegst, sagt Heinrich.

Du machst es mir nicht leicht, gibt sie zurück.

Die Stelle am See. Die Brücke zurück, dann nach rechts, zum Kleinen Wannsee hin, geschützt von ein paar Büschen, unter einer Hand voll verlorener Föhren, am sandigen Ufer, ein wenig hoch gelegen, sodass man einen freien Blick hatte, nach links zum hinteren Teil von Stolpe, nach rechts über die Brücke, über den großen Wannsee hinweg. Sodass man aber auch gesehen werden konnte, trotz der Büsche, trotz der Bäume, von der Chaussee aus, über die sie alle fuhren, von der einen Residenz des Königs in die andere, von Berlin nach Potsdam, gleichwertige Städte zu dieser Zeit, wenn Potsdam auch kleiner war als das wuchernde Berlin. Die Chaussee verengte sich genau an dieser Stelle, die Kutschen mussten ihr Tempo drosseln, die Zügel mussten fester gezogen werden, vom Terrabb in den Schritt fielen die Pferde. Friedrich Wilhelm III. würde oft genug die Gelegenheit haben, an seinen leidenschaftlichsten Untertan zu denken, der, enttäuscht von seiner Schwäche, des Königs Wankelmut, sich gezwungen sah, das verratene Verhältnis aufzugeben. Auch Prinzessin Marianne zu Preußen würde kurz ein Würgen in der Kehle fühlen, das batistene Taschentuch zum Munde führen, den Blick nicht abwenden können, von der stillen Kleinen Wannsee, vielleicht im Mondenschein, *und ein Blitz möge ihr Herz durchzucken, ein jedes Mal, wenn sie uns sieht.*

Sehr schön, sagte Heinrich, ein weiter Blick. Wasser und Himmel, Blau in Grau, Grau in Blau.

Es ist schön hier, sagte Henriette, nichts ahnend von Heinrichs stiller Wut, seiner Zufriedenheit mit seiner sanften Art der Rache,

es riecht alles so – frisch.

Der Anblick dieser Stelle, ein Hügel unter drei, vier Föhren, machte sie beklommen, das Sprechen fiel ihr schwer.

Zwei Gestalten, Mann und Frau, zu ungewöhnlicher Zeit, an diesem Ort. Zwei Silhouetten in der Landschaft, zwei farbige Flecken, zwei erregte Gesichter, je nachdem, von wo aus man sie sah. Von wie weit fort.

Sie liefen zurück, nebeneinander, ernst und schweigend. Sie blieben immer wieder stehen, sahen, wie die Dämmerung sich auf die Landschaft legte, sie umarmte, sie verschlang. Das Licht war einzigartig; zuerst ein sanftes, warmes rosiges Orange, dann, wie unversehens, ein grelles, wildes Rosa, das alles explodieren ließ. Wie schön, dachte Henriette, und auch Heinrich war zutiefst bewegt. Alles schien unwirklich, wie im Traum, oder als stünden sie in einem Gemälde. Das Grün der Nadelgehölze stach satter als am hellen Mittag in die Augen, die blätterlosen Bäume schienen ihre Arme zu heben, wie rufend, in einem ekstatischen Schrei, der See, der alles doppelte, bot ein unglaubliches Spektakel von Farben. Am Himmel zogen leichte Wolkenfetzen vorbei, von der Sonne orange gefärbt, dahinter ein Hellblau, das ins Türkise hinüberspielte. Vielleicht würde es dort so aussehen, wo sie morgen zusammen hingehen würden, dachte Henriette, vielleicht hatte Heinrich deshalb diesen weiten, freien Ort ausgesucht. Ihr Gesicht leuchtete jetzt ebenfalls, wie alles rings umher, die frische Luft bekam ihr, sie hatte plötzlich Lust, etwas sehr Gutes zu essen.

Der Gastwirt, Johann Friedrich Stimming, würde kein Wort über das seltsame Paar fallen lassen, nicht an diesem Tag und auch nicht am nächsten, wenn die Dame und der Herr bezahlen würden, getrennt; er würde nur nicken und den beiden einen schönen Aufenthalt wünschen und sich die Bemerkung erlauben, dass sie noch gar nicht bezahlen müssten, sie wollten ja doch zum Abendessen wiederkommen und noch eine Nacht bei ihm bleiben. Sie hätten ja den Eierkuchen schon bestellt, für sich und ihre Gäste, die sie, wie sie sagten, zum Abend hin erwarteten.

Woran hast du eigentlich die ganze Zeit gedacht, Heinrich? In der Kutsche?

Nichts Besonderes. An dies und das.

Er muss nicht alles sagen. Sie nimmt es hin.

Sie waren von ihrem Spaziergang zurückgekehrt, nach dem Schweigen mit einemmal vergnügt plaudernd waren sie die letzten Meter über die Brücke schneller gelaufen, Henriette hatte mehrmals gerufen, wie schön es hier doch ist! und mit den Armen den Flug der Vögel nachgeahmt. Heinrich hatte den Kutscher bezahlt, sie hatten ihm noch hinterhergewunken, er war im letzten Licht davongefahren. Fort, beschlossen, geschafft.

Da war es nachmittags um vier, halb fünf. Es wurde jetzt schlagartig dunkel, ein letzter feuerrot aufglühender Himmel, und der See versank in tiefem Schwarz, im nächsten Augenblick. Bis zum Abendessen, das sie beim Wirt bestellt hatten, um nicht gänzlich unhöflich zu sein, und um nicht aufzufallen, war noch Zeit.

Heinrich war plötzlich müde. Er zog den Überrock aus und warf ihn auf das Bett. Er ließ sich auf einen der Stühle fallen und zog sich kraftlos die Stiefel aus. Ratlos sah er sich in seinem Zimmer um, ohne etwas zu beachten. Er hatte Henriette die Stelle am See gezeigt, an die er vor vielen Jahren, vor sieben Menschenleben, wie es ihm schien, mit seinen beiden Freunden hingekommen war, aus der Garnison in Potsdam, mit Otto und Ernst, oder, wie sie sich beim Regiment nannten, Rühle von Lilienstern und Pfuel, und an der er ihnen zu ihrer Entsetzen seelenruhig die Möglichkeiten erörtert hatte, sich das Leben zu nehmen, so als gäbe es kein erheiternderes Thema auf der Welt. Sie waren siebzehn, achtzehn, und Heinrich empfand es als eine Qual, in einer Garnison sein Leben zu vergeuden. Wie ausgetauscht war er, wenn er beurlaubt wurde, um mit den Geschwistern zu verreisen, oder wenn er mit seinem Quartett musizieren konnte. Jedes Mal, wenn er zum Regiment zurückkam, hätte er sich am liebsten –

Sich die Taschen mit schweren Steinen füllen, mit einem Boot hinausrudern, sich draußen auf dem Wasser auf den Rand setzen, die Pistole ansetzen – und – paff.

Er dachte an den Tag, als er, optimistisch damals, aufgeräumt und vergnügt, mit Ernst an dieser Stelle gestanden hatte, seinem besten Freund, das ganze Gegenteil von ihm selbst und ihm doch ganz nah, als er, nun volljährig und im Besitz eines kleinen Geldes der Familie, nach sieben endlos scheinenden Jahren, den Dienst in Potsdam quittiert hatte, den lästigen, schrecklichen Dienst mit den idiotischsten Exerzitien, und nun wollte er seinen Freund dazu überreden, es ihm gleichzutun, vor uns liegt die Welt, liegen gemeinsame Reisen, unsere Freundschaft, Studien, das Glück, frei zu sein, zu tun und zu lassen, wonach uns der Sinn steht –

Es war an der Kleinen Wannsee gewesen, genau dort, eine schöne Stelle, Wald und Wasser ringsum, mit dem freien Blick über die Brücke und den See hinweg –

Heinrich hatte Henriette nichts gesagt, als sie dort standen, von Ernst.

Nun saßen sie in Henriettes Zimmer, an ihrem Tisch.

Sie hatte angeklopft, an ihre Zwischentür, komm doch bitte, magst du eine Kleinigkeit essen, und er hatte den Riegel aufgeschoben und war zu ihr hinübergegangen, erleichtert, aus seinen Gedanken geholt zu werden, die wer weiß welche ungute Richtung eingeschlagen hätten. Henriette hatte ihren Tisch ein wenig in den Raum hineingezogen und zwei Stühle dazu gestellt. Auf einem der beiden Stühle stand der Korb, den sie mitgebracht hatte. Sie nahm das Tuch, das die Sachen darin bedeckte, heraus, schüttelte es und legte es auf den Holztisch. Sie strich das Tuch glatt; sie liebte diese kleine Geste, die sie so oft in ihrem Leben gemacht hatte. Sie hatte Brot, Käse, Äpfel und Wein eingepackt. Die Suppe des Wirts würden sie später essen.

So sparen wir Geld und können für uns allein sein, sagte Henriette und zwinkerte Heinrich zu.

Was hast du?, fragte er verwirrt.

Ach nichts, sagte sie, ich bin nur gerade so vergnügt!

Sie deckte den Tisch. Zwei Becher, zwei Teller, Messer und Gabel.

So hatte sie es sich manchmal vorgestellt, mit Heinrich zu leben, auch wenn sie ahnte, dass es unmöglich wäre, und bevor sie wusste, sie würde mit ihm sterben. Als Louis, ihr Mann, von ihrer Zuneigung Wind bekommen hatte, hatte er ihr an einem schönen Abend Ende September gesagt, wenn sie es wünsche, willige er in die Scheidung ein. Er würde sie Heinrich überlassen, wenn sie es wünsche. Er habe schließlich Augen im Kopf. Henriette, bestürzt, hatte nein, nein, wo denkst du hin gerufen und war erst einmal in Ohnmacht gefallen. Ich meine es gar nicht böse, hatte Louis gesagt, als sie die Augen wieder aufschlug, den scharfen Geruch des Riechsalzes in der Nase. Ich bin dir von Herzen zugetan, du weißt es. Ich werde mit Heinrich sprechen. Fast wäre sie noch einmal umgekippt, aber sie lag ja schon, auf den Dielen ihrer grünen Stube, gleich neben dem Klavier. Bloß nicht, rief sie, ich flehe dich an!

Ich habe kein Geld, um eine Frau zu ernähren, hatte Heinrich dem Freund gesagt, wie stellst du dir das vor?

(Das hätte gerade noch gefehlt.)

Henriette schnitt Scheiben vom Brot ab und teilte den Käse in Stücke. Heinrich sah ihr zu.

Am Anfang der Fahrt war er angespannt gewesen; er hatte unbequem steif auf der Kante des Sitzes gesessen; seine Hände verschwitzt, sein Nacken verkrampft, bis zu den Ohren hinauf zog sich der Schmerz. Er hatte Angst, Henriette könnte es sich im letzten Moment überlegen. Leben wollen, ohne ihn. Ohne sie würde er es nicht tun. Das wusste er. Sie hatte es sich so sehr gewünscht, und doch befiel ihn jetzt ein Heer von Zweifeln, während sie Berlin durchquerten und verließen. Erst als er sah, wie unverändert freudig Henriette neben ihm im ruckelnden Gefährt saß, wie fest sie ihn ansah, entschlossen und schön, zerstreuten sie sich, diese nagenden, wirren Zweifel. Er schloss die Augen, lehnte sich zurück. Ade, all die halbtoten Bewohner dieser kalten Stadt, die ihn nicht wollten, nicht seine Sätze, nicht seine Hellsicht! Wie sie umhergingen mit ihren eingefrorenen Gesichtern, erstarrten Gesten zermürbten Muts! Ade, Prunkbauten, die hohnzulachen schienen angesichts der verlorenen

Souveränität des Landes, gebeugt von einem wild gewordenen, vom Größenwahn getriebenen Franzosen. Den ganzen Sommer hatte er innerlich geweint, das Schöne der Stadt wohl sehend, zugleich nichts anderes fühlend als Schmerz und Scham, ein klaffender Zustand, unerträglich, unausstehlich, hassenswert, dass ihm die Augen brannten. Endlich war er auf dem Weg, dies alles zu verlassen.

Früher, wenn er gereist war, wie einfach war es gewesen! Wie leicht! Dieses Früher überhaupt! Kaum unterwegs, ob zu Fuß, ob zu Pferde, ob in der Kutsche, fielen alle hinderlichen Gedanken und Sorgen von ihm ab. Er musste nur laufen oder reiten, oder den gleichmäßigen Rhythmus der Räder auf dem Sand oder den unebenen Feldwegen spüren, das Klackern der Pferdehufe hören, und alles fiel von ihm ab, er lachte, er streckte sich, und wenig später traten ihm seine Figuren vor Augen, Sätze kamen, Worte murmelte er vor sich hin, die er später aufschreiben würde. Manchmal holte er Zettel und Bleistift aus der Tasche und notierte Wendungen, skizzierte Verläufe einer Handlung. Auch ohne es aufzuschreiben, genügte es, dass er sich zurücklehnte und alles vor sich entwickelte, den Ablauf einer Erzählung, das ABC eines Dramas – er dachte im Voraus, plante, was er später zu Papier bringen würde. Welche Möglichkeiten der Verstrickung gab es, was würde daraus folgen, für welche würde er sich entscheiden? Es war wie Kopfrechnen, es machte ihm Spaß. Während seine Mitreisenden plapperten und über das jammerten, was sie zurückließen oder das, was sie erwartete, oder sich freuten, früher, noch vor den Schlachten und Fluchten, war er schon eingetaucht in eine andere Welt. Deshalb hatte er die längste Reise in einer Kutsche, die er jemals unternommen hatte, ebenso wenig beschwerlich gefunden wie die Zeit, die dann folgte, im Gefängnis, in Frankreich, im Gegenteil, sie schien ihm jetzt als die glücklichste Zeit seines Lebens. Während seine Freunde Gauvain und Ehrenberg immerfort stöhnten und sich plagten, hatte er eine befreiende, große Erleichterung empfunden. Es war egal, wohin ihn die Kutsche brachte; Hauptsache, er konnte dort schreiben, Hauptsache, er musste sich um nichts kümmern, kein Geld und keine Zwangsarbeit in irgendeiner blöden Verwaltung. Er hatte keine Angst. Die Franzosen hatten sie nicht gehenkt, als sie die drei Männer in Berlin aufgegriffen und festgenommen hatten; sie würden sie nicht auf einen langen, kostspieligen Transport nach Frankreich schicken, wenn sie sie nur umbringen wollten. Schreiben kann ich dort ebenso gut wie in Weimar oder Dresden, hatte er sich immer wieder vorgestellt, wie auch immer dieses Dort aussehen würde. Zuerst hatte ihnen niemand gesagt, wohin die Reise gehen würde; doch nach einigen Tagen hatte er es vom sie begleitenden Offizier in Erfahrung gebracht: Besançon, hieß es, und von dort nach Pontarlier, zum Fort de Joux, dem besten, am strengsten befestigten Gefängnis des Landes. Das für Staatsfeinde und für die wichtigsten Kriegsgefangenen. Fort de Joux war Heinrich durchaus ein Begriff: Dort, das wusste er, hatten sie auch den Sklavenanführer Toussaint L'Ouverture aus Santo Domingo hingebracht, aus Haiti, Napoleon persönlich hatte dafür gesorgt. Heinrich hatte davon gehört, er kannte das Gedicht, das der englische Poet Wordsworth über ihn geschrieben hatte und das man herumreichte; er hatte es sich einmal übersetzen lassen, *Toussaint, the most unhappy man of men!* Eine interessante Geschichte, die intellektuelle Kreise in Europa gespannt verfolgten, nicht nur wegen der heftigen Debatten über die Abschaffung der Sklaverei, nein: Toussaint war doch zumindest für einige Zeit der Widerstand gegen Napoleon gelungen! Zu dumm aber auch, dass Napoleon begriffen hatte, dass ihm die reichste Kolonie verloren gehen würde, ließe er ihn gewähren. Halb Frankreich war in Aufregung gewesen, als man Toussaint L'Ouverture in einer verschlossenen Kutsche vom Atlantik in das Fort nahe der schweizerischen Grenze gebracht hatte. Ein Teufel, hatte es geheißen, schwarz wie die Nacht, und grausam …

Heinrich und seine beiden Freunde Karl Franz von Gauvain und Christoph Albert von Ehrenberg, beide noch jünger als er, verwöhnter als er, vielleicht, waren vier Wochen lang quer durch Deutschland und Frankreich gefahren; über Mainz, Karlsruhe, Straßburg und Colmar; die Kutsche hatte die üblichen Pausen eingelegt; sie hatten Halt gemacht in miesen Spelunken und übernachtet in billigen Poststationen; in modrigen, kalten Kellern hatten sie auf der Erde auf dünnen Matratzen lagern müssen; die Pferde hatten es besser gehabt als sie. Albert hustete bald, er fror immerzu, bekam Fieber, es war immerhin Winter, ein kalter Winter mit viel Schnee und Eis, in diesem Februar 1807, eine schöne Reisezeit war das!

Jetzt, auf der vergleichsweise kurzen Fahrt von Berlin nach Potsdam, erinnerte Heinrich sich lebhaft an diese längste Fahrt in seinem Leben, die Erinnerung leuchtete auf wie die Rosen, die er damals aus der Kutsche heraus gesehen hatte, in Besançon, die schon zu blühen anfingen, während ins Gebirge hinein, in das sie von dort aus gebracht wurden, noch tiefer Winter herrschte. Nie wieder hatte er die Schönheit dieser Blumen so lebhaft empfunden, so überraschend. Anders als damals wusste er jetzt, dass er aufbrach, um niemals wieder zu schreiben; vielleicht trat ihm diese Zeit der Hoffnung deshalb so klar ins Bewusstsein. Anders als damals konnte er sich jetzt nicht fallen lassen, um nachzudenken und sich etwas vorzustellen, das ihn begeisterte und beflügelte, das seinen Geist vollkommen fesselte, in diesem leichten Rausch, den er mehr liebte als alles andere, in dem er seiner selbst vollkommen sicher war – um sich genau darin vollkommen selbst zu vergessen. All dies war zerstoben. Schon seit Monaten hatte er Schwierigkeiten, sich auf etwas zu konzentrieren, ob auf einen Artikel oder Brief, geschweige denn auf eine Erzählung oder eine Geschichte, die er schreiben wollte. Der Faden riss ihm immer wieder, die Satzteile versprangen in ihrem Gefüge, bildeten rätselhafte Fragmente, die ihn anzustarren schienen, und die ganze Zeit versuchte er, diesen Vorgang des Zerfalls als ästhetisches Problem zu reflektieren. Aus dem halben Schritt, den er bei allem, was er tat und erlebte, zu sich selbst zur Seite machte, um es zur selben Zeit innerlich festzuhalten, war ein unmöglicher Abstand geworden, zu nah und zu fern zugleich. Dieses Sich-selbst-Wahrnehmen, mitten im Geschehen, im eigenen Fühlen und Denken, das ihn wie mit halb gesenkten Lidern alles doppelt sehen ließ, klar und verschwommen, von innen und außen, hatte sich zu einer entsetzlich verzerrten Vervielfältigung gesteigert. Er dachte, es sei die notwendige Folge des *Zerfalls* Preußens, des Schwindens aller Sicherheiten, die der Bindungen der Menschen wie der Staaten, dass auch die literarischen Formen gesprengt werden müssten – zugleich aber musste er alles in seinem Kopf zusammenhalten, eine Erzählung hatte einen Anfang und ein Ende, ein Drama seinen dramatischen Verlauf – es fiel ihm immer schwerer, eine befriedigende Antwort auf alles zu finden, was er sah, erfasste und darstellen wollte. Die Ironie bedurfte noch immer eines *Anhaltepuncts*, einer Verankerung, doch wo, mit gutem Gewissen, mit intellektueller Redlichkeit, wo sollte dieser Punkt sein? Die Rückwendung zur Metaphysik als einem solchen Punkt, die manche seiner Freunde unternahmen, war doch kein wirklich durchdachter philosophischer Standpunkt, es war eine bequeme Flucht in die Religiosität, die er absolut nicht nachvollziehen oder teilen konnte. Eine Ästhetik, die dies alles bedachte und in ihrer Form reflektierte, müsste – – – Immer, wenn er in der letzten Zeit an einen bestimmten Punkt im Denken gelangt war, hatte sich eine große Müdigkeit über die Augen gelegt, Schmerzen waren den Rücken hinaufgekrochen und hatten im Kopf gedröhnt, von seiner verstörten Verdauung einmal abgesehen, an die er sich fast schon gewöhnt hatte.

Jetzt, auf dieser Fahrt, stellte sich auch keine Lösung ein, selbstverständlich, es gab womöglich gar keine Lösung, und das war das Schlimmste, es musste ausgehalten werden, dass es keine gab, und er hatte es nun für dieses Leben – aufgegeben. Obwohl es ihn in den letzten Wochen gequält hatte, dass darin auch eine Art Flucht lag, hatte ihn immer häufiger ein Hochgefühl gepackt, seit er mit Henriette seinen Plan entworfen hatte. Immer wieder befiel ihn seitdem wie auch in diesem Augenblick eine übermütige Vorfreude, überraschend und rein. Er war glücklich. Er war einer entsetzlichen Ohnmacht entronnen, seit er zusammen mit Henriette den Entschluss gefasst hatte, das Leben in die Hand zu nehmen und selbst darüber zu bestimmen.

Er buchstabierte durch, ob er an alles gedacht hatte. Das Wichtigste war die Waffe; zur Sicherheit hatte er drei Pistolen eingepackt, man konnte nie wissen, die Feuchtigkeit, ein dummer Zufall, der Mechanismus. Nicht daran zu denken, wie Hartmann ihn angesehen hatte, der Freund, mit dem er in seiner Jugend musiziert hatte, und der vor Jahren versucht hatte, sich das Leben zu nehmen. Er hatte so gezittert, dass er mit der Hand von der Schläfe abgerutscht war; die Kugel war losgegangen und hatte ihn gestreift – doch nicht getötet. Der liebe Schlotheim, wie sie ihn genannt hatten, weil er so weich und schreckhaft gewesen war, hatte vor Schreck den Mut verloren, die Pistole ein zweites Mal anzusetzen. Heinrich hatte ihn sofort besucht, als er davon hörte, er sah jetzt wieder das scheußlich entstellte Gesicht seines Freundes und seine jammervollen Augen vor sich, doch dann verschwamm es ihm. Er konnte sich wieder nicht konzentrieren, wieder fing diese Unruhe an, Bilder, Stimmen, Satzfetzen schossen ihm durch den Kopf. Es war, als sprängen Figuren aus seinem Gedächtnis nach vorn, an die er lange nicht gedacht hatte, die er nicht zu fassen bekam, die ihn bedrängten, ohne deutlich zu werden, er hörte wieder das entsetzliche Fiepen in den Ohren, das ihn seit diesem Sommer immer wieder gequält hatte, er wollte, dass es aufhörte. Er sah unzählige Soldaten und Schlachtfelder; seinen ersten Vorgesetzten in der Kadettenanstalt, als er mit fünfzehn Jahren dorthin gekommen war; er sah Begebenheiten, an die er sich nicht erinnern wollte. Die keifenden Stimmen der Schwestern in Frankfurt hämmerten dazwischen, ihre Forderungen, Beschimpfungen, er trinke, er saufe, er stinke, er sei faul, er ziehe den Namen der Familie in den Schmutz, und wie sie da saßen und schmatzten und knurpselten und schluckten, ihre gierigen Münder, verzerrt von einem grässlichen Hunger, den keine Suppe, kein Braten, kein Kuchen würde stillen können, eine tiefe, grauenhafte Gier, in diesen Geräuschen, diesem Kauen Schlürfen Schlotzen. Ekelerregend und unappetitlich, dabei taten sie immer so, als wüssten sie genau, was Anstand und Manieren erfordern. Ihm wurde jetzt noch schlecht davon. Vier Wochen war es nun her, doch er sah es wie gerade eben, er konnte ihnen in den Schlund sehen, die Lücken zwischen ihren Zähnen, die schwarzen Zähne neben den gesunden, alle einzeln, alle gestochen scharf, der ewig hungrige Schlund, der keine Liebe gekannt, keine Gedanken, nichts als das Geld das Auskommen die Ehre den Schein. Wie ungerecht du bist, Heinrich, schrien sie, jaja, schrie er zurück, außer sich, ihr lest Bücher, ihr seid interessiert, aber ihr mutet mir ein Elend zu ohne Anteilnahme und ohne zu ahnen, was es heißt zu schreiben. Ulrike ausgenommen, doch Ulrike ist jetzt von euch Monstern infiziert – und er sah in diesem Augenblick, auch sie hatte einen unbeantworteten Lebenswillen, angesteckt wie mit den Pocken, so wucherten jetzt die schäbigen Worte aus ihrem Mund, den er geliebt hatte, wirklich geliebt, und sie war nur noch die hässliche, verknitterte alte Amphibie, kalt ihre Augen, schmal ihre Lippen, nein, Heinrich, dieses Mal nicht, ich tu dir keinen Gefallen, du musst jetzt einmal begreifen, sieh zu, wie du zurechtkommst, du magst dich zum Gespött machen, ich will es nicht. Was die Leute sagen, –

Heinrich, was ist mit dir?

Heinrich schreckt hoch. Wo ist er? Was war geschehen?

Vor sich sieht er Henriettes freundliches Gesicht; die hellblauen Augen mit den dunklen langen Wimpern, fragend sieht sie ihn an. Sie hat ihre Hand beruhigend auf seinen Arm gelegt. Vor ihr und ihm der gedeckte Tisch. Das Tuch, das sie darauf gelegt hat. Zwei Becher, zwei Teller, Messer, Gabeln. Brot, Käse, eine Flasche roten Wein. Die Flasche ist entkorkt. Zwei Kerzen brennen im Leuchter, es riecht nach dem Schwefelholz, mit dem sie die Dochte angezündet hat. Wie lange sie ihn wohl angesehen hat?

Gib mir einen Schluck, sagt Heinrich. Entschuldige. Ich bin ganz durcheinander.

Es geht gleich vorbei.

Gut, dass wir aus dem Leben gehen, denkt Henriette; ihm das Trinken auszutreiben, würde ich nicht bewältigen, und ertragen könnte ich es auch nicht.

Wie sie das Brot schneidet. Er denkt an das Kind. Das Kind, mit dem er einige Male gespielt und viele Male gesprochen hat, ein kleines, robustes Mädchen. Pauline.

Man muss ihn ablenken, zum Sprechen bringen, eine angenehme Erinnerung wecken.

Ich will nicht an die Schwestern denken, ich will nicht.

Erzähl mir etwas, Henriette.

Erzähl mir etwas, Heinrich.

Schweigen. Die Stille im Raum, ein Knacken des Holzes, vielleicht, das brennt, im Kachelofen in der Ecke. Draußen, im übrigen Haus, Rumoren. Doch noch einige Gäste, oder der Wirt und seine Frau. Entferntes Klappern und Klirren, sicher in der Küche, zwei leise Stimmen. Wind ist zu hören, vom See her, Hundegebell.

Tick tack, der längste Tag in meinem Leben wird mein letzter sein.

Weißt du, wo ich den besten Käse meines Lebens gegessen habe?

Ich nehme an, bei mir? Henriette lacht freundlich.

Verzeih!, ruft er und lächelt sie bittend an; wäre nicht er es, es sähe aus wie Galanterie.

Nein, sagt Henriette, diesen brandenburgischen Hartkäse, den wir seit der Besatzung Tag um Tag essen müssen, den kannst du nicht meinen. Sag es mir.

In meiner Gefangenschaft, setzt Heinrich an und nimmt sich eine Scheibe Brot mit einem Stück Käse. Ich habe heute Nacht vom Fort de Joux geträumt, ich muss immer wieder daran denken, in den letzten Tagen, ich weiß auch nicht, warum, an meine Zeit dort, im Gefängnis. Es klingt verrückt, nicht wahr, aber es war eine gute Zeit in meinem Leben, eine Zeit, in der noch so vieles nicht entschieden war, in der ich mich wirklich frei gefühlt habe – obwohl ich doch in einer Zelle eingesperrt war! Und vor allem: Ich konnte dort schreiben!

Warum denke ich daran? Fünf Jahre ist es her. Fünf Jahre! Bringt nicht ein Glück die Erinnerung an ein anderes hervor? Oder denkt man im Unglück an vergangenes Glück? Ich weiß es nicht. Ich weiß nicht einmal, ob ich unglücklich bin oder glücklich, ob ich jetzt frei bin oder nicht, die Worte sind mir ganz entleert, Glück, Unglück – sie ekeln mich geradezu an – ich –

Heinrich versinkt mitten im Sprechen in sich selbst, in seine ihn quälenden Gedanken, seine Augen sind nach innen gerichtet, fern, fern ist sein Blick, er ringt mit den Händen, presst die Kinnladen zusammen, dass einer Angst und Bange werden könnte. Henriette aber sieht ihn an und wartet geduldig, er wird gleich wieder ansetzen, als wäre nichts gewesen, sie kennt das schon an ihm. Seine Gedanken kann sie leider nicht lesen, so gern sie es täte. Sie rückt ein wenig das Geschirr hin und her. Der Käse duftet, das Brot ist frisch, Henriette hat es am Morgen selbst gebacken. Es soll ein Fest werden, hat sie gedacht, es ist unser letztes Brot, und sie hatte es, als es fertig war und ausgekühlt, in ein gebügeltes weißes Leinentuch geschlagen.

Erzähl mir mehr davon, fordert Henriette ihn auf, als das Schweigen sich auszudehnen droht wie eine Gewitterfront, und bestreicht eine Scheibe Brot mit süßer Butter. Ganz alltäglich tun, denkt sie, das hilft am besten.

Bitte, fragt Heinrich, worüber sprachen wir gerade?

Das Fort de Joux, sagt Henriette, deine Gefangenschaft –

Ach ja, das *Fort de Joux*, – er dehnt den Namen – ich habe dir schon davon erzählt?

Henriette nickt, seufzt innerlich ein bisschen, über seine schreckliche Zerstreutheit, den halben Frühling hat er ihr davon erzählt, sie kaut mit zierlichem Mündchen, macht ein zustimmendes Geräusch, sie mag die Geschichten von Fort de Joux, besonders die von der schönen Berthe, aber sie mag sie auch, weil sie Heinrich friedlich stimmen. Seine inneren Abwesenheiten stören sie nicht; nur zu lange dürfen sie nicht dauern. Es wird ihn aufmuntern, denkt sie, er soll ruhig erzählen.

Es gab dort einen würzigen Käse aus dem Gebirge, fängt er an, aus Rohmilch gemacht, nach uralten Rezepten, die Franzosen nannten ihn Franche-Comté, das ist der Name dieser Gegend. Dir läuft das Wasser im Munde zusammen, wenn du ihn nur riechst. Ein bisschen nussig, ein bisschen wie die wilden Wiesen des Jura. Er wird in riesigen Laiben hergestellt. Am Anfang, in den ersten Tagen der Gefangenschaft, hat man uns schlecht behandelt, nach der endlosen Reise, aber da wir Staatsfeinde von großer Bedeutung waren, konnte man uns schlecht verhungern lassen, nicht wahr, also gab es reichlich Brot, Käse und Wein. Nach der langen Reise war es die beste Mahlzeit! Was für ein starker Geschmack! Und genug von allem, wirklich genug. Nur Albert jammerte herum, er wollte warme Suppe, und Franz war mit seinen Nerven längst am Ende. Es war mir ganz egal, ich –

2

(gib dem Affen Zucker[1])

Die Landschaft, in der Heinrich glücklich war, in jenen kalten Wochen des Jahres 1807, hat etwas Gewaltiges, er würde sagen: Erhabenes. Die zerklüfteten Berge ragen rau über das Tal der Cluse, es ist bis ins Frühjahr hinein kalt, oft fällt noch im März der Schnee und bedeckt die weitläufigen, steilen Hänge. Die Cluse, deren Name den tiefen Durchbruch durch das Gebirge bezeichnet, durch den sich das Wasser hier im französischen Jura seinen Weg bahnt, bildet ein Zickzack, auf das Heinrich, wenn er auf dem Festungswall spazieren ging, hinabsah. Die Burg thront hundert Meter über dem Dorf La Cluse-et-Mijoux, das selbst auf einer Höhe von achthundertsechzig Metern über dem Meeresspiegel liegt, auf einem gigantischen kahlen Felsen, wenige Meilen von der Stadt Pontarlier entfernt, von der aus der Mont de Joux mit seiner Festung zu sehen ist, eine der höchsten Erhebungen Frankreichs, an der alten Handelsstraße, die Dijon mit Lausanne verband, zur Schweiz hin, gegen welche es als Schutz und Bollwerk und Grenze diente.

An manchen Tagen lag das Tal in undurchdringlichem Nebel, dann wieder warf die Sonne ihr blendendes Winterlicht auf den Schnee hinab, langsam übergehend in die Helligkeit des Frühjahrs, März, April, wenn sie höher steigt und eine eigene Kraft entfaltet. An manchen Tagen erhob sich ein wilder Wind, von Norden kommend, laut und unbarmherzig heulte er um das Fort. Heinrich schob sich an den eisigen Mauern im Innern entlang, rastlos, unruhig, als könnte er mit den Ohren durchs Mauerwerk die Neuigkeiten erfahren, auf die er wartete: wie es stehe mit dem Krieg der Franzosen gegen die Preußen, ob denn Ulrike schon geschrieben habe, seine Schwester, ob er denn auf bessere Bedingungen oder eine Freilassung hoffen dürfe – und dann, schlagartig, unbegründbar, wie einer Laune folgend, ist ihm all das gleichgültig und vergessen. Ein Satz hat begonnen, eine Antwortphrase hat sich gemeldet; sein Stück steht klar vor seinem inneren Auge, seiner eigenen Bühne, und der Fortgang der Handlung will geschrieben werden. Es gibt nichts anderes mehr.

Heinrich sah also nicht nur auf das sanfte Tal des Doubs, dessen Name doch den Zweifel und das Ungewisse umschließt, dessen Wasser unregelmäßig steigen und fallen, in der Erde verschwinden, um an anderer Stelle wieder aufzutauchen, sondern er blickte vor allem auf die wilde, unbezähmbare Cluse, die im Zickzack ihren Weg in die Felsen reißt.

Zu Fuß hatte man die Gefangenen den letzten Anstieg nehmen lassen, hinauf in schwindelerregende Höhen und eisige Kälte, in eine Landschaft, die Heinrich atemberaubend fand, sobald der heftige Schneefall den Blick freigab, auch wenn er seiner Schwester Ulrike gegenüber lieber die schrecklichen Beschwernisse hervorhob, den mühsamen Aufstieg, die Öde des nackten Felsens, den bedrohlichen Sturm, in den man sie hinaufschickte, den Blick auf einen Abgrund gerichtet. Und oben angekommen, drei Fuß hoher Schnee. Ulrike sollte Geld schicken, da musste er an ihr Mitgefühl appellieren. Als er hört, dass sein Freund Albert in die Zelle des berüchtigten haitianischen Revolutionärs Toussaint L'Ouverture gesteckt wurde, der hier, nur wenige Jahre zuvor, an der Kälte verreckt war, braust er auf. Warum Gauvain? Warum nicht er? *Toussaint, the most unhappy man of men!* Ohne Licht und Luft, klagt er der Schwester, dreifache Gitter, erbärmliche Unterkünfte, noch dazu die Verwirrung, ob sie nun als Staatsgefangene oder Kriegsgefangene behandelt werden sollten, mit anderen Worten: wer für ihren Aufenthalt bezahlte. Franz und Albert hatte man das Geld gleich abgenommen und verwaltete es nun für sie; Heinrich, dessen Taschen leer waren, bat sie, für ihn einzuspringen; im Gegenzug dazu wandte er sich wortreich an den Kommandanten, ihn um eine bessere Aufbewahrung für sich und seine Freunde bittend.

Das Fort de Joux, im elften Jahrhundert zum ersten Mal als Festung verzeichnet, hatte unter seinen wechselnden Herren in den folgenden Jahrhunderten beeindruckende Ausmaße angenommen. Die mächtigen und reichen Ritter von Joux zuerst, dann König Philipp der Gute, Karl der V. und diverse Nachfolger, alle hatten weitere Teile hinzubauen lassen. Ein riesiges Gemäuer war über die Jahrhunderte entstanden, aus ebenso riesigen grauen Steinen, mit weitläufigen Festungsmauern, in unüberwindlichen Ringen umeinander gesetzt, mit gewaltigen Zugbrücken und Wehrtürmen, finsteren Kerkern, großen Verliesen, klirrenden Vorhängeschlössern und einem schier unendlich tiefen Brunnenschacht. Zwölf Fuß stark waren die Mauern und winzig die Fensteröffnungen und so tief, dass keine Briefe oder Waffen von außen durch sie hineingelangen konnten. Der drohende Anblick der Kanonen hatte Heinrich mehrere Stunden beschäftigt; die Ahnung der Legenden und Geschichten, die in diesen Furcht einflößenden, abschreckend hohen Mauern wisperten und lebten, hatten seine Phantasie in einen Taumel versetzt.

Das Glück wohnt manchmal an einem überraschenden Ort.

Der Kommandant ist erstaunt. Sein neuer Gefangener, Heinrich von Kleist, zeigt sich munter und aufgeschlossen. Er verlangt nach einer französischen Grammatik und einem Wörterbuch, obwohl er die Sprache fließend beherrscht, und er fragt ihm Löcher in den Bauch, wer denn noch in diesem Fort eingesessen habe, und wie lange, wann es gebaut worden sei und von wem. Alles will er wissen. Der Kommandant, verwirrt, wie weit er sich auf ein solches Gespräch mit einem Gefangenen einlassen darf, lässt sich hinreißen. Er hat sonst nicht viel Unterhaltung, warum also nicht? Als Heinrich hört, dass der Marquis de Mirabeau für einige Zeit hier eingesperrt gewesen sei, damit sich sein Mütchen kühle, wie es der Kommandant süffisant bemerkt, zeigt er sich begeistert. Mirabeau? Der Jakobiner? Ein großer Redner! Ein toller Kopf! Wann war dies geschehen? Nun ist es aber genug für heute, brummt der Kommandant und salutiert.

La Cluse, *la Klühs*, tiefe Durchbrüche durch die Alpen, L'Ouverture, *Luwertür*, die Öffnung, der Durchbruch, der Wegbereiter ... Bersten sprengen brechen, Kaskaden Katarakte Kasematten. Heinrich, der preußische Spion. Tut unschuldig, wie immer, sagt, es sei eine Verwechslung, ein Missverständnis, dabei hat er aufhetzende Gedichte geschrieben, wilde Oden gegen die Franzosen. Eigentlich liebt er ihre Sprache, ihre Kultur durchaus, schätzt Molière und Robespierre, der die Freiheit aller Menschen forderte, auch die der Schwarzen, auch die der Kolonien, bevor er zum Despoten wurde – aber das Besetztsein mag Heinrich nicht. Die Unterwerfung. Die Schmach. Die Unbeweglichkeit. Die Zensur.

So viele Kämpfer für die Freiheit an einem Ort.

Der Marquis de Mirabeau, der sich in einem hellsichtigen Augenblick dem Befehl des Königs widersetzte, die Ständeversammlung aufzuheben. Der einen Anlauf nahm, ein wenig nach Worten suchte, ansetzte, zögerte, Zeit gewann, und schließlich, von blitzartiger Einsicht befallen, sagte, *die Nation empfängt keine Befehle, die Nation erteilt sie!* Und *er* sei ein Vertreter der Nation, so hatte es der Marquis gesagt, der, selbst ein Adliger, den Aristokraten ihre Übermacht nehmen wollte, zugunsten des ganzen Volkes, aller Männer und Frauen. Mit seinen

Worten wurde das Ende des Monarchen besiegelt. Und dann Toussaint L'Ouverture. Der Anführer des Aufstands der Sklaven auf Haiti, auch San Domingo genannt, Saint Domingue, der reichsten Kolonie Frankreichs. Er hatte Robespierre beim Wort genommen, der in der Nationalversammlung gefordert hatte, dass ALLE Menschen frei sein sollten, wirklich ALLE, und er wollte eine freie Insel für freie Bürger, schwarze wie weiße, er hatte die Revolution der *Negersklaven* ins Leben gerufen, mit dem Ruf der Landessprache *vivre libres ou mourir!*[2] Er hatte sie zum Sieg geführt, *frei leben oder sterben!*, die spanische Hälfte der Insel erobert, Franzosen und Engländer in die Flucht geschlagen und die Sklaven befreit, er hatte Landreformen eingeführt und die freien Sklaven zur freien Arbeit gescheucht, um die Schätze der Insel für alle nutzbar zu machen. Reichtum für alle! Er hatte sich Napoleon widersetzt, was für ein Mann! Die Perle der Karibik, Zucker und Kaffee ... Was für Umstürze! Die Welt aus den Fugen, auf den Kopf gestellt!

Heinrich versucht, sich an das Gedicht von William Wordsworth zu erinnern, *Toussaint, unglücklichster der unglücklichen Männer* ... dem man die Freiheit stahl ... im tiefen tauben Kerker ... Was für ein Name, *tous saints*, murmelt Heinrich, Alle Heiligen, Allerheiligen, und *l'ouverture*, die Öffnung, der Beginn, was sollte das bedeuten? O *miserable Chieftain! ... armseliger Anführer ... Thou hast left behind / Powers that will work for thee; air, earth, and skies; / du hast Kräfte hinterlassen / sie arbeiten für dich, Lüfte Erde Himmel, / There's not a breathing of the common wind / That will forget thee; wie hieß es gleich, kein Hauch des Windes, der dich vergißt, thou hast great allies; / Thy friends are exultations, agonies, / And love, and man's unconquerable mind. Du hast große Verbündete, deine Freunde sind Jubel, Agonie und Liebe, / Und des Menschen unbezwingbarer Geist.*

Napoleon schickte Truppen, dreißigtausend Mann, und seinen eigenen Schwager; er brauchte den Zucker und den Kaffee; er holte sich die Insel zurück. Toussaint verlor, doch das Feuer war gelegt: Haiti probte den Aufstand, erneut, verjagte die Besatzer und rief im Januar 1804 die Unabhängigkeit aus. Die erste schwarze Republik. *Ayiti libre.* Unglaublich!

Des Menschen unbezwingbarer Geist –

In denselben Mauern wie Toussaint sitzt Heinrich nun, wenn auch nicht in dessen Zelle. Doch er spürt seinen Geist, er hört ihn nachts flüstern. Er legt das Ohr an die Mauern … Unabhängigkeit … flüstern sie … auch für Preußen!

Sein erstes Verlies ist eng und feucht, doch das zweite ist ein größeres Gewölbe mit einem Kamin, mit Bett, Tisch und Stuhl, in dem er sich frei bewegen kann. Es ist verteufelt kalt in dieser Festung. Aber Heinrich spürt nichts davon, er springt beim Schreiben immer wieder auf und rennt hin und her; es ist, als strömten ihm tausend Geschichten auf einmal zu; in seiner Vorstellung erheben sich deutlich Gestalten, in ihren Gesten, ihren Reden, ihren inneren Konflikten. Unerschöpflich scheint ihm seine erhitzte Phantasie, noch während er an seinem

Drama über die Amazonenkönigin schreibt, drängt sich in seinem Kopf schon neues Material. Eine köstliche Flüssigkeit kommt ihm zu Hilfe, befeuert ihn noch mehr –

La Fée verte, die grüne Fee,

der Absinth. Ein starkes Getränk. Destilliert aus Wermut, Fenchel und Anis. Grün eingefärbt von heilenden Kräutern, Melisse, Ysop, Zitronenmelisse. Kräuter, die hier an den Hängen wachsen.

Und wie hat er ihn bekommen, den Absinth?

Schon nach wenigen Tagen hat Heinrich das Interesse des Kommandanten geweckt; ein intelligenter Mann, der sich langweilt, in der Provinz. Er besucht seinen gefangenen Dichter in seiner Zelle. Der scheint nach wie vor vergnügt zu sein, fragt nach Papier und einem weiteren Bleistift. Er werde sich darum kümmern, sagt der Kommandant, ein Augenblick der Verlegenheit, Stille. Heinrich will weiterarbeiten, der Kommandant soll gehen, der Kommandant aber rührt sich nicht von der Stelle. Ein stattlicher, wohlgenährter Mann mit einer sinnlichen Nase. Man hört leise fiepend die Mäuse, ein unerklärliches Kratzen an den Mauern, in einiger Entfernung die dunklen Stimmen der Wachen. Mit einer abrupten Geste zieht der Kommandant eine kleine Flasche aus dem Innenfutteral seiner Jacke, springt fast auf den Tisch zu, auf dem vollgekritzelte Blätter liegen, stellt sie dort ab. Heinrich sieht ihn überrascht an. Das ist Absinth, sagt der Kommandant, sie produzieren ihn hier schon lange, aber seit Neustem haben wir eine richtige

Fabrik, eine Destillerie, in Pontarlier. Ah, macht Heinrich erfreut, Schnaps! Eine Art *Schnaps*, sagt der Kommandant, er lässt sich das deutsche Wort auf der Zunge zergehen. Heinrich möchte sofort einen kräftigen Zug aus der Flasche nehmen. Nur zu, sagt der Kommandant, trinken Sie! Trinken Sie auf unser Land, wenn Sie wollen, auf die Vorzüge der französischen Gefangenschaft! Der Kommandant lacht zynisch, oh pardon, sagt er im nächsten Moment, denn er sieht in Heinrichs entsetztes, wütendes Gesicht, so war das nicht gemeint, nein, nein, ich wollte Ihnen eine Freude machen. Soll ich vielleicht auf die Freiheit trinken, Monsieur? fragt Heinrich, nun ebenfalls sarkastisch, oder auf *Napoléon*, der mein Heimatland Meile um Meile verwüstet?

Verflucht, sagt der Kommandant, ich verabschiede mich.

Er zieht sich zurück, die schwere Tür fällt ins Schloss, Heinrich hört aufgeregtes Sprechen, sich entfernende Schritte. Er wartet eine Weile, steht unentschlossen in der Zelle, macht schließlich einen Satz und nimmt die Flasche.

Schade um den Schnaps, sagt er und zieht den Korken aus dem Hals. Ein intensiver Geruch nach Alkohol, Anis und etwas, das er nicht kennt, strömt ihm in die Nase, scharf ist es, würzig, verlockend. Er schnüffelt. Er riecht. Er zieht das Aroma ein. Als wäre der Duft der Tannen, die hier auf dem Berg wachsen, mit vergoren worden. Wieder atmet er den Geruch ein. Er setzt die Flasche an, schräg, bis ein erster Tropfen seine Zunge benetzt – nur so viel – er schmeckt – schließt die Augen – setzt erneut an und trinkt gierig, lustvoll, eins, zwei, drei, bei vier hält er inne, bloß nicht alles auf einmal saufen, warten, einteilen, die Wirkung abwarten, köstlich ist es, der Schnaps brennt die Kehle hinunter, schießt in den Magen, läuft in alle Glieder, den Kopf, brennt, heizt ein, macht atemlos, großartig, ein *wunderbarer* Schnaps, ein Destillat der ganzen wilden verwegenen Gegend, in die er hier geraten ist. Heinrich lässt sich auf den Stuhl fallen. Die Wärme breitet sich in ihm aus, erst brennend, dann wohlig. Er streckt sich aus. Er setzt den Korken auf die Flasche. Stellt sie auf den Tisch. Ein schönes Geschenk des Kommandanten. Womit hat er das verdient? Morgen wird er ihn fragen, wie der schlaue Mann heißt, der nun eine große Fabrik hat, um dieses Gesöff herzustellen. Er beugt sich über das Papier, nimmt den Bleistiftstummel und arbeitet weiter. Mühelos kommen die Worte jetzt, er muss die Kälte nicht mehr fortdenken, braucht keine Kraft auf sie zu verwenden, alles geht in die Hand, die über das Papier rast, die Worte brennen auch, laufen, strömen wie die Cluse im Frühling strömen wird, wenn das Schmelzwasser herunterpoltern und den Fluss füllen wird, rasende Katarakte, wie seine Sätze jetzt, wie die Handlung, er sieht hört fühlt Penthesilea, die Königin der Amazonen, stolz auf ihrem Pferd über das Schlachtfeld galoppieren, mit wehendem Haar, graziös, elegant, entschlossen zugleich, eine wütende Anmut, voll Verlangen, und erfüllt von einer ungekannten Lust, sich den Geliebten zu unterwerfen, Achill.

Während wir Heinrich in seine Erinnerungen hinein begleiten, bereitet die Köchin im Gasthof Stimming am Wannsee für die Gäste das Abendessen vor. Nein, es gibt kein gebratenes Huhn, nicht für Heinrich und Henriette, sie haben etwas Einfaches bestellt. Das Huhn ist für zwei französische Offiziere, die im Schankraum Bier trinken und laut reden und lachen. Die Kartoffeln kochen auf dem Herd, und die Köchin wird gleich etwas schnaufen, wenn sie den schweren Topf herunterhebt, um das Wasser über dem Spülstein abzugießen. Sie packt das Huhn auf eine große Platte und wischt sich die fettigen Hände an ihrer Schürze ab. Der Gastwirt Johann Stimming hat seiner Frau Friederike gesagt, dass die Herrschaften aus Berlin das Essen auf ihren Zimmern einnehmen möchten und dass sie keine Eile damit hätten, und Frau Stimming hat es der Köchin und dem Dienstmädchen gesagt. Sie hat dabei die Bemerkung fallen gelassen, dass sie das Ziehen in den Gliedern spüre, dass also das Wetter sich bald ändern würde. Dann hat sie den Tagelöhner Johann Riebisch beauftragt, noch einige Bouteillen Roten aus dem Keller zu holen und hinaufzugehen zu den Berliner Leuten und noch einmal nach dem Ofen zu sehen. Ob er auch ordentlich heize. Es könne kalt werden in der Nacht, sie fühle es in ihren Knochen.

Nach einer knappen Woche des Aufenthalts erhält Heinrich, zusammen mit seinen Freunden, die Erlaubnis, seine Zelle zu verlassen und auf dem Festungswall ein wenig frische Luft zu schnappen. Die Bewegung wärmt ihn, sie macht ihm Freude, weil er seinen Leib lebendig fühlt, doch der Wind, der im Jura beißend sein kann, pfeift und heult, sein Gesicht ist bald wie eingefroren und Tränen von der Kälte laufen über seine Wangen, sodass er es vorzieht, wieder hineinzugehen und sich mit der Feder über das Papier zu beugen und sich in das heiße, staubige Griechenland wegzudenken, um seine Heldin in die wichtigste Schlacht ihres Lebens zu führen, verheißungsvoll und verhängnisvoll zugleich, zerrissen zwischen Liebe und Macht. So wie er sich hin und her gerissen fühlt zwischen seiner großen Liebe zu Frankreich und der grenzenlosen Wut auf Napoleon, der sich seine noch mehr geliebte Heimat unterwerfen will, der die Preußen zwingt, etwas anzunehmen, das sie zuvor von Herzen gern und ohne jeden Zwang angenommen haben: die französische Sprache und ihre Kultur. Wozu? Wozu all das Metzeln und Morden? Für wen? Die französischen Soldaten hungerten und froren und wurden verheizt, und ihr oberster General fraß täglich gebratene Hühner!

Der Kommandant hat ihm inzwischen erklärt, dass man den Absinth mit Wasser verdünnen muss, sodass sich die klare Flüssigkeit auf rätselhafte Weise eintrübt – aber nicht der Kopf. Ah, grüne Fee, welch ein Vergnügen!

Irgendwann, vielleicht schon am dritten oder vierten Tag, auf dem Wall, im Freien, macht Heinrich eine Entdeckung. Sensationell, denkt er, das kann nicht sein! Ein Mann mit schwarzer Haut steht dort! Ja! Ein dunkelhäutiger Mann, ganz ohne Zweifel, ein Schwarzer! Sofort zieht er Heinrichs nervöse Aufmerksamkeit auf sich. Er beobachtet ihn, späht nach ihm aus. Er sieht, wie der Fremde mit schwerfälligem Gang herumstreift. Er streicht im Fort herum wie ein vergessener Hund, an den sich später keiner erinnern wird. Er ist groß und schlotterdünn, die Schultern hängen traurig herab, obwohl sie eigentlich kräftig sind, die Kleidung fällt um ihn herum. Seinen Blick hält er gesenkt, und seine Wangen sind mehr Falten als Gesicht. Er schlägt die langen Arme frierend um den Körper, an seinem linken Fuß, Heinrich sieht es mit Entsetzen, hängt eine Eisenkugel, an einer schweren Kette schleift er sie hinter sich her.

Beim nächsten Spaziergang auf dem Befestigungswall bittet Heinrich den Aufseher, diesen Mann ansprechen zu dürfen. Der Aufseher trägt die Bitte an den Kommandanten heran, der knurrend und unverständlich etwas mit sich selbst bespricht und schließlich, zu aller Überraschung, die Erlaubnis erteilt.

Der Mann mit der dunklen Haut ist etwas ängstlich, dreht scheu den Kopf zur Seite, den Blick zu Boden gesenkt, als Heinrich ihn freundlich begrüßt. Erst scheint er seinen Ohren nicht zu trauen und kriegt den Mund nicht auf, doch Heinrich wiederholt sein lächelndes *bon jour*. Er macht sogar ein wenig Konversation, zwei Sätze übers Wetter, ganz gegen seine Art, doch dann, er platzt ja fast vor Neugier, fragt er den erstaunten frierenden Mann: wo er herkomme? Ob er womöglich aus Haiti sei?

Der Fremde ist so verdutzt, dass er auflacht, *Ayiti, oui*, sagt er, *c'est mon pays*, ja, das sei seine Heimat, *Sen Domeng, dié la protège!* Er entschuldigt sich, er spreche ein etwas sonderbares Französisch, er sagt, so spreche man auf *Sen Domeng*, es sei *créole*, kreolisch.

Es ist ein sehr schönes, gut zu verstehendes Französisch, antwortet Heinrich, während er sein neugieriges

Herz wie einen Trommelwirbel zu hören glaubt, laut und wild und schnell. Ein Augenzeuge! Ein Mann, der mehr weiß als alles, was es in Zeitungen und Journalen zu lesen gibt, was sich herumspricht, von Mund zu Mund. Einer, der dabei war und ihm alles berichten kann, der Erfahrungen gemacht hat in einem außerordentlichen Kampf um Freiheit, Gleichheit, Brüderlichkeit.

Ja, sagt er zu dem ungläubig dreinblickenden Gefangenen, ich finde, es ist ein ausgesprochen angenehmer Klang, das Französische Ihrer Heimat, *Sen Domeng!*

Er selbst spricht lieber französisch als deutsch; im Deutschen stottert er häufiger, die französische Sprachmelodie trägt ihn, trägt seine Gedanken, die sich nach außen richten, müheloser; die deutsche Sprache zerrt ihn nach innen, zwischen die Punkte seiner ellenlangen Sätze, zwischen die Kommas und Strichpunkte, die Ausrufezeichen und Fragezeichen, in die Mitte der Verben und Adjektive und der Gesten und Gedanken, die es alle auszusprechen gilt, auf engstem Raum.

Ein Offizier pfeift, der Spaziergang ist für heute zu beenden –

Es klopft heftig an Heinrichs Zimmertür. Der Diener, der schon am Nachmittag da gewesen ist, um Feuer zu machen, steht mit einem Korb Holzscheite an der Tür und fragt, ob er nach dem Ofen sehen dürfe. Henriette ist etwas erschrocken, dass der Diener sie in Heinrichs Zimmer vorfindet, aber dann denkt sie, es sei nichts dabei, sie würden ja auch das Essen zusammen einnehmen, an diesem gemeinsamen Tisch.

Der Diener, Johann Riebisch, äugt misstrauisch zum Tisch hin. Wein und Käse, aha, die Leute haben wohl guten Appetit, sie haben ihr eigenes Essen mitgebracht. Und zwei Flaschen Wein stehen auch auf dem Tisch. Nun gut. Er kniet vor dem Ofen, stochert in der Glut, legt Holz nach, wartet kurz, ob Flammen hochschlagen, und schielt aus dem Augenwinkel zu dem Pärchen hin. Er sieht nur die Füße unter dem Tisch, genau genommen Socken, ohne Stiefel, und zierliche Stiefelchen unter einem langen Rock. Er macht die Klappe zu, richtet sich auf und nickt mit dem Kopf zur Seite, ob er auch bei der Dame dürfe –

Die Dame nickt, der Herr sagt, jaja, mache er, und dann redet der Herr, Heinrich, wie ein Wasserfall auf die Dame, Henriette, ein, die lauscht und lacht, während Johann Riebisch auch in ihrem Zimmer nach dem Ofen sieht. Er bringt alles in Gang, wundert sich, was ein Herr einer Dame alles zu erzählen hat, tritt etwas verlegen zurück in Heinrichs Zimmer und kündigt das Abendessen an. Er möge doch ausrichten, dass sie auch eine Flasche Roten des Hauses wünschten, oder besser gleich zwei, bittet Heinrich munter und wendet sich gleich wieder Henriette zu und erzählt. Er erzählt mit Händen und Füßen von der Weite der Berge des Jura, von den wunderbaren, endlos scheinenden Wochen im Fort de Joux, er macht den Kommandanten nach und spielt die Haltung des schwarzen Mannes vor, und es strömt nur so aus ihm heraus, denn es wird ja das letzte Mal sein in seinem Leben, das er sich an diese Zeit erinnern kann, das könne sie doch sicher verstehen, dass er sich das noch einmal vor Augen führen möchte, und ihr, und natürlich lacht Henriette und nickt, was sollte sie auch anderes tun. Sie ist ja glücklich, dass er mit ihr spricht.

Johann Riebisch kann die Stimme des Gastes noch im Gang hören und bis zum Absatz der Treppe und noch ein bisschen hinunter und er schüttelt noch einmal verwundert den Kopf.

Gleich am nächsten Tag hält Heinrich auf dem Wall Ausschau nach dem dunkelhäutigen Mann. Der wartet schon, sieht verstohlen zu ihm hin. Es gibt sonst niemanden hier, der ein Interesse an ihm hätte. Fünf Jahre lebt er schon hier, in unbeschreiblicher Einsamkeit, im Wechsel der Kältegrade von Winter, Frühling und Herbst, und nur die brennende Gebirgssonne des Sommers bringt ihm ein wenig Erleichterung, die Erinnerung an die sehr viel heißere Sonne in seinem Land, das er vermisst. Jedes Stückchen Zucker hortet er, um sich an die Süße der Früchte dort zu erinnern, sein Körper leidet unter dem Entzug des gewohnten Klimas, und seine Seele am Alleinsein, ohne Ansprache, ohne Gespräch. Und nun dieser sonderbare Mann, von dem sich in Windeseile herumgesprochen hat, dass er ein deutscher Dichter sei, Henri de Kleist.

Heinrich fragt ihn nach seinem Namen, den Umständen seiner Anwesenheit, und der Mann, zunächst verlegen, auch nicht gewohnt zu sprechen, dann von Heinrichs kindlich fragenden Augen versichert, antwortet mit leiser Stimme. Er ist so ausgehungert nach einem andern, dass er Stolz und Misstrauen vergisst.

Er heiße Émile, Émile Liberté. Er sei geboren in Port-au-Prince, der Hauptstadt von Sen Domeng, der Sohn eines Sklaven und einer Sklavin sei er. Er sei im Gefolge von – er senkt die Stimme, unaussprechlicher Name an diesem Ort – Toussaint L'Ouverture hierhergekommen. Toussaint L'Ouverture habe die Kälte nicht ertragen, und die Demütigung, fern von seinem Land eingesperrt zu sein, überhaupt, das Eingesperrtsein sei für ihn, den einstigen Sklaven, der so viel erreicht hat, eine Tortur gewesen, eine unendliche unermessliche entsetzliche Tortur. Stolz habe er sie ertragen, erhobenen Hauptes, nur für seine alte Mutter habe er um Gnade gebeten, bei Napoléon: *Eine alte Frau kann doch nichts dafür, Bürger Konsul Bonaparte!* Noch weitere Männer aus Sen Domeng seien im Fort de Joux gefangen gehalten worden, die Kinas zum Beispiel, Vater und Sohn, Zamor Kina und Jean Kina, Revolutionäre im Gefolge Toussaints, und auch seine ärgsten Feinde, André Rigaud und Martial Besse, Mulatten, Söhne von reichen Weißen und armen schwarzen Sklavinnen, Rebellen auch sie, die zuerst mit Toussaint kämpften, rachsüchtig gegen die Weißen; doch gierig nach Macht, wie sie waren, dann gegen ihn konspirierten. Rigaud und Besse flohen nach Frankreich, Napoleon nahm sie fest, um sie für sich einzuspannen, im Krieg der Messer, im Kampf der Schwarzen gegen die Mulatten. Ein trauriges Spektakel!

Rigaud? Besse? Kina? Von diesen Männern hat Heinrich nichts gehört, er will es genauer wissen, er muss sich zwingen, zu etwas Geduld.

Sie wurden gegen Toussaint eingesetzt, sagt Émile, die bestechlichen Hunde, sie verloren, sie flohen erneut, sie wurden in Paris interniert, kamen hierher, und dann … ach, es ist zu viel, zu viel zu erzählen, ich weiß nicht, wo ansetzen, wo beginnen … kurz und gut, sie alle haben hier eine Zeit verbracht, und sie alle wurden von hier wieder fortgebracht. Auch den Diener Toussaints, Mars Plaisir, hat man bald woanders hingebracht, soweit ich weiß, nach Nantes.

Was für ein Name, *Mars Plaisir!* Wozu? Warum? Wann? will Heinrich aufgeregt wissen, all diese Namen, all diese Fraktionen, Verbündungen und Hin und Her, er muss alles in Erfahrung bringen, alle Einzelheiten, wo soll er nur anfangen, auf die Schnelle? Die Stunde des Spaziergangs ist gleich zu Ende! Woher Émile wohl seine Bildung bekam? Wer waren die Kinas? Wie genau waren all diese Kämpfe verlaufen? Hatte Toussaint also für die französische Republik gekämpft und war dann von ihr selbst wieder verfolgt worden? Fragen über Fragen. Der Wind peitscht ihnen ins Gesicht, er beißt die Haut durch die Kleider hindurch, aber Heinrich achtet nicht darauf. Warum hat man alle voneinander getrennt? Warum durften sie voneinander nichts wissen?

Ich weiß es nicht, sagt Émile und zuckt die Achseln. Allmählich löst sich ihm die Zunge, die Worte drängen ihm über die Lippen, selig hängt er an diesem zuhörenden Gesicht, das ihn ansieht, voll Mitgefühl und Neugier.

Um ihn zu schikanieren, sagt er. Toussaint sollte nichts von den anderen wissen. Vielleicht hatten sie Angst, sie würden sich alle gegenseitig umbringen, vielleicht hatten sie Angst, sie würden sich am Ende wieder zusammenraufen. Vielleicht einfach, weil … weil man uns hasste und immer noch hasst. Alles, was mit *Ayiti* zusammenhängt, ist den Franzosen ein Gräuel. Man hat eine große Angst vor uns – er grinst und macht einen kehlig übertriebenen Laut – schwarzen Männern. *Les nègres.* Sie glaubten wohl, wir könnten hier im Gefängnis eine Revolte aushecken, sie glaubten, wir könnten durch die sieben Meter dicken Mauern miteinander sprechen, in Gedanken, sie glaubten, dass wir alle Hexenkünstler wären, die sich aufs Gift verstehen. Sie glaubten womöglich, eine Hand voll Rebellen könnte das Land in die Katastrophe stürzen! Was für ein übertriebener Gedanke! Nur mich allein hat man hier gelassen, ich allein vermag ja nichts, ich habe keinerlei Bedeutung – mich ... mich hat man wohl – er zaudert, er schluckt schwer –, man hat mich wohl vergessen.

Émile Liberté stockt die Stimme. Tiefe Traurigkeit tritt in sein armes, gemartertes Gesicht. Heinrich vergisst die Kälte und sieht den Mann mit aufgerissenen, konzentrierten Augen an. Erzähl weiter, sagt er, erzähl! In seinem Kopf rattert es, die Worte des Mannes springen in Bilder über, sofort.

Er selbst, sagt Émile, habe aus Gründen überlebt, die ihm selbst wie ein Wunder erschienen. Doch sinnlos sei sein Leben, *sans espoir*, ohne Hoffnung und ohne Sinn.

Heinrich betrachtet den Erzählenden, dessen schwermütige Augen immerhin ein wenig aufleuchten, während er spricht. Er betrachtet seine beweglichen Lippen, die voll sind und von der Winterluft spröde und aufgerissen wirken, die geraden weißen Zähne, die erstaunlich gesund aussehen. Die ausgetrocknete Haut ist von einem tiefen, braunen Schwarz, doch zugleich ein wenig wie ausgebleicht, als wäre sie unter einer anderen Sonne dunkler, glänzender und schöner.

Später, in Dresden, wird Heinrich nicht aufhören, an

ihn, Émile, zu denken, und in seinen Nächten wird die Farbe der Männer rabenschwarz, denkt er an die aufsässigen, kämpferischen Männer von *Sen Domeng*, die ihre Jahrhunderte alten Ketten abwerfen wollen, Männer, die sich gegenseitig *über die Klinge springen lassen*, sich mit List und Tücke bekriegen; und der fürchterliche Neger Congo Hoango wird auftauchen und ihn vom Lager zerren, bis er, Heinrich, die Geschichte zu schreiben beginnt, jene katastrophische Geschichte der Verlobung von Santo Domingo, die sich ereignete, zu Port-au-Prince, als die Weißen die Schwarzen erschlugen und umgekehrt, und die Mulatten die Schwarzen und umgekehrt noch dazu –

Eines Tages bittet Émile Liberté, ermutigt von seinem neuen Freund Henri de Kleist, den Kommandanten, zeichnen oder malen zu dürfen. Der Kommandant zeigt sich verdutzt: ein Sklave, der malen kann?

Heinrich legt ein Wort für ihn ein. Er erklärt dem Kommandanten, dass in der fernen Kolonie Ayiti, Saint Domingue, die Frankreich nicht nur mit Kaffee und Zucker beglückt, sondern auch mit großem Reichtum beschenkt habe – der Kommandant zuckt zusammen –, auch einige der Einheimischen ihre *fortune* gemacht hätten. Plantagenbesitzer im Dienste Frankreichs und Kaufleute, die vor Ort die Arbeit machten, denn irgendjemand müsse die Arbeit ja tun, hätten ihre Söhne und besonders talentierte Sklaven nach Europa geschickt, um zu studieren, auch Musik und die schönen Künste, vor allem und besonders die Malerei. Die Maler sollten bei ihrer Rückkehr als Chronisten der bedeutenden Familien dienen und alle Mitglieder porträtieren.

Was der Monsieur de Kleist wieder alles weiß, sagt der Kommandant und runzelt geplättet die Stirn. Ist das alles wahr oder die Erfindung, pardon, eines Dichters?

Nein, nein, ruft Heinrich empört, es ist die absolute Wahrheit! Haben Sie denn nie vom Chevalier de Saint Georges gehört? Halb Paris hat ihm zu Füßen gelegen, ein schwarzer Komponist! Man nannte ihn *le Mozart noir*! Haben Sie sich denn nie – damit befasst, will er sagen, doch er beißt sich ausnahmsweise auf die Lippen – nun, jedenfalls, die jungen Männer, die nicht im kalten Paris bleiben wollten, keinem von ihnen wäre dies eingefallen! – das ist ihm nun herausgerutscht, *tant pis*, was soll's – kehrten zurück und haben gemalt. Die Porträts, die sie machten, verschafften ihnen ein Auskommen und Ansehen, und so meldeten sich bald auch einige Schüler. Unser Émile hier hatte das Glück, bei einem dieser Herren ein wenig Anleitung zu erhalten, er ist jedoch, wie ich es sehe, ein begnadeter Autodidakt.

Der Kommandant ist von all diesen Worten vollkommen überrumpelt. Fassungslos. Doch auch irgendwie amüsiert. Dieser Monsieur de Kleist! Was für ein Feuerkopf! Was soll er tun? Ist Unruhe unter den anderen Gefangenen zu befürchten, wenn er dem Schwarzen diese Freiheit gewährt? Ach was, niemand beachtet ihn, schwieriger wäre es schon, wenn er ihm ein besseres Essen zukommen ließe. Émile Liberté hat Glück, der Kommandant lässt ihm Papier und Bleistift bringen, auf den Versuch käme es doch schließlich an, und Émile, überglücklich, beginnt zu zeichnen. Sein Verlies, die dicken Mauern, seine Mitinsassen, die Teller, aus denen sie ihre Suppe löffeln, das Brot, seine abgetretenen Schuhe.

Der Kommandant sieht sich die Bilder an. Er nickt und murmelt etwas vor sich hin. Er lässt schwereres Papier, Pinsel und Ölfarben bringen, nicht viel, doch es genügt. Er beauftragt Émile Liberté, er solle das Fort malen, er denkt, das sei eine gute Idee. Doch dann zieht er die Brauen zusammen und sagt, nein, er solle vielleicht doch lieber – die Gefangenen porträtieren.

Émile Liberté kann es nicht glauben. Er ist außer sich vor Freude. Seine Schultern sitzen plötzlich gerade, aufrecht trägt er seinen schönen Kopf. Etwas geht ihm dort hindurch, er bittet den Kommandanten unter ehrerbietigen Bezeugungen, er möchte einen Wunsch äußern.

Der Kommandant rauft sich die Haare. Was denn jetzt noch? Es ist ja unerhört! Doch die Neugier ist stärker als Zaudern und Üblichkeiten.

Bitte, sagt der Kommandant, aber er werde nicht unverschämt!

Monsieur le poète, Henri de Kleist, ob er ihn – ?

Der Kommandant seufzt, ein Moment der Stille, in die der Wind hineinheult, dann nickt er und scheucht Émile mit ungeduldiger Gebärde fort.

Geh er, geh er, fang er an! Nun ist es aber genug. *Ça suffit!*

Du fragst mich, ob einer in wenigen Wochen so viel erleben kann?

3

Du kannst mir erzählen, so viel wie du willst, diese Nacht ist lang, und der Tod wird unendlich sein. Ich weiß, dass du dort glücklich warst. Aber sieh mich doch einmal an und sprich doch auch ein klein wenig von mir, von deiner Liebe zu mir und von unserem Plan, gemeinsam zu sterben. Unsere Zeit hier läuft, Stunde um Stunde vergeht, mein lieber Freund, mein liebstes Herz, mein Hoffen und Harren, meine Stimme, mein Paradies – der Tod wird unendlich sein –

Aber noch sind sie am Leben, und im Leben macht man leicht alles falsch.

Der Abend ist nur der Anfang der Nacht. Über dem See steigt Feuchtigkeit auf, ein halber Mond leuchtet schwach, am andern Ufer, noch schwächer macht das scharfe Auge das einsame Licht eines Hofes aus. Einzelne Wolken kreuzen Mond und Sterne, ziehen vorüber, schnell, als hätten sie es eilig, an einen besseren Ort zu gelangen. Eine Krähe plustert sich einsam. Wellen kräuseln sich auf dem dunklen See.

Heinrich und Henriette haben inzwischen das bestellte Abendbrot des Hauses gegessen, das ihnen das Dienstmädchen auf das Zimmer gebracht hat, begleitet von dem Diener Riebisch, der ihr mit einer großen Laterne den Weg geleuchtet hat. In Milch vergorenes Kraut gab es, weiche Kartoffeln und harte Wurst, dazu haben sie eine Flasche Wein des Hauses getrunken, nicht der allerbeste, aber sie sind nicht verwöhnt, Heinrich gute zwei Drittel, Henriette ein knappes, aus schönen geschliffenen Gläsern, die man ihnen dafür gebracht hat. Es wird die letzte richtige Mahlzeit sein, in ihrem Leben, doch vor lauter Reden achten sie gar nicht darauf. Sie haben sogar weitergeredet, als das Dienstmädchen und der Diener gekommen sind, um das leer gegessene Geschirr wieder abzuholen.

Und plötzlich streiten sie sich. Aus heiterem Himmel kommt es. Als wäre ein Zwietrachtsäer durchs Zimmer geschlichen und hätte ihre Freude nicht geduldet. An wen sie noch schreiben sollen, darüber zanken sie. Henriette hat davon angefangen, einfach so, kein Mensch weiß warum, am wenigsten Heinrich. Heinrich sagt, es sei alles gesagt, er sagt es für seine Art recht streng. Sie hätten doch eigens den Wirt um Schreibzeug gebeten, erwidert Henriette. Am Morgen in Berlin hätten sie doch zusammen gesessen, um alles zu erledigen, zetert Heinrich, er wolle jetzt nichts mehr davon wissen. Er sei fertig mit allen. Sie gehe ihm fort! Seine Augen sind dunkelblau vor Zorn, seine Miene ist finster. Henriette versteht die Welt nicht mehr. Vor ihrer Abreise, schafutert Heinrich weiter, hätten sie sogar an Sophie und Adam Müller geschrieben. Ganz gegen seinen Willen. Er habe auf ihr Drängen hin an Sophie geschrieben, er wisse gar nicht mehr, wieso. Noch weniger, wieso sie auch noch an Adam hatte schreiben müssen, das sei ihm jetzt geradezu verhasst. Was sie nun wolle.

Du hängst noch zu sehr am Leben, sagt er. Seine Stimme klingt wie kaltes Metall.

Henriette ist hilflos, überrannt und gekränkt. Und wütend, aber wütend sein ist nicht ihrs; er merkt es trotzdem, an der Art, wie sie plötzlich aufsteht und die Teller und Becher zusammenpackt, wie sie damit klappert und wie sie das Brot in das Tuch einschlägt und den Käse fahrig umwickelt und alles in ihren Korb pfeffert, ihren schönen ordentlichen Korb.

Du kannst die Sachen nicht wieder in den Korb packen, braust Heinrich auf, wir brauchen ihn für etwas anderes, das weißt du doch, Herr Gott noch mal!

Aber doch wohl erst morgen, gibt sie zwischen zusammengepressten Lippen zurück und geht mit dem Korb durch die Zwischentür in ihr Zimmer und knallt sie hinter sich zu.

Es mag wohl gegen neun Uhr sein.

So etwas Dummes aber auch. Der schöne Abend. Ihr letzter Abend. Sie hätte so gern noch einmal über die Musik gesprochen, die sie lieben, oder über Homer und den reisenden Odysseus, doch Heinrich war nicht zu bremsen, er musste ihr unbedingt noch eine Geschichte erzählen, von seinem Freund, dem Maler Émile, ganz versessen ist er darauf, sie kennt das von früheren Unterhaltungen, bis über die Grenze der Unhöflichkeit hinaus hat er sich an einem Thema festbeißen können, ganz gegen die Regel der feinen Konversation, bei der doch darauf zu achten war, dass alle Beteiligten sich angesprochen und wohlfühlten, aber das machte Heinrich gar nichts aus, wenn er erst einmal in Fahrt gekommen war, und jetzt wird er offenbar überschwemmt von den Erinnerungen an diese Zeit, in der er glücklich war. So wie *jetzt*, fragt sie sich, oder behauptet er nur, es zu sein, angesichts ihres gemeinsamen Entschlusses, der nun bald in die Tat umgesetzt werden soll, mit ihr, Henriette – und redet von dem vergangenen Glück, weil doch, wie er sagt, ein Glück die Erinnerung an ein anderes hervorbringt? Sie ist sich nicht mehr so sicher.

Und dann, ein falsches Wort, und aus. Wie soll denn das jetzt gehen?

Tür zu. Du dort, ich hier. Allein.

Heinrich trommelt mit den Fingern auf den Tisch. Schlägt mit der flachen Hand drauf. Sieht sich um. Mit den Frauen ist er im Grunde noch nie zurechtgekommen. Immer diese Empfindlichkeiten und Launen. Was musste sie auch seine Erzählung unterbrechen? Nie kann er zu Ende kommen, immer wird er gestört! Er bekommt gleich wieder Kopfschmerzen! Seine Tasche springt ihm ins Auge. Sie lehnt am Bett. Die Flasche Rum steckt drin. Sein Felleisen, der Rucksack aus schönem geschwärztem Rinderleder, an dem ein Rest vom Fell den Rand ziert, den er nun schon seit so vielen Jahren mit sich herumschleppt, durch halb Europa. Auf allen seinen Reisen nahm er diese Tasche mit, die er einst in der Schweiz erstanden hat, an der Aare, *une valise*, eine *Wa-Lise*, eine *Fell-Ise*, so hatte der Schuster mit seiner schnurrenden Stimme sie genannt. Felleisen? Ach so! Ich verstehe! Ich muss meine Papiere verstauen können und ein paar Beinkleider, eine Flasche Rum oder Wein und ein Hemd, mehr brauche ich nicht, so hatte Heinrich es ihm erklärt. Es war auf seiner zweiten Reise in die Schweiz, bei der Ernst ihn begleitet hatte. Ernst hatte den Dienst nicht quittiert wie er; er hatte nur Urlaub genommen, um mit ihm zusammen zu sein.

Heinrich springt auf, nimmt die Tasche, setzt sich damit zurück an den Tisch, der nun wieder nackt und einfach glänzt, ohne Tischdecke und weibliches Geschmück, und packt eine Pistole aus und legt sie auf den Tisch, dann die zweite und die dritte. Zwei kleine handliche Terzerols und eine größere Schnapphahnpistole. Es sind die Waffen eines Ehrenmanns, denkt er. Soll keiner glauben, er wäre feige. Nur weil er nichts hielt vom Militär.

Die beiden kleinen legt er auf den Tisch, er riecht ein wenig Pulver und Blei, die andere betrachtet er. Der Name des italienischen Waffenschmieds ist eingraviert, Lazarius Comminazzo, er hat sie einem Soldaten abgekauft, den er nur flüchtig kannte. Ihren Holzschaft zieren Schnörkel und Blumen, ein arabisches Ornament, in Messing eingeritzt, der Knauf hat einen Beschlag aus Eisen. Ein schönes Ding ist das. Der Kolben ist eineinviertel Fuß lang. Heinrich wiegt die Waffe in der Hand, sie ist schwer, überzeugend schwer.

Hoffentlich werde ich nicht auferstehen, nach Benutzung dieses Werkzeugs, murmelt er, *nomen est omen*, wie der alte Lazarus. Er zieht ein weiches, benutztes Tuch, Öl und Draht aus dem Felleisen und beginnt die

Pistole zu putzen. Er murmelt weiter vor sich hin, wird lauter, spricht mit Nachdruck, zögert, dann lacht er auf, wird wieder leiser, unterbricht sich.

Ernst, mein lieber Freund, wie war es schön, mit dir so Tür an Tür zu leben! Zwei Zimmer, miteinander verbunden, zwei Welten, von einer Schwelle getrennt, die wir überquerten, hin und her, du zu mir und ich zu dir. Mit einem Freund zu leben, war mir das Liebste, und mit dir hielt ich es am besten aus. Hundert Mal hast du mir vorgeworfen, ich liefe fort beim kleinsten Zerwürfnis, und rennte gleich zu einem andern, dabei kam ich immer zurück zu dir. Die Feder liegt dort auf dem Tisch bereit, doch meine Gedanken verwirren sich zu Knäueln, wenn ich nur daran denke, das Wort an dich zu richten. Wie? Welche Worte? Mein lieber Freund, ich kann dir keinen Brief zum Abschied schreiben, ich konnte es bisher nicht, und ich werde es auch hier nicht tun. Was soll ich dir auch sagen? Du hast dich von mir entfernt. Es ist mir bitter. Glaube mir. Ich habe dir früher so viele Briefe geschrieben, doch in den letzten Wochen bist du mir abhanden gekommen als einer, an den ich meine Worte richten kann. Du denkst, ich hätte dich vergessen? Als wäre dies der einzige Grund, einem anderen nicht zu schreiben? Weit gefehlt, mein Lieber, weit gefehlt! Du hast mich verlassen, und nun bleibt mir nur die Erinnerung, so verhält es sich zwischen dir und mir.

Heinrich unterbricht das Putzen, er zieht mit geübter Geste eine Flasche aus dem Felleisen, seine Flasche mit Rum. Er dreht mit den Zähnen den Korken heraus, trinkt, zwei, drei Schluck, gierig und schnell, drückt den

Korken wieder fest in die Flasche und schiebt sie zurück in die Tasche. Nimmt sich die Waffe wieder vor. Zieht den Draht durch den Lauf. Nimmt den Lappen. Haucht das Metall an und reibt es energisch.

Als wir am Thuner See ankamen, erinnerst du dich, konntest du es kaum erwarten, ins Wasser zu springen. Es zog dich an, als wärst du ein Fisch, ein Frosch, was weiß ich. Ich habe das nicht verstanden, aber deine Freude steckte mich an. Heraklit hätte dich kennenlernen sollen. Wie hat er gesagt: *panta rei*, alles fließt. Du steigst niemals in dasselbe Wasser. Richtig, richtig, aber du, bei dir war es umgekehrt, du warst nie derselbe, als der du hineingestiegen bist, wenn du hinauskamst. Du hast alles abgeschüttelt, du hast gestrahlt, deine Augen wurden übermütig. So sehr hast du die Bewegung im Wasser geliebt. Einmal habe ich am Ufer gewartet. Ich habe dir zugesehen, wie du dich entfernt hast, in deinen kräftigen Schwimmstößen, wie dein Kopf in das Wasser hineintauchte und wieder hoch kam. Dann kamst du wieder zurück. Ich habe dich gesehen. Ich habe dich *an*gesehen. Du bist mit großen Schritten auf mich zugekommen, wie du deine Beine in das Wasser hineingeworfen hast, die Arme dazu schwenkend, voller Lebenslust, dann bist du einen Augenblick stehen geblieben und hast mich auch angesehen. Das Wasser glänzte auf deiner glatten Haut in der Sonne. Du bist rot geworden wie ein Mädchen. Hast deinen Blick gesenkt. Ich musste dir nichts sagen, Ernst, von meinem Verlangen. Du hast mich als deinen Freund geliebt, aber dich quälte nie dieses Verlangen. Ich kannte es. Frag nicht so dumm. Warum und wie es mich quälte. Zornig musste ich mit ansehen, dass du den Frauen dieses Lächeln geschenkt hast, nach dem ich mich sehnte, wie du ihnen beim Reden auf den Mund gesehen hast, wie sie rot wurden ihrerseits, wie sie begannen, in deinen Blick hineinzutänzeln, den Kopf neigend, ganz weich die eine, stolz und fragend die andere. Du hast gewusst, dass ich das sehe. Du hast es gewusst. Hätte ich mich auch so affig aufführen sollen? Tändeln, tänzeln, tanderadei? Ich will nicht klagen, ich durfte dich umarmen. Du hast mich in deinen Armen gewiegt. Manchmal gab ich vor zu weinen, nur damit du es tust. Verzeih mir, Ernst, du hast gedacht, ich hätte dich niemals getäuscht. Ich habe dich auch nicht getäuscht, in einem höheren Sinn, ich habe dir doch mein Verlangen gezeigt. Ich werde in wenigen Stunden diese Erde verlassen, mein lieber, lieber Freund, lass es mich einmal sagen, wie es war. Lass mich einmal denken, was alles nicht sein konnte! Ein schöner Brief wäre das, nicht wahr? Manchmal wusste ich, dass du so ähnlich fühlst wie ich, in kurzen Augenblicken, aber es durfte nicht sein. Und dann hast du mich verlassen, immer wieder. Auch als wir in Berlin festgenommen wurden, als wir zusammen von Königsberg kamen, Albert, Franz und ich, und du dich kurz zuvor von uns getrennt hast, schlau, wie du warst, als hättest du es geahnt, trauerte ich dir hinterher. Im Gefängnis habe ich immerzu an dich gedacht. Ich habe die Penthesilea für dich geschrieben! Für dein *kriegerisches Gemüt* sollte sie sein. Und du? Doch, doch, du hast es verstanden. Als ich aus dem Gefängnis zurückkam und sie beendet habe und du mit mir gewohnt hast, in Dresden, Tür an Tür. Aber du musstest ja heiraten.

Was für ein Stich! Und dann, als du verheiratet warst, wolltest du immer ganz schnell zu deiner Frau zurück, die dich vielleicht tot auf einem Schlachtfeld glaubte, oder verletzt, und du konntest es nicht erwarten, mit ihr einen Sohn zu zeugen, nicht wahr, es ist dein größter Wunsch, eine Reihe von Jungen, du hast ja erst zwei, ich beglückwünsche dich – als ließen sich die gelichteten Reihen unserer Soldaten mit deinen Söhnen wieder auffüllen –

Guten Abend, gute Nacht,
Mit Rosen bedacht,
Mit Näglein besteckt,
Schlupf unter die Deck;
Morgen früh, wenn Gott will,
Wirst du wieder geweckt.

Henriette summt. Henriette, hinter der verschlossenen Tür, die sie selber zugeschlagen hat, in ihrem Zimmer, zur selben Zeit, zwischen neun und zehn am Abend; sie hat den Korb auf den Tisch gestellt und sich auf das Bett gesetzt und leise geweint. Heinrich soll es nicht hören. Er soll es auf gar keinen Fall mitbekommen. Sie hat eine Weile so gesessen. Ihre Hände sind eiskalt. Sie legt sie auf das heiße Gesicht, auf die gereizten Augen. Ihr Taschentuch ist schon ganz nass. Was nun? Zwei der Leuchter, die sie vom Wirt erhalten haben, nach denen sie verlangt hatten, stehen bei ihr, werfen genug Licht in den Raum; draußen ist es zum Greifen dunkel. Die Dunkelheit mag sie nicht. Das Zimmer ist nicht behaglich. Roh ist es und ungewohnt. Wenigstens ist es warm, der Diener hat eingeheizt. Ab und zu muss sie selbst ein Stück Holz nachlegen. Den Ärmel am Handgelenk vorsichtig halten, damit er kein Feuer fängt, und mit der Hand den groben Holzscheit in das Feuer schieben. Sehen, wie die Funken aufstieben, die Hitze spüren auf ihrer Haut, die Klappe wieder schließen.

Jetzt ist sie aufgestanden und geht im Zimmer auf und ab. Zum dritten Mal ordnet sie die Falten des weißen Kleides, das sie morgen Nachmittag tragen möchte, auf dem Bügel am Schrank, morgen Nachmittag am See. Sie hat es sich lange überlegt, welches Kleid sie für ihren Übertritt in ein anderes Leben anziehen möchte, wie sie gefunden werden möchte, wie sie vielleicht auf sich selbst noch einen Blick werfen möchte, wenn sie dann auf sich selber hinabblicken würde, einen Augenblick lang, und immer war ihr nur dieses eine in den Sinn gekommen: das weiße Kleid aus feinem Batist, zu dem leuchtend blauen Mantel. Sie streicht die feinen Strümpfe glatt, die sie aus der Tasche genommen und über die Lehne des Stuhls gehängt hat, die Strumpfbänder aus blauschwarzer Seide dazu. Die weißen Handschuhe. Sie stellt die beiden schwarzen Schuhe aus feinem Ziegenleder noch genauer nebeneinander, legt die Bänder hinein. Sie berührt den Klopstock, ihr liebstes Buch, flüchtig und unentschlossen. Ihr wird ganz sonderbar. Ein bisschen schwummerig im Kopf. Lass alles stehen und liegen, flüstert eine Stimme in ihr, fahr nach Berlin zurück! Nur: wie?

Sie hat sich so gefreut. Sie hat sich so auf diesen langen Abend mit Heinrich gefreut, diese ganze lange Nacht. Endlich einmal allein! Endlich einmal ungestört! Sie könnten so lange miteinander sprechen, wie sie wollten – und jetzt war es schon aus. Wie sollte sie ihm morgen früh gegenübertreten? Wie sich ihm anvertrauen?

Sie ist still, das Zimmer ist still, das Haus ist still. Eine Stille, vor der sie sich die Ohren zuhalten möchte, so entsetzlich ist sie! Doch nein, da, nebenan, hört sie etwas. Sie spitzt die Ohren. Sie steht auf, schleicht auf leisen Sohlen zur Tür hin, lauscht. Nichts. Sie geht noch einen Schritt näher heran. Eine magische Grenze hält sie zurück. Schließlich hört sie seltsame Geräusche, ein leises Grummeln hört sie. Ihr Herz klopft, so laut, sie hat Angst, er könnte es hören. Stolz ist sie aber auch. Sie kehrt um. Setzt sich vorsichtig wieder aufs Bett und starrt auf die verschlossene Tür, als täte sie etwas Verbotenes.

Henriette fällt ein stilles Elend an. Sie sieht sich in dem fremden Zimmer um. Das Zimmer atmet ihre Verzweiflung. Der Stuhl mit den Sachen, der Tisch mit dem Schreibzeug: Was machst du hier? Ist dies dein Leben? Das konnte nicht sein. Nein. Entsetzliche Sehnsucht nach Pauline überkommt sie, zerrt an ihr, zerrt und kratzt und treibt ihr Hitzeflecken an den Hals, hingehen möchte sie zu ihr, wie so oft, wenn es spät geworden ist, wenn sie, am Abend, allein, noch ein Buch gelesen hat, in Paulines kleine Kammer, mit der Kerze in der Hand, leise leise, nachsehen, ob sie schläft, ihre Decke noch einmal hochziehen, das süße schlafende Gesichtchen streicheln und über die feinen Wimpern lächeln, die ein so zartes Rund unter den geschlossenen Augenlidern bilden, lächeln über das halb geöffnete Mündchen, in dem sich ein bisschen Speichel gebildet hat, der zwischen den aufgeworfenen

Lippen glänzt. Wer wird ihr am Abend vorlesen, wenn sie nicht mehr da ist? Wer? Wie liebt sie dieses Mädchen! Ein Schluchzen wächst in ihr, es wird herausbrechen, ungezähmt und roh, aus ihrer tiefsten Einsamkeit, das Kind ist das beste Geschenk ihres Lebens. Das einzige, das überlebte, von allen, von vier Kindern ein einziges, und sie will es verlassen? Wie ein böses Tier springt ihr die Angst an den Hals, schnürt ihr die Brust zu, groß, hässlich, mit Klauen, die ihr in die Schulterblätter fahren, ihren Magen herumwirbeln, ihr den Schwindel vor die Augen schicken, als würde ihr Kind vor ihren Augen erstochen, ihre Kehle wird eng und trocken, sie bekommt keine Luft –

So hab ich mir das nicht vorgestellt, will sie schreien, doch sie kann nicht,

sie springt auf, sie will rufen,

Heinrich, Heinrich, bitte, lass mich zu dir –

Sie kriegt die Worte nicht heraus, taumelt zur Tür, die Hand am Hals, als müsste sie ersticken, so ist ihr, sie zögert eine letzte Sekunde, reißt die Tür auf, will schreien –

Er sieht sie, aufgewühlt, das Haar aufgelöst, die Hand am Hals, würgend, keuchend –

Heinrich sieht sie vom Tisch aus an, als wüsste er nicht, wer sie ist! Als habe er sie vergessen! Was für ein schrecklicher Anblick!

Heinrichs leere blaue Augen, ohne Gedächtnis, er hat sie vergessen, und sie stürzt und stürzt und fällt und fällt.

Henriette fällt auf den Boden der Wirklichkeit zurück. Sie knallt hart auf, es tut weh wie sieben Messer. Doch genau in diesem Stich fasst sie sich, sie reißt sich zusammen, wie es heißt, genau in diesem Unverständnis findet sie sich wieder – Aber ach, verflucht diese elende Selbstbeherrschung! Verflucht die ewige Selbstverleugnung! Verflucht die Sanftmut, die jede Verletzung fortschiebt und fortdenkt, ich bin nicht wichtig, alles ist gut, es hat keine Bedeutung, achte nicht auf mich, bewahre die Haltung, *Contenance*, stör keinen mit deinen Gefühlen! Entmutigt ist sie, auf einen Schlag, was für eine unerhörte Aufwallung ihres Herzens, nein! Und schon will sie den Rückzug antreten, wie so oft in ihrem Leben, wie so viele hunderttausend Mal. Doch etwas hält sie, hält sie fest, sie bleibt auf der Schwelle hängen, wie aufgehängt an ihrem ratlosen Entsetzen, und Heinrich, aus seiner Starre kommend, erkennt in diesem Augenblick, sekundenschnell dann doch, was los ist, mit ihr, sieht ihr Würgen, ihren Kummer, und erhebt sich, schnauft, springt, mit der Waffe in der Hand, stolpert vier, fünf Schritte durchs Zimmer auf sie zu, hebt die Arme hilflos schüchtern, rudert herum und legt sie schließlich um die zitternde Freundin.

Jettchen, was ist denn? Was hast du denn?

Du, du –

Henriette kriegt kein Wort raus. Ihre Knie geben seltsam nach, ihr Gaumen ist trocken.

Plötzlich begreift er. Seine bösen Worte fallen ihm ein.

Aber Jette! Ich wollte dich nicht kränken!

Sie schluchzt auf, jault auf, ihre Schultern schütteln sich, er hält sie fest, er wartet, bis sie sich ein wenig beruhigt. So stehen sie.

Dann löst er sich ein wenig von ihr, legt Waffe und Lappen, die er noch immer ungeschickt in den Händen hält, auf den Tisch. Dass er auch immer so unbeholfen sein muss. Er überlegt, hat einen Einfall: er zieht den zweiten Stuhl heran.

Komm, bitte, setz dich. Wein nicht, ich bitte dich. Ich kann keine Tränen sehn!

Er reicht ihr sein großes, zerknülltes Taschentuch, er zieht es aus seiner Hose. Sie sieht es an, zögert, nimmt es. Ganz eng zueinander stellt er die beiden Stühle, ganz eng beieinander sitzen sie, die Knie aneinander, die Hände ineinander. Henriette zittert noch immer wie Espenlaub, ihr Gesicht ist weiß wie ein Laken, es dauert endlose Minuten, bis sie schließlich sagt:

Ich denke ununterbrochen an Pauline.

Mh, brummt Heinrich und streichelt über Henriettes Hand.

Er sieht sie erwartungsvoll an, sie soll weiterreden, er weiß nicht, was sagen.

Allmählich löst sich ihre Befangenheit. Und sie spricht von Pauline, ihrer Tochter. Wie sie ihre ersten Schritte machte, als Heinrich sie noch nicht kannte, als er weit fort war, mit anderen Gedanken beschäftigt. Wie sie lernte, sich auf dem Schaukelpferd zu halten. Wie sie zu sprechen anfing und wie sie, die kleine Zunge konzentriert zwischen den Lippen, auf der Schiefertafel ihre ersten Buchstaben zu zeichnen begann. Wie später Heinrich ihr manchmal Aufgaben stellte, Bilderrätsel und Wortspiele, die sie nicht schnell, eher nach gründlicher Überlegung, glücklich löste. Wie er ihr Geschichten erzählte oder Verse aufsagte, von Bettelmanns Hochzeit oder vom Schneider und dem Teufel, Rinaldo Rinaldini, allesamt aus »Des Knaben Wunderhorn«, der schönen Sammlung der Freunde Achim von Arnim und Clemens von Brentano, die Heinrich Pauline bald darauf zu Weihnachten schenkt.

Ich möchte vor tausend Taler nicht,
Dass mir der Kopf ab wär,
Da spräng ich mit dem Rumpf herum
Und wüsst nicht, wo ich wär –

Hör auf, Heinrich, hör auf, hatte Henriette empört gerufen, was für ein unheimlicher Vers!

Heinrich und Henriette sitzen im fremden Gasthof Stimming am Wannsee, im kalten Monat November, weit fort von allen anderen, die sie kennen, als ob es gar nichts wär, als ob sie nur eine Reise machten, was ja auch stimmt, sie machen eine, eine sehr große sogar, und sie erinnern sich an die kleine Pauline, als ob dieses Kind nicht mehr wär – dabei ist es doch ganz anders, *sie* werden bald nicht mehr sein –

Manchmal denkt man an ein Kind, wenn man sich gerade selbst wie ein Kind fühlt, nicht wahr?

Heinrich sagt manchmal so überraschende Dinge, Henriette liebt ihn heftig dafür.

Als ob sie ein Album langsam durchblätterten, sitzen sie jetzt und lassen gemeinsam Bilder vor ihren Augen entstehen: Weißt du noch, weißt du noch –

Wie die Kleine manchmal am Boden hockte und malte, während Heinrich und ihre Mutter, die er Henriette nannte, obwohl alle anderen sie Adolphine riefen, am Klavier saßen und vierhändig spielten und sangen, vielleicht ein Duett vom Prinzen Ferdinand, oder wie er sie auf der Flöte begleitete, von Haydn eine Etüde, von Mozart eine hübsche Serenade, und wie Pauline manchmal eine Melodie mitgesungen, die sie schon kannte, oder im Takt genickt hat dazu. Wie Heinrich ihr erlaubt hatte, einmal die Flöte oder sogar sein liebstes Instrument, die Klarinette, auszuprobieren, und wie erschrocken sie war, als die Töne nicht wohlklingend und leicht wie bei ihm herausgekommen waren, sondern schrill und schief. Fast hätte sie das Instrument fallen gelassen, dann hatte sie geweint, Kindertränen mit viel Rotz, und mit düsterem Gesicht behauptet, es säße ein böser Dämon darin, der wolle nicht, dass sie spiele. Und Heinrich und Henriette hatten sich das Lachen verkneifen müssen über das Kind, und es trösten, und Heinrich hatte sich hingehockt, zu ihr, auf eine Höhe mit ihr, und hatte ihr gezeigt, wie man es richtig machte, mit den Lippen, der Zunge und dem Atem. Und er hatte ihr erzählt, wie lange er hatte üben müssen, um den bösen Geist in der Klarinette zu besiegen.

Pauline hatte nachdenklich zugehört. Und du denkst, ich kann das auch?

Natürlich kannst du es. Wo denkst du hin?

Und da war es Henriette gewesen, die weinen musste und ihr Gesicht ein wenig abwenden, damit das Kind es nicht sah, vor Rührung und Verzweiflung, dass sie nicht einfach immer so leben könnte, zusammen mit Heinrich und Pauline. Pauline, das geliebte Kind, und Heinrich –

Zu diesem Zeitpunkt waren sie sich schon nahegekommen.

Warte, ich zeige sie dir!

Heinrich, nicht groß, mit gedrungenen Schultern, einem runden, fast kindlichen Kopf, hin und wieder wie verwaschen im Ausdruck, dann wieder hellen, klaren Blicks aus seinen tiefblauen Augen, manchmal fast ein Hauch von etwas Türkis, die Augenbrauen kräftige Bögen, die schwarzen Locken ins Gesicht gestrichen, einen Kamm sahen sie wohl selten, mit kleinen, empfindlichen Händen; mal ganz ruhig und in sich zusammengesunken, mal von berückendem Charme, mal lebhaft springend, oder schroff, nicht gerade wie ein Mann von Welt.

Und Henriette?

Manche Leute sagten, Henriette sei nicht schön gewesen, andere wiederum lobten ihre artigen weiblichen Tugenden. Ihr Busen war üppig, die Haut sehr weiß, man konnte blaue Äderchen sehen, kam man ihr nahe. Ihr Gesicht hatte einige Narben, von den Blattern, die sie als Kind gehabt, doch ihre hellblauen Augen strahlten wie Sterne, wenn Sterne denn hellblau wären. Es war in ihr eine solche Sanftheit; sie erschrak über jedes heftige Wort, und vielleicht war es diese Sanftheit, die Heinrich sanft werden ließ, biegsam, gelassen, friedlich, denn sie verlangte nichts von ihm, sie stellte keine Forderungen, und wenn sie manchmal streng mit ihm sprach, so war es wie im Spiel.

Einmal allerdings, am Piano, hatte sich dieser sanfte

Engel plötzlich zu ihm umgedreht, ihn durchdringend angeblickt und gefragt:

Hätten Sie das Herz, ich meine, brächten Sie den Mut auf – mich – und sie zeigte auf ihre Brust – zu erschießen?

Heinrich sah sie überrumpelt an. Schweiß brach ihm aus, er begann zu zittern.

Nein, murmelte sie, wie zu sich selbst, das kann nicht sein, einen solchen Mann gibt es nicht auf dieser Welt, und wandte sich wieder den Tasten zu. Heinrich machte eine verrutschte Bewegung neben ihr, griff fast grob nach ihrer rechten Hand, küsste sie sehr schnell und hingebungsvoll, bis zum Gelenk hinauf, Küsse, Küsse, und sah sie von unten, von ihrer kleinen Hand herauf, sehr sonderbar an, mit Tränen in den leuchtend blauen Augen. Doch dann, nach einer winzigen Sekunde, ruckte er hoch, saß kerzengerade, strahlte übers ganze Gesicht, und sagte, ganz leicht dahin, als wär es gar nichts, als wär es nur der Sommerwind:

Liebste, werteste, wunderbarste Freundin, erlauben Sie, ich bitte Sie, ich werde es Ihnen beweisen, ich bin ein solcher Mann. Ich bin Ihr Ritter. Ich erfülle Ihren Wunsch. Ich werde Sie erschießen. Und dann mich.

Unsere Zeit hier, so sagte Henriette manchmal. Abgemacht? Abgemacht.

Weißt du noch, *unsere Zeit hier* sei erfüllt mit den tiefsten Gesprächen, weißt du noch –

Wie ich dir erzählt habe, dass in meinem Taufeintrag drei Namen standen? Heinriette Sophie Adolphine. Geboren am 9. Mai 1780, getauft am 20. Mai, in der Luisenstädtischen Kirche. Ja, du hast es richtig gehört, Heinriette steht da, H-e-i-n. Und du bist Heinrich, H-e-i-n.

Man rief mich Adolphine, oder Finchen, doch du sollst mich fortan Heinriette nennen, oder Henriette, wenn du magst. Auch Jettchen.

Du allein.

Wie kommt eine so sanftmütige, hübsche Person dazu, sich erschießen lassen zu wollen?

Die Pistole ans Herz setzen, sich den Brustkorb zerfetzen zu lassen. Es muss ein guter Schütze sein, nichts schrecklicher als die Vorstellung, er könnte es verhunzen, und eine siecht dahin und ist am Verbluten. Plötzlich muss es sein, blitzartig, wie eine große deutliche Erkenntnis, eine von denen, die alles verändern.

Genau so war es, am Klavier. Eine plötzliche Erkenntnis. Dass ich sterben möchte, mit dir. Dass das Sterben das Richtige ist, für mich.

Es geht inzwischen auf Mitternacht zu, die Zeit, *unsere Zeit hier*, sie vergeht so schrecklich schnell. Im Haus ist nicht viel zu hören. Ein Fensterladen klappt im Wind, der See schwappt gegen das Ufer, irgendwo vielleicht noch eine Stimme, oder das Krächzen eines Nachtvogels. Draußen streichen Füchse umher, es maunzt eine Katze. Ein Käuzchen wartet auf den eigenen Schrei.

Auf dem Tisch hier im Zimmer flackern die Kerzen, auf dem Tisch hier liegen drei Waffen, zwei kleine handliche Terzerols und eine große, effektive Pistole. Der Lappen ist zusammengeknüllt, Papier wartet auf Feder und Tinte. Zwei Flaschen Wein sind geleert. Alles ist gut, alles ist einfach. Die Worte waren so leicht, sie kamen wie von selbst.

Henriettes aufgelöstes Haar, Heinrichs mitfühlende Seele. Längst sitzt Henriette auf Heinrichs Schoß, sie lehnt sich an ihn, er wiegt sie, streicht ihr über das dunkel glänzende Haar, sie sprechen noch eine Weile, sehr leise, in ihrem Traum zu zweit, er flüstert ihr etwas ins Ohr,

da setzt sie sich plötzlich auf, lacht, schnäuzt in ihr besticktes Tüchlein, sagt, jetzt ist es gut, jetzt lass uns einen schönen starken Kaffee bestellen –

und unsere letzten Briefe schreiben,

und so muss der arme Diener des Hauses, ein einfacher Tagelöhner mit Namen Johannes, der tagsüber die schwersten Arbeiten zu verrichten hat, auf das Klopfen der Herrschaft hin, aus dem Halbschlaf hoch und in Nachthemd und halb geschlossener Hose in die Küche, um einen Kaffee zu kochen.

Wenigstens glimmt das Feuer im Herd noch ein wenig; was für Umstände macht doch dieses sonderbare Paar.

Nicht zum letzten Mal in dieser Nacht.

Jetzt fängst du tatsächlich wieder mit diesen Briefen an!

4

(Schlimme Liebschaften[3])

Der Marquis de Mirabeau hat viel darüber nachgedacht, dass die wahre Liebe die Verbindung zwischen körperlicher und seelischer sei. Was nun aber, wenn bei einem Menschen die seelische Seite überwiege und die körperliche gewissermaßen nur – vielleicht auch, weil der Körper so oft – gequält – oder – vielleicht –

Als ich Heinrich kennenlernte, war mit einem Schlag alles anders in meinem Leben. Fassungslos war ich. Es war, als ginge von ihm eine Musik aus, die vollkommen mit mir im Einklang war, eine Musik, die ich niemals hätte machen können, die niemand hätte spielen können, die ich auch nicht hörte, weil wir zusammen musizierten, sondern einfach immer dann, wenn er den Raum betrat und wir beieinander saßen.

Ich hörte diese Musik in mir, klar und schön. Meine Äolsharfe, meine Wärme, mein Wald.

Gibt es das?

Ja, sage ich, ich kenne es. Louis, mein Mann, hätte mich ausgelacht: Ein Mann, eine Melodie? Ach, ach.

Louis. Oder auch Ludewig. Ein hübscher Mann, sechs Jahre älter als sie, wohlgenährt und wohlgeboren, mit rosigen Wangen, ein freundliches Gemüt, sein Vater Vikar und Organist. Ein Jugendfreund aus der Gemeinde. Du spielst so schön das Klavier, Adolphine. Neunzehn Jahre alt war sie gewesen, als er sie zum Altar geführt, der junge Herr Canzeley-Sekretär. Ganz allmählich macht er seine Karriere, überschaubar, nie spektakulär, immer auf dem gleichen Gebiet. Landschaftsbuchhalter, Rentmeister, auch Rendant. Einer, der sich um die Kassen des Staates kümmert, ein Beamter.

Als ich Heinrich kennenlernte ...

wir sind uns sicher einmal über den Weg gelaufen, er hat eine Zeit lang in der Nähe des Arztes gewohnt, zu dem ich des Öfteren ging, und natürlich, in den Geschäften in der Nähe des Gendarmenmarktes, oder in einem Salon, aber ich meine, als wir uns zum ersten Mal richtig begegnet sind – als ich ihn zum ersten Mal wirklich –

Im Grunde war Adam Müller schuld daran. Adam verdanke ich Heinrich. Grotesk genug, doch ich muss es einfach so sagen. Manche denken, es wäre bei der Taufe gewesen, von Adam Müllers Kind, aber da kannten wir uns längst.

Es gibt ein Geheimnis um Heinrichs und Henriettes erste Begegnung. Die Spuren sind verwischt. Es geht überhaupt ziemlich durcheinander, in dieser Geschichte von Henriette und Heinrich und Adam. Fangen wir doch einfach mit der Taufe an,

was war da eigentlich, im November 1810?

Bei der Taufe der kleinen Cäcilie, Sophie und Adam Müllers erstem gemeinsamen Kind, fünf hatte sie aus der ersten Ehe, hatte Henriette ein wenig abseits gestanden. Sie schien mit sich zu ringen; Heinrich konnte nicht erfassen, was sie quälte, doch nach einigen Minuten kam sie, lächelnd, freundlich, in die Runde der anderen zurück. Von diesem Augenblick an ließ Heinrich sie nicht aus den Augen; niemand wird es bemerkt haben, er versteckte seine Blicke wie immer hinter lautem Brummeln, Reden und Erzählen. Bei Tisch sah er, wie sorgfältig sie das Essen aufnahm, wie sie es anordnete auf ihrem Teller, und wie schön ihre Gesten waren, wenn sie ihr Glas an die Lippen setzte oder die Gabel zu ihnen führte. Sie aß ohne Hast, und er konnte kein Anzeichen für jenen anderen, größeren Hunger ausmachen, den er bei Frauen und auch Männern manchmal beobachten konnte, eine unbestimmte Gier, die, sicherlich seelischer Natur, sich doch im Körperlichen zu äußern pflegte. Heinrich scheute diese Gier wie der Teufel das Weihwasser; sie gehörte zu Menschen, die vorgaben, für ihn da zu sein, und seine Gefühle aussaugten wie Vampire, weil sie keine eigenen oder nur wenige besaßen, und die darauf angewiesen waren, sich an seinen Erfahrungen satt zu machen. Doch wenn du nicht aufpasst, so dachte Heinrich oft, dann fangen sie an, dich zu beherrschen, sie wollen es jedenfalls, sie zwingen dir ihr System auf, und ihr System ist eng und klein und legt dir ununterbrochen Beschränkungen auf, und du kannst dich nicht frei bewegen. Heinrich aber hasste jede Einschränkung seiner Bewegungsfreiheit, und es hatte in seinem Leben nur wenige Menschen gegeben, die ihm nicht zu sagen versuchten, wie er was zu tun und zu lassen habe, wer er sein solle und was nicht.

Heinrich beobachtete seine Freundin. Allmählich begriff er, dass es ihr noch immer einen Stich versetzte, Adam mit Sophie zu sehen. Er sah auch, dass sie sich von Louis, ihrem Mann, allein gelassen fühlte; dass dieser aufmerksamer zu anderen war als zu ihr; dass er seiner Tischnachbarin die Karaffe reichte, oder das Brot, nicht aber Henriette.

Heinrich hatte, von ihrer ersten Begegnung an und ungewöhnlich genug, von Anfang an den Eindruck gehabt, Henriette zu verstehen. Ganz leicht hatte sich ihm Henriettes Wesen mitgeteilt und ihn freundlich angezogen, ganz leicht, ohne jeden Druck, und er hatte im Innern über Adam gespottet, der sie an ihn hatte abschieben wollen. Adam schob die Menschen umher, wie er es brauchte, so wie er die Seiten wechselte, wenn es ihm passte: vom Protestantismus zum Katholizismus, vom Preußen zum Österreicher. Nichts gab es, was ihn wirklich band, auch wenn er in seinen Schriften behauptete, der Mensch sei gebunden, und zwar von Geburt, an die Nation, in die er hineingeboren, und an die Religion, in der er auf die Welt gekommen sei. Das mochte für alle anderen gelten, nicht aber für ihn: in Wien war er katholisch, da war es opportun, und im preußischen Berlin hielt er es geheim und ließ sein Töchterchen protestantisch taufen, weil es dort besser passte, von seinem alten Freund Franz Theremin, auch Thérémin, aus altem hugenottischem Geschlecht.

Heinrich sah, was Henriette quälte. Er lächelte sie an, quer über den Tisch; niemand bemerkte es. Es war, als wollte er ihr sagen, lass nur, morgen spielen wir wieder Klavier, dann wirst du alles vergessen.

Adam, der erst vor Kurzem wieder nach Berlin gezogen war, hatte neben Heinrich und einigen wichtigen Leuten, wie dem Bauherrn Langhans, dem Dichter Achim von Arnim, Geheimen Räten sowieso, freundlichen Menschen wie Herrn und Frau Peguilhen und der armen verwitweten Kriegsrätin Julie Eberhardi auch Louis und Henriette Vogel zur Taufe gebeten. Alte Freunde waren wichtig; und hatten nicht sie ihn auch zum Paten bestellt, zur Taufe des kleinen Alfred Ludwig? Wie lange war das schon her? Sieben Jahre? Oder acht? Der kleine Junge war ja dann bald gestorben, und sie hatten sich eine Weile nicht gesehen.

Adam Müller. Heinrichs Freund, aus Dresden. An den Freunden kannst du den Menschen erkennen. Sagt man. Adam kam ursprünglich aus Berlin.

Er strich den fuchsschwanz vorn, doch hinter jemands rücken, / wuszt er der unschuld selbst am zeuge was zu flicken.

Erst hatte Adam »die Vogel« charmant gefunden. Er kannte sie von Weitem, aus der Jugend, wie Louis, aus der Kirche kannte er sie. Doch damals hatte Adam sie nicht beachtet. Jetzt aber, nach einigen Jahren, als sie sich wieder begegneten, darf ich vorstellen, Adam, meine

Frau, Adolphine Henriette, war die Sache neu und anders. So eine anziehende, gebildete Person, eine reizende junge Mutter, mit so einem sehnsuchtsvollen Schimmer in den Augen, zwischen Freundlichkeit und Melancholie und – *oh, diese wunderbare Wehmut!* Was zöge einen Mann mehr an, der so nüchtern auf der Welten Gang zu sehen pflegt wie er, Adam?

Und sie, in ihrer Ehe traurig, hatte sich verzaubern lassen, von seiner eleganten und galanten Art, von diesen schlanken, edlen Händen, von seinem rätselhaften Gesicht, wenn er die Wangen ein wenig einzog, um sie schmaler und seine ohnehin vollen Lippen verführerischer erscheinen zu lassen, wenn er die Lider leicht senkte, um versonnene, ihm selbst kaum bewusste Verliebtheit vorzugaukeln. Vor allem aber schmeichelte es ihr, dass ein so intelligenter und bekannter Mann sich an sie wandte. Der junge Gelehrte Adam Müller, von dem man so viel hörte, wie ihm die Studenten in Dresden zugeströmt, um ihm zu lauschen, wenn er über die deutsche Literatur sprach und später dann philosophische Fragen zwischen Politik und Ökonomie erörterte, er machte einen großen Eindruck auf Henriette, damals noch genannt: Adolphine. Zwischen ihren Hausarbeiten, die nicht die Dienerin, sondern sie selbst ausfüllte, zwischen dem Wäschesortieren und In-die-Schränke-Legen und dem Plätten, das sie selbst stets übernahm, obwohl das Eisen schwer war, zwischen dem Nähen und dem Spielen mit dem Kind, hatte Henriette viele Bücher gelesen, Goethes »Werther«, Klopstocks Oden, Tiecks »William Lovell«, Shakespeares Dramen, Schillers Stücke, Cervantes, Homer, englische Romane, die damals die Runde machten, Richardsons »Clarissa« vorneweg, natürlich auch Novalis und Hölderlin, kurz, alles, was sie finden konnte, hatte sie auf ihre stille, emsige Art verschlungen und sich dabei oft die Inhalte selbst vorgesagt, um mithalten zu können in Gesellschaft, um sich nicht zu blamieren, und auch ihren Mann nicht.

Louis schien von Adams Interesse an Henriette und Henriettes Interesse an Adam gar nichts zu bemerken, oder wollte er es nicht? Ein freundlicher Mann war Louis Vogel, ein großzügiger Freund, nicht wahr, vielleicht doch auch ein wenig bequem, bedacht darauf, seine Position zu verbessern, mit einem gewissen, nicht zu großen Ehrgeiz, auf keinen zu großen Kreis gerichtet. Sollte er doch etwas bemerken, so ließ er Henriette gewähren, seiner selbst sicher genug, vielleicht auch entlastet von Wünschen, die zu beantworten ihm nicht in den Sinn kam, nicht mehr, und, wer weiß das schon, dem einen oder anderen Geplänkel selbst nicht abgeneigt, weil es nun einmal alle so hielten, weil es nun einmal die Mode war.

Adam Müller wiederum fand Louis, mit dem er schon zusammen zur Schule gegangen war, in das Berlinische Gymnasium zum Grauen Kloster, nützlich im Hinblick auf allerlei praktische und finanzielle Fragen, vor allem, wo er doch erst seit Kurzem wieder in Berlin ansässig war, er fand ihn angenehm im Umgang, er genoss, eitel, wie er nun einmal war, ein wenig dessen Bewunderung und verkehrte hin und wieder mit ihm.

Henriette, mit schöner heller Haut trotz ihrer Pockennarben, den hellblauen Augen unter den langen Wimpern, dem üppigen Busen, auf dem blaue Äderchen zu sehen waren, gefiel Adam, wie Blumen in einer Vase es taten. Er kam näher, freute sich, sog den angenehmen Geruch ein und ließ seine Blicke einen Moment zu lange auf ihren Lippen ruhen als es in einer Konversation ohne Absicht üblich gewesen wäre. Auch ließ er das Kinn manchmal leicht sinken und öffnete den Mund ein wenig, einen winzigen Spalt nur, der hauchte, komm, still und scheinbar scheu verschämt.

Henriette, ohne Arg und voll unerfüllten Verlangens, nahm sein dummes Spiel für Ernst, sein dämliches Schmachten für wahre Verliebtheit. Immer weniger konnte sie ihre Augen nehmen von Adams wild geschwungenem Mund, den einladenden Lippen, diesem funkelnden Lauern in seinen Augen, diesem Ausdruck, wenn er die Wangen leicht nach innen zog, zwischen Wissendem und Tier, von dem sie sich gewollt fühlte an einer Stelle, an der niemand sonst Interesse zeigte, schon gar nicht Louis, ihr eigener Mann.

Auch Heinrich war auf dieses Gesicht hereingefallen, hatte bis zuletzt, in diesem Sommer, nicht begriffen, dass Adam seine Gaben zum Einsatz brachte, zweckgebunden und gezielt; denn lange, lange leider glaubte Heinrich, die Menschen seien wie er, verschleuderten sich ohne Wenn und Aber, und rechneten auf keinen Gewinn.

Denn selbst wenn Heinrich in seinen Briefen schmeichelte und übertrieb, um etwas zu erreichen, so war es kein Bös und nie ein Verhehlen seiner Wünsche; es war viel mehr aus einem Gefühl des Erahnens, wie sein Gegenüber beschaffen sei und welche Sprache es verstünde.

Nun ja, die Wahrheit ist vom Lügen nur durch winzige Grade getrennt.

Saß Heinrich einem Menschen gegenüber, war es ihm unmöglich, sich in irgendeiner Weise zu verstellen. Launen und Gedanken platzten aus ihm heraus, gerade wie sie ihn selbst überfielen.

Vielleicht war es auch alles in allem ein Missverständnis, was die beiden Männer zunächst miteinander verband. Adam, einst Lehrer, nun junger Professor, hatte sich für ihn eingesetzt. Er hatte, als Heinrich ahnungslos im Fort de Joux einsaß und von nichts auch nur einen Schimmer hatte, das Erscheinen seines «Amphitryon« vorangetrieben. Er hatte ein Manuskript, das Heinrich bei Freunden in Dresden zurückgelassen hatte, die Komödie einer *göttlichen Täuschung*, Goethe persönlich angepriesen und um dessen Segen gebeten, behauptend, wie viel Kleist an dessen Urteil liege (was nur halb der Wahrheit entsprach) und wie notwendig sein Einfluss sei (was stimmte). Und auch bei seinem Freund Friedrich von Gentz, der bei Hof von großem Einfluss war, hatte er gute Stimmung dafür gemacht, gelinde gesprochen. Zwing mich nicht zu deiner Meinung, hatte der nur kühl gesagt. Die Komödie war erschienen, Adam hatte die Vorrede nebst lobender Rezension verfasst – und doch bleiben Zweifel über Zweifel, ob er im Stillen sich nicht einen schönen Nutzen ausgerechnet, bewusst oder nur aus dem reinen Instinkt des halb geöffneten Mundes vielleicht: wie sehr er selber *profitieren* würde, hielte er sich nur schön in der Nähe dieses neuen aufstrebenden Genies.

Vielleicht aber verhielt es sich mit Adam ja so, dass er Heinrich auch wirklich liebte, auf seine ganz besondere Weise. Heinrich seinerseits nahm froh und glücklich an, dass einer ihm beistehen wollte, und er glaubte sicherlich, dass sie zusammen weiter kämen als ein jeder für sich allein.

Das menschliche Herz ist aufs Vielfältigste zusammengesetzt.

Wer sollte dies nicht besser wissen als Heinrich?

Doch der Dichter lebt nicht immer, was er schreibt. Und dem Dichter ist auch nicht von Nutzen, was er weiß, vielleicht ist dies der Preis seiner Dichtung. Man denke nur an Schillers Unfähigkeit, mit dem intriganten und leider hochnotwendigen Herrn Theaterdirektor Iffland zurechtzukommen, obwohl er selbst doch die Mechanismen der Intrige so glänzend beschrieb!

Heinrich *und* Henriette, naiv bis auf die Knochen, erlagen Adams Charme, wieder und wieder, er aus überschäumender Natur, sie aus Gutmütigkeit und Liebesverlangen.

Henriette hörte zu und urteilte selten, das machte ihren Reiz, für viele, die sie kannten. Sie gab ein Gefühl von Bedeutung, wem auch immer, der bei ihr saß. Bescheiden, nicht brillierend, nicht fordernd wie andere weibliche Wesen.

Die Zeit verlangte nach leichter Verliebtheit; nicht jede hat ihr Maß in der Hand.

Wechsel der Lage, Wind kommt auf. Eine neue Figur auf dem Schachbrett der Illusionen.

Adam, der das Gras durch den Zaun frisst, auf der Weide des Nachbarn, begann, kaum hatte er ihr Herz gewonnen, einer anderen den Hof zu machen. Madame Sander hieß die Auserwählte, mit Vornamen Sophie, jung war sie und reizend, sie war die Frau eines dicken Verlegers und führte einen bedeutenden Salon, in dem es wimmelte und spekulierte.

Adam aber, durch und durch gerissen, behielt Adolphine, später Henriette, für alle Fälle, für sich bereit. Oder konnte sie nicht lassen von ihm? Er schickte seinen Freund Franz Theremin zu ihr, ein Geistlicher zwar, doch offen für irdische Reize. Geh mal zu Henriette, hatte er vielleicht gesagt, lenk sie ab, zerstreu sie, sie wird mir lästig mit ihren Seufzern, sie macht sich Hoffnungen, das dumme Ding, doch halt sie mir gut, es ist wichtig, denn Louis ist mein Freund. Seltsame Logik eines seltsamen Mannes. Franz war faul, er nahm, was kam, was sollte es, erst Henriette, und später, als es notwendig wurde, auch die liebe Madame Sander. Adam streunte ungezügelt, kam wieder, du bleibst mir doch meine liebe Henriette, du wirst mir diese kleine Laune doch verzeihen, du weißt doch, ich kann mich so schrecklich schlecht wehren, ich bin schwach gegenüber der Verliebtheit von Frauen.

Henriette, noch immer ausgesetzt diesem verheißungsvollen Beben der schmalen, doch starken Nase, diesen sinnlichen sehr roten Lippen, die so vieles versprachen versprachen versprachen, senkte den Blick. Wenn er sie einmal nur küsste, wär sie verloren; sie müsste in die

Spree, sie würde es nicht ertragen. Sie biss sich ihre Lippen wund, ihm bloß nicht nachzugeben, und sah verlegen zur Seite. Adam konnte grob werden, wo er zu energischem Durchgreifen sich genötigt sah, er nahm ihr Kinn und zog es zu sich. Sieh mir in die Augen, meine Schöne, meine Rose, doch sie wehrte ihn ab, sie hatte dann doch einen überraschend eigenen Sinn.

Das Spiel lief wie zu erwarten, es ist das gleiche von Anbeginn. Sie zog sich zurück, sein Eifer entflammte; sollte Franz sie in den Armen halten, musste sie auch ihm zu Willen sein. (Dabei zog es Franz schon zu Sophie.) Von ihrem Mann nur getätschelt, in der Nacht beehrt und nicht eben beglückt, spürte sie eine Hitze in ihrem Körper, die ihr Kopf mit Tränen bekämpfte. *Frissonnements* durchliefen sie, erschreckend lockende Schauer, sie seufzte »Adam« und drückte die Hände gegen den Schoß, die Scham, wie es auch heißt, das Herz schwoll ihr an, und da saß sie, und ihr wurde richtig schön heiß.

Adam blieb beständig, auf seine unnachahmliche Art, sein Jagdtrieb hielt ihn gefangen, er brachte alles ins Spiel, Lippen, Nase, Worte, er schlich und tat wie ein gefangener Löwe, und die arme Henriette begann sich zu sehnen und glühte, wenn er auch nur das Zimmer betrat.

Sie las nun bevorzugt Gedichte.

Noch einmal erhebt sich der Wind, kichern böse die Moiren, ein kleiner Spaß, ein Zeitvertreib, kein großes Schicksal, ich bitte dich, und doch –

Adam kommt, mit einer Frau an der Hand! Zart, trotz ihres Alters von vierunddreißig Jahren, gebildet, verwöhnt: Sophie von Haza, geborene Taylor, tritt auf den Plan, unübersehbar wölbt sich ihr Bauch, und Adam verkündet: Die ist es oder keine! Sophie sei geschieden, die Ehe werde geschlossen, so sei's.

An diesem Tag wirft Henriette eine Vase zu Boden und weint in der Kammer bittere Tränen, und sie schwört, der Liebe zu entsagen, und Rache zu nehmen schwört sie sich auch, das Taschentuch fest in den Mund gepresst, die Schluchzer zu ersticken.

Sie wird sich der Rivalin nähern, so ist ihr Plan, sie wird sich mit Sophie befreunden. So wird sie in Adams Nähe bleiben. Die Rache einer Enttäuschten kennt viele Wege. Sie wird einen finden, mit dem sie Adam neues Glück vorgaukeln kann. Soll er doch sehen, wie frei sie ist, von ihm.

Doch wie heißt es so schön, der Mensch macht Pläne, der liebe Gott schickt Schwäne. Das Leben hat seine eigenen Ideen.

Henriette *mag* Sophie! Sie ist entzückt von ihr, der fünffachen Mutter, der lebenslustigen Person, der mutigen Frau, die Hof und Mann verlassen hat für einen Aufbruch ins kalte, fremde Berlin, als sie Adam folgte, ins Ungewisse, und nicht ihrem Gatten zurück auf das ferne Gut bei Posen.

Henriette beginnt sie zu lieben, genau wie den Mann, den Adam ihr zuspielt, den nächsten, um sie zu beruhigen, Heinrich, Heinrich, kümmre du dich, ich muss sie fernhalten von mir, du weißt schon. Sophie kriegt jetzt nämlich ein Kind.

Komisches Leben, denkt Henriette, doch lieben ist schöner als hassen.

(Émile Liberté)

Wer sieht dich so, wie du dich selber siehst?

Ich sage es dir, Émile Liberté. Der Maler aus Santo Domingo.

je n' vais pas te dire ...

ich werde dir nicht erzählen von den bajonetten die meine großmutter durchbohrten ich werde dir nichts sagen vom hunger den meine kleinen geschwister litten ich werde dir nichts sagen von dem fetten plantagenbesitzer der meine älteste schwester in seinen besitz genommen hat und die frucht ihrer üblen und ekligen zusammenkünfte mit dem kopf an die wand geschlagen hat ich werde dir nichts sagen von all den gräueln die ich gesehen den ungerechtigkeiten und grausamkeiten in meinem heimatland sen domeng, ayiti, die schöne, die perle, die einzigartige im blauen ozean, ausgebeutet von spaniern franzosen engländern und den eigenen leuten als hoffnung auf besserung für alle meine eigenen leute geboren zwischen zuckerrohr und kaffeepflanzen geboren im sanften wind der karaiben und der erbarmungslosen sonne des herzzerreißend blauen himmels nein ich will dir all das nicht sagen ---

Manchmal summt Émile Liberté, während er Heinrichs Porträt malt. Er hat eine Reihe von Zeichnungen angefertigt, in Heinrichs Zelle, während sein Modell an seinem Tisch saß und schrieb oder mit dem Papier auf den Knien auf der Pritsche lag. Er macht so überaus elegante Bewegungen dabei, die Heinrich mehr bewundert, als er jemals die Anmut eines Mädchens bewundert hat; seine langen, schmalen, wenn auch von vielen schweren Arbeiten im Gefängnis geprägten Hände haben hübsche, feingliedrige Finger, die Émile manchmal durchbiegt, als wäre er ein Pianist. Heinrich sieht sich in Émiles Augen und umgekehrt; eine tiefe Liebe zwischen beiden entsteht; du malst mich, wie ich in meinem Herzen bin, und ich erhöre deine wahre Geschichte, so geht das selten zwischen zwei Leuten. Émile summt Lieder, die Heinrich nicht wirklich versteht, doch deren wiegende Rhythmen sich in ihm fortsetzen, für eine Erzählung, die er niemals wird schreiben können, weil sie zu sanft sind für all die Dinge, von denen er zu berichten weiß, grausame, aufreibende Dinge, die alle Sätze zu pulsierenden Katarakten machen, zu stürmischen Schnellen, wie die Wasser aus dem schmelzenden Gebirge, die Ende März beginnen, die Cluse hinabzustürzen, die tosen und lärmen, dass sie es hundert Meter darüber, trotz des scharfen, lauten Windes, auf den Wällen des Forts hören können, ja bis in die Zellen hinein dringt dieses Stürzen und Tosen und Springen des Wassers. Heinrich hört Lieder, deren Melodien ihn treffen, die er nachzusingen beginnt und die ihn verfolgen bis in seine schweren Träume hinein, in denen der fette Plantagenbesitzer einen bösen Sklaven ausschickt, die schöne

Schwester seines Freundes Émile einzufangen, die in ihrer Verzweiflung beginnt, die ältesten Lieder zu singen, die sie kennt, um sich in ihrer Angst zu trösten. Ach, dass das Schöne und das Schreckliche sich immer durchwirken! Und die Schwester verwandelt sich in ein anderes Mädchen, und die Frage erhebt sich: Wenn sie eine schwarze Mutter hat und einen weißen Vater, gegen wen soll sie dann kämpfen? Vater oder Mutter? Schwarz oder weiß? Dann verläuft doch der Kampf mitten durch sie hindurch! Bauschende Röcke sieht Heinrich, und Männer in Rage, und heimliche Liebkosungen und Zärtlichkeiten, die Unheil bringen und Verderben, und die Kulisse seines Traumes ist ein sonderbares Land, zusammengesetzt aus den rauen Bergen des Jura und Pflanzungen in karibischen Nächten, die er in seinem Leben niemals sehen wird. Und es wächst in ihm eine Geschichte, eine Geschichte von Liebe, Missverständnis und Verrat, in Zeiten der Revolution,

er beendet sie erst wenige Monate vor seinem Tod,

und es wächst in ihm die Überzeugung: *vivre libres ou mourir!*

Émile friert. Er hat sich an das Frieren schon so gewöhnt, dass er es nicht merkt, als ihm die Zehen absterben. Sie sind blau und schwarz. Er zeigt sie eines Tages Heinrich, genauso wie er ihm die Narben auf seinem Rücken zeigt, die Narben der Schläge, die er erhalten hat, auf Haiti, in seiner Heimat, und im Fort de Joux, seinem neuen Zuhause, von den Striemen der Peitschen, und er zeigt ihm die Flecken, die niemals verschwinden werden, von den Gewehrkolben, die man ihm in die Beine stieß und in die Hüfte, als man ihn drangsalierte, damit er die Böden schrubbte, Gräben aushub, schwere Karren herumschob, als die Wächter dabei zusahen und ihre Launen ausließen an ihm.

Und er zeigt die Stelle an seinem Knöchel, an dem die Eisenkette mit der Kugel hing: die Kette ist fort! Er kann es nicht glauben, man hat sie entfernt, denn Henri de Kleist, *monsieur le poète*, hat dem Kommandanten erklärt, der schwarze Gefangene sei ohne die Kugel von größerer Beweglichkeit, und von besserem Nutzen für alle.

Émile bittet Heinrich um Rum, um ein kleines bisschen Rum. Der deutsche Gefangene darf sich Dinge kaufen, für die er selbst kein Geld hat; er hat gar nichts; die Gefangenen bekommen auch keinen Rum. *La fée verte* möchte er lieber nicht, den Absinth, die Fee hat ihm einmal so fürchterliche Halluzinationen gebracht – der Wermut darin, sagt er, *non, je ne veux pas*. Er lässt Rum auf ein Stück Zucker tröpfeln oder trinkt ihn in schwarzem Kaffee, wenn er ihn bekommt, mit so viel Zucker, wie er kriegen kann, obwohl doch –

Der Rum kommt aus den karibischen Kolonien, sagt Émile.

Ich weiß, antwortet Heinrich.

Toussaint L'Ouverture hat ständig nach Zucker verlangt, sagt Émile auch, sie nannten ihn *nègre doux*, den süßen Neger. Sie sagten, gib dem Affen Zucker, er hat Heimweh.

Doux wie der *Doubs*, sagt Heinrich, unberechenbar, mit geheimnisvollen Läufen. *Doux* und *Doubs* sprechen sich wie im Deutschen: Du.

Es ist nicht der Wermut, es sind auch nicht die anderen Kräuter im Absinth, der Fenchel, der Anis, es ist der hohe Alkoholgehalt, der seine starke Wirkung zeigt. Inzwischen hat Heinrich gelernt, dass man ihn mit Wasser verdünnt, den grünen Schnaps aus der Fabrik des Monsieur Pernod. Der seine Destille aus dem schweizerischen Neuchâtel hierher nach Pontarlier verlegt hat, nicht weit vom Fort de Joux. Wegen der Nachfrage, und wegen des schwierigen Transports.

Doch es ist auch dieses *Du*, das Heinrich beschwingt, dieses unerwartete Gegenüber, auf das er hier trifft und dessen Unterhaltung er sucht.

Mars Plaisir, murmelt Heinrich an einem anderen Tag den Namen des Dieners von Toussaint L'Ouverture und sieht seinen Maler mit verzücktem Lächeln an, was für ein Name! *Mars* ist der Kriegsgott, *Plaisir* das Vergnügen, komm, erzähl mir mehr von Toussaint L'Ouverture!

In seiner Zelle sitzen sie, ein Feuer flackert, es fiepen die Mäuse. Émile überlegt, er legt die Stirn in Falten, er fixiert Heinrich, der so sonderbar lächelt, schaut, wo er die Haarlocken ansetzen lässt, die er ihm in feinen Spitzen in die rundlich hohe Stirn malen wird. Er trinkt einen Schluck Rum, direkt aus der Flasche, und erzählt die Geschichte von Félicité-Adelaïde. Von einer schönen tapferen Frau, der jungen Frau von Jean Kina. Sie war erst sechzehn, als sie dem Rebellen die Ehe versprach. Aus einer guten Familie kam sie, war streng religiös, katholisch. Sie trug ein silbernes Kreuz an ihrem Hals. Sie war auch musikalisch, hatte ein Heft mit Noten bei sich. Sie kam mit Jean und seinem Sohn, in London waren sie zusammen eingesperrt worden, die ganze Familie, mit einigem Gefolge.

Émile schweigt, er muss sich konzentrieren. Diesen Ausdruck einzufangen, von Henri, der ihn ansieht so offen und –

je ne vais pas te dire … comment … nein, ich werde dir nicht sagen, wie …

Weiter, sagt Heinrich, wie geht es weiter?

Als Frankreich mit England einen Frieden schloss, machten sie sich auf nach Frankreich. Kaum hatten sie die Küste betreten, nahm man sie erneut gefangen, schließlich waren sie gefährliche Rebellen und hatten auf Martinique und Sen Domeng Aufstände angeführt. Man setzte sie fest im Gefängnis in Paris, dann brachte man sie nach Besançon, unter schwerer Bewaffnung, für so gefährlich hielt man sie. Sie waren reich, hatten prächtige Kleider, schillernd und schön, sie hatten Silber und Ketten aus Gold; alles nahm man ihnen fort, alles. Jean Kina und sein Sohn Zamor kamen hierher, ins Fort de Joux, wo Toussaint L'Ouverture litt und fror und nichts von alledem erfuhr. Ihre Familie aber wurde zerstreut, einige kamen nach Paris, andere ins Nirgendwo. Mich hielten sie fern von ihm; ich sollte ihm nichts erzählen.

Und was geschah mit Félicité?

Kein Mensch weiß, wie sie hierherkam, sie kam zu Fuß aus Besançon! Sie wollte zu ihrem Mann Jean. Das nenne ich wahre Liebe!

Nein, sagt Heinrich, das kann doch nicht sein!

Doch, doch, sagt Émile, ich schwöre es dir! Eines Tages, gut und schön, stand sie vor dem Tor der riesigen Festung und schrie nach Jean Kina, ihrem Mann, dem Vater ihres Kindes. Die Wachen sahen sie an, als hätte es dreizehn geschlagen! Ein junges Mädchen mit schwarzer Haut, zerrissenem Kleid und – hochschwanger!

Nein, rief Heinrich begeistert, was für eine Geschichte! Eine dunkelhäutige Frau, allein, in diesen Zeiten! Auf völlig fremdem *territoire*, man denke sich das, und schwanger! Was weiter? Was geschah?

Was musste geschehen? Sie durfte nicht in das Fort, und mochte sie noch so sehr schreien. Félicité brachte ihr Kind zur Welt, *au bon dié*, hundert Meter tief entfernt von ihrem Mann, in dem Dorf zu seinen Füßen. Ein schwarzes Kind! Die Frauen hatten Erbarmen, in Cluse-et-Mijoux –

Das denkst du dir doch aus, Émile!

Und Émile lacht, jetzt ist es aber genug, jetzt muss ich malen!

Tapfere schwangere Frau in Zeiten des Krieges, notiert Heinrich, das kann er gut gebrauchen, eine Zitadelle dazu, wie diese hier, an einem anderen Ort vielleicht, *die Zitadelle ward berennt*, ja, noch eine rätselhafte Zeugung, ja, das könnte gehen, *Vater unbekannt*, sie sucht ihn, ja, das gefällt ihm sogar sehr. Heinrich wird noch einmal die Liebe mit dem Krieg kreuzen, mitten durch die Sätze werden sie rasen. Sie werden sich stauen und drängen. Er wird die Figuren zerreißen im unauflösbaren Gegensatz von Pflicht und Freiheit, Vertrauen und Misstrauen, Verlangen und Verzicht; so wie seine Zeit ist, so wird er schreiben. Er hat die Hoffnung, dass seine Zeit ihn versteht.

Der deutsche Dichter hat kein Geld, er muss es sich leihen, von seinen hustenden und keuchenden Kompagnons Karl und Albert. Doch er ist glücklich. Sein Geist ist gefesselt, seine Phantasie erhält Nahrung, so viel er sich nur wünschen mag, und alles rührt ihn zutiefst. Er liebt jeden, dem es so geht wie ihm. Ab und zu schreibt er Briefe, er brauche dringend Geld, die Franzosen lassen die Gefangenen zahlen, so geschäftstüchtig sind sie, geschäftssüchtig geradezu. Ohne Louisdor bleibt die Zelle kalt, das Holz zum Heizen, Monsieur! Und Heinrich schüttelt den Kopf: Da draußen liegen endlose Wälder, Holz zum Heizen für Generationen.

Was ist aus ihnen allen geworden? Zamor, Jean, Rigaud und Martial Besse? Was wusste Toussaint von seinen Leuten?

Seine Leute, seine Leute. Sie waren seine Feinde, ich habe es dir gesagt. Der Machthunger befiel auch die Sklaven, die Welt ist ungerecht und voller Gier.

Und die andern? Was wurde aus ihnen? Was geschah mit Félicité, was wurde aus ihrer Liebe?

Félicités Kind wuchs heran, gepäppelt von fetter Milch und guter Luft, hier in den Bergen; alle kamen, das schwarze Kind zu sehen, und Félicités anmutiges Lächeln. Sie harrte aus zu Füßen des Berges. Sie sah hinauf, wo sie ihn wusste, ihren Mann, Jean Kina. Im August kam ihr zu Ohren, die Brüder Kina sollten nach Besançon gebracht werden, und von dort zu einem Heer. Sie spitzte die Ohren, sie hatte längst ihre Spione, und erfuhr, sie sollten nach Meudon, ans blaue Meer, sie sollten in einem Bataillon mitkämpfen, mit anderen

Schwarzen, nur Männer aus Kolonien. *Quelle horreur*, rief Félicité! Was für ein Unglück! Sie sollten für Napoleon kämpfen, für ihren eigenen Feind! Ich weiß nicht, wie sie es schaffte: Die Sippe samt Kind und Kegel verschwand! In einer Kutsche, polternd und eilig, gezogen von vier jungen Pferden, mit wehenden Mähnen liefen sie, schnell und schneller, ihr Ziel hieß *liberté!* An einem Sommertag, durch duftende Berge, auf schmalen Wegen, die Achsen krachten, und alle schrien und lachten, wir sind dem Gefängnis entronnen! Auf gen Süden, auf ans Meer, an die schöne Côte d'Azur! Und Staubwolken wirbelten hinter ihnen her, und keiner hat sie mehr gesehen –

Vivre libres ou mourir!
Vivre libres ou mourir.

Doch nichts von alledem erfuhr Toussaint L'Ouverture. Toussaint starb einsam, vor Kälte und Unglück, im April des Jahres 1803. Im Tal, da blühten die Rosen. Rot blühten sie, weiß und gelb. Seine Habseligkeiten hat man versteigert.

Warum nur, sagt Heinrich und tupft eine Träne, muss das Unglück immer das Glück durchkreuzen?

Kann man einen Gedanken fühlen?, hatte Henriette einmal gefragt, nachdem sie am Klavier zusammen gespielt hatten. Niemand war im Raum; Louis, Adam und die anderen Männer waren zum Rauchen in das andere Zimmer hinübergegangen.

Warum nicht, liebe Freundin?, hatte Heinrich gesagt. Doch warum sollte es nicht genügen, einen Gedanken zu denken und ein Gefühl zu fühlen? Man gerät doch sonst ganz durcheinander, oder?

So einfach aber war es nicht, für Henriette.

Henriette lächelte, doch Henriette war der Liebeshändel müde, Henriette wurde krank. Überdrüssig, weh und leidend, zeigte sie nach außen ihre liebenswürdige Natur, lächelte, um keinem zur Last zu fallen, doch die Last wurde schwer und schwerer. Der Arzt verordnete Ruhe und Schonung, keine körperlichen Dinge, *Sie verstehen*, nicht wahr, ein Frauenleiden, nicht allzu schlimm. Fortan wollte sie die Spiele der Liebe nur noch zwischen zwei Buchdeckeln erleben, in den Romanen.

Und als sie »Die gefährlichen Liebschaften« liest, von Choderlos de Laclos, fällt es ihr wie Schuppen von den Augen. So ist das also, mit der Macht und dem Verlangen. Mit Liebe hat dies selten zu tun. So hält sie sich von Adam fern, und auch von allen andern. Pauline bewahrt sie vorm Schlimmsten, heitert sie auf, ein bisschen jedenfalls, ein Engel, wissbegierig, munter, der Mutter stets zugetan, mit ihren entzückenden hellen Augen und dem blonden Lockenhaar. Sie verbringen ihre Tage.

Doch die Krankheit setzt sich fest, vielgestaltig und schwer zu fassen, ein Unwohlsein, es ist der Kummer; die Säfte geraten durcheinander, Gewebe verhärtet sich, es wuchern Gewächse, wo sie es nicht sollen, und im Herzen eine sonderbare Schwäche; Henriette ist ihr erlegen, hat dem Unheil Tür und Tor geöffnet, sich der Müdigkeit überlassen; zu spät hat sie es erkannt. Kein Lachen Paulines hat es verhindert. Mit ihrem Verlangen wurde gespielt; abgewiesen wurde sie in ihrer Antwort; herangezogen, fortgeschoben; Henriette weint keine Tränen mehr. Henriette macht sich wehrlos, die Krankheit ein Schutz vor jeder Geselligkeit, ein Schutz vor Louis in der Nacht, seinen ungeschickten Fingern, seiner unausgebildeten Natur, seinem Mangel an Feuer – für sie.

Dann kommt Heinrich. Er will nichts, er tut nichts, er ist nur da. Eine große Traurigkeit steht ihm ins Gesicht geschrieben, die sie sofort gefangen nimmt. Wortkarg ist er manchmal, ohne Unterbrechung redet er an einem anderen Tag; er ist immer freundlich.

Ich hörte, Sie mögen Musik? Was spielen Sie denn gerade?

Sie stehen am Fortepiano und blättern in den Noten, warten Sie, sagt Heinrich, fängt an zu summen, schlägt mit der Hand und dem Fuß den Takt, das ist eine schöne Melodie, das spielen wir jetzt, ja, wollen Sie?

Er kommt wieder, er kommt immer öfter, er spielt Flöte, Klarinette, von Fall zu Fall, und sie das Klavier, am liebsten, wenn sie allein sind und keiner zuhört, höchstens Ernest Peguilhen, der stille Bewunderer Henriettes, der niemals ein unpassendes Wort verliert. Der sieht, versteht, schweigt.

Eine tiefe Leidenschaft entbrennt; es ist eine jenseits von Küssen.

Ernest Frédéric Peguilhen, auch Ernst Friedrich genannt, der Freund, dem sie einen Brief schreiben, um Mitternacht, in ihrer letzten Nacht, und ihn bitten, zu kommen, am kommenden Tag, am späten Nachmittag, zum Gasthof Stimming an der Wannsee, bei Potsdam, und sich um alles zu kümmern, vor allem um Louis, Henriettes Mann. Er soll nicht allein sein, wenn er Henriette findet, tot neben Heinrich. Bleich und schön.

(Wer bist du oder was hast du?)

Alles fiel auseinander in Preußen, seit Napoleon hineingesprengt war, alle saßen immerzu auf ihren Koffern, flüchteten sich hierhin und dorthin, in den Osten bis nach Königsberg oder Prag, in den Süden nach Dresden, nach Nennhausen und in andere Ortschaften, in denen Adlige über Land und Besitz verfügten, das Einzige, das ihnen Halt gab in einer vollkommen kopflosen Zeit, kein Wunder, dass der Glaube an Land und Besitz von den Köpfen wieder Besitz nahm!

Lass es uns noch einmal versuchen, sagt Adam, sei mir doch wieder gut!

Kein anderer bietet Heinrich etwas an.

Heinrich, überleg doch mal, alle brauchen eine Zeitung! Wir nutzen sie für unseren Kampf! Die Berichte von der Polizei, über Mord und Totschlag, all das lockt die einen, und die anderen bedienen wir mit Anspruch, so etwas gibt es noch nicht in Berlin!

Heinrich war umhergeirrt, wie viele, zwischen Prag, Frankfurt an der Oder, Leipzig und Wien, als Adam sich an ihn wandte, im Winter 1810.

Schon einmal hatten sie eine Zeitschrift in den Sand gesetzt, in Dresden, es war nur zwei Jahre her. Schlimm war es gegangen. Sie erfanden ein gemeinsames literarisches Journal; der »Phöbus« machte Furore – und bald wieder blank. Man lese darin ja stets nur die beiden, Adam Müller und Heinrich von Kleist, so hieß es, man schimpfte sie schon *Adam und Eva*, und hatte bald genug. Adam gab sich verärgert, die Zeitschrift sei eine Last und diene überhaupt nur Heinrichs Interessen, und ließ ihn sitzen mitsamt den Schulden, was er persönlich jedoch bestritt. Adam lehrte Traditionen und benahm sich wie ein – *Parvenu*. Heinrich, kümmre du dich! Du hast uns reingeritten! Die Verwandtschaft wurde gebeten, Heinrich bettelte Ulrike an, vergebens, Ernst von Pfuel, Heinrichs treuster Freund, sprang ein – er konnte den Adam nicht leiden –, verlor viel Geld, ein Debakel ohnegleichen. Doch als Heinrich entdeckte, dass Adam heimlich die Zeitung verhökerte, im Alleingang an einen Verleger, schrie er und tobte und forderte ihn zum Duell.

Ernst konnte es nur knapp verhindern.

Hieß nicht Adam der Richter in Heinrichs »Zerbrochenem Krug«, der Komödie der Täuschungen??? Ja, ja, der hieß so.

Und jetzt? Kommt Adam in Berlin an und will es noch einmal versuchen?

Nimm dich in acht! Wie nennen ihn noch gleich die anderen? Tieck, Pfuel, Varnhagen und von Arnim? Kalmäuser, Fuchsschwänzer, einen verschlagenen Hund.

Fuchsschwänzer? Mit dem Fuchsschwanz streicheln, über die Haut streichen, ein angenehm Gefühl machen. Fuchsschwänzeln, fuchsschwänzen, schmeicheln, sich heuchlerisch freundlich stellen, einem nach dem Munde reden. So steht's im Wörterbuch der deutschen Sprache, von den Gebrüdern Grimm. Und *Kalmäuser oder Kahlmäuser*? Mit h und ohne, ein mehrdeutiges, viel gebrauchtes, seltsames Wort, sagen die Brüder, Wilhelm und Jacob. Kommt von der kahlen Maus, bezeichnet einen Schmarotzer, der heimlich und unehrenhaft von anderen zehret, mickrig und schäbig. Die *Kalmäuserey* kann auch pedantisch sein, knauserisch eben und schulmeisterlich und meint auch gern einen Grillenfänger, Spinner und Stubenhocker, der nichts eigentlich im Leben vermag.

Man kann sich doch nicht ewig böse sein, sagt Adam und lächelt auf seine unwiderstehliche Art.

Sophie, bittet er seine Frau, sprich du mit Heinrich, auf dich hört er!

Was willst du von mir?, fragt Heinrich, überrascht, sie steht vor seiner Tür. Ach, Sophie, du hast mir gefallen. Dich hätt ich gern geliebt. Doch ich war ein Ehrenmann und du eine verheiratete Frau.

Heinrich, ich glaube, du irrst dich.

Nein, ich war wirklich in dich verliebt!

Ich glaube, mein Lieber, du bringst was durcheinander.

Ich glaube sogar, Adam hat dich umworben, weil er sah, dass du und ich –

Aber ich bitte dich, Heinrich, ich kannte ihn doch schon viel länger!

Trotzdem.

Nein, nein, ich bleibe dabei, du irrst dich.

Heinrich spricht von Dresden. Dort hatten Adam und Sophie gelebt, ohne Trauschein, sie war noch nicht geschieden, und Heinrich, der seine »Hermannsschlacht« dichtet und im Rausch des Schreibens gern alles mit allem verwechselt, glaubt fest, in Sophie verliebt zu sein. Dabei hat er bei ihrem Ehemann, von Haza, selber vorgesprochen und für Adam um die Scheidung gebeten! Und plötzlich ist er ganz versessen.

Alle betrügen einander, und alle betrügen sich selbst, Heinrich ist vielleicht in Adam vernarrt und macht Sophie schöne Augen, oder ist es am Ende doch umgekehrt? Wer weiß! Wildes Liebesverlangen. Riesendurcheinander. Auf der Brücke, über der Elbe, schon wieder ein Fluss, wüste Szene zwischen Freunden. Hitzige Eifersucht, ein Boot, das sich um sich selber dreht, Erde ohne Mittelpunkt, so, jetzt schubs ich dich hinunter, schreit Heinrich, ab, übers Geländer stoß ich dich, in den reißenden Strom!

Ja, Heinrich, hast du vollends den Verstand verloren?

Ja, du Schurke, das hab ich!

Doch Adam hat sich nicht schubsen lassen. Hat sich an Heinrichs Kragen festgekrallt. Mich wirst du so schnell nicht los!

Heinrich ist verliebt in viele, in die Natur, in den König, in den Kaiser, ich liebe die Frauen, doch begehr ich die Männer, du weckst in mir ganz griechische Gefühle, was das nun wieder heißt, ob platonisch oder nicht, da mach dir keine Gedanken, wir haben noch anderes zu tun. Es ist der Zustand der Verzückung, er bringt seine Feder in Schwung und liefert ihm die Adressaten.

Es war gerade noch mal gutgegangen, auf der Brücke, über der Elbe.

Oh weh.

Ich hasse dich, Adam. Ich brauche dich.

Und so gibt es neuen Schlamassel.

Sie stellen ihre zweite Zeitung auf die Beine, man mag sich wundern, wie. Die »Berliner Abendblätter«, im Oktober 1810. Pläne und Projekte, eine schöne Geschäftsidee! Tagesmeldungen der Polizei und dazwischen eigene Stücke. Heinrichs Erzählungen, in Fortsetzung, und Adams Aufsätze, zur Lage der Nation. Aus dem Literaturprofessor wird der Experte für politische Fragen. Das Unheil kommt durch die Hintertür herein. Tag und Nacht sitzen die beiden und redigieren, Heinrich rennt jeden Abend durch die halbe Stadt, holt Polizeiberichte, rennt wieder zurück, doch plötzlich sitzt Heinrich und redigiert allein, er merkt es kaum, er ist so besessen,

er macht schon wieder ein Auge zu. Ich möchte mal sagen: Er schielt.

Er hat ganz andere Dinge im Kopf, er schreibt die nächste Erzählung. Eine über das Verhängnis des Versehens ---

Sparen wir uns den Kommentar.

Und manchmal läuft er zu Henriette, in die Markgrafenstraße. Sie musizieren, sie sitzen beieinander, komisch, wie oft Louis nicht zu Hause ist! Erklär mir, was dich bedrückt, sagt Henriette. Und näht ihm beim Zuhören einen losen Knopf an. Was hat es mit der Kriegskunst auf sich? Das willst du wissen, wirklich? Und kannst du mir nicht das Fechten beibringen? Ich könnte es gar zu gern. Na gut. Aber dann spielen wir die Serenade, ja, ich habe neue Noten mitgebracht. Kurze Erholung in einer schwierigen Zeit. Warum nur ist jede Liebe bitter?

Wir schreiben das Jahr 1810. Napoleon wohnt im Berliner Stadtschloss. Die Stadt bekommt einen Geruch von *haut-goût*. Von Fäulnis und Verwesung. Von Resignation und Siechtum.

Vorbei die glückliche, doch kurze Zeit des aufklärerischen Elans, der Zeit, in der nicht als erstes nach Herkunft und Besitz gefragt wurde, wer bist du oder was hast du?, sondern als alle ein und aus gingen beieinander, in den Salons der jüdischen Damen, rund um den Gendarmenmarkt, bei Rahel Levin, bei Henriette Hertz – das Bürgertum, das sich emanzipierte, das die Geschichte entdeckte, und das Gefühl, als Korrektiv der großen Politik – ja, eine glückliche Zeit!

Und jetzt? Restauration ohne Ende. Alles bröckelt. Und mancher, der einen Namen hat, wendet sich ab, von diesen Salons, den Dachstuben der Weisheit und der Begegnung, von den Rahels und Mendelssohns und ihren freien Gedanken; manche, die da heißen Arnim, Brentano, Gneisenau, Fichte, Gentz, Louis Vogel ist auch dabei, und Adam.

Adam Müller, der Verräter, schlägt die nächste Kapriole seines kapriziösen Lebens. Die Theorie muss biegsam bleiben, so entwirft er eine über Land und Besitz. Eine über die Kraft des Individualismus, nur, dass *nicht jeder* ein Individuum sei. Nur der mit Land, Besitz und *von Geburt*. Heinrich verschließt ein Auge, er sieht es zu spät, schlimmer, es ist, als wäre er blind, Herr Gott noch mal, was ist denn nur los? Die Sache wird ihm zum Verhängnis. Denn Adam schießt gegen die preußischen Reformen: die Gewerbefreiheit, die Selbstverwaltung der Städte, die Aufhebung der Leibeigenschaft der Bauern. Er will den Rückschritt, in ihrem gemeinsamen Journal, er will die alten Rechte des ländlichen Adels. Die Zensur tritt auf den Plan, ein Gezerre beginnt, zieht sich hin, Minister Hardenberg pfeift sie zur Ordnung. Heinrich macht schon wieder Schulden.

Und Adam? Der lädt ihn zur Taufe ein, zur Taufe seines Kindes Cäcilie. So heißt das kleine Mädchen, sehr katholisch, so heißt hier keine, im protestantischen Berlin, so ist der Adam, und kaum einer merkt es, und hinterher sind alle schlauer, und Heinrich schreibt ihr eine schöne Geschichte, einen hintersinnigen Kommentar zur Macht der Religion.

Es kommt noch schlimmer. Der Winter ist hart, und die Fronten werden härter.

Für Heinrich war es ein Unglück, ein einziges riesiges Unglück, er dachte es nicht persönlich, sein persönliches Unglück war ihm mittlerweile zur zweiten

Haut geworden, nichts, worüber sich zu klagen gelohnt hätte, etwas, das er benutzte, um in seinen Bettelbriefen die Herzen der wenigen Menschen zu erweichen, die ihm in der Misere vielleicht noch helfen würden. Ja, die Schmeichelei, die höfische Tugend, die sein Freund Adam so blendend beherrschte, er hatte sie sich aneignen müssen, um sie zu verwenden, sie zum Einsatz zu bringen, wenn er an Marie von Kleist schrieb oder an Ulrike, seine Schwester, an die Minister Altenstein oder Hardenberg oder Friedrich Wilhelm III. persönlich, den König von Preußen, der doch selbst der Unterstützung bedurfte. Heinrich war es müde, er war es leid, ständig seine Belange irgendjemandem irgendwie mundgerecht darstellen zu müssen, im einen Fall als phantastischen, Erfolg versprechenden Plan, im anderen als jammervolle Notlage, an der er keinerlei Schuld trug – ach ein Elend, immerzu überhaupt in den Kategorien von Erfolg zu denken, und Geld, Geld, Erfolg, Heinrich, Heinrich, so dröhnte es in seinem Kopf, es war eine entwürdigende Erbärmlichkeit. Hatte nicht Schiller ein Gedicht wieder mitgenommen, als ein Verleger ihm zu wenig dafür geboten hatte? Dabei soll er da schon so ausgehungert gewesen sein, dass er die Kekse vom Teetisch stehlen musste. Ging es denn niemals ohne Erniedrigung?

Die Zeit, in der sich in den Zirkeln der Städte die Leute die Köpfe heiß geredet hatten, war vorbei; das ganze Land schien in eine fürchterliche geistige Lähmung zu fallen, dem hektischen Reformeifer zum Trotz; die Dichtung sollte ablenken und unterhalten, wer glaubte noch an ihre Wirkung? Wer glaubte an die Kraft des Wortes, an die Wahrheit? So dachte Heinrich, auch wenn seine Freunde es bestritten.

Zu groß empfand er die Enttäuschung, dass die Hoffnungen, die die Revolution geweckt hatte, zerstört, mit Füßen getreten worden waren, durch den Krieg, den Napoleon führte. Wozu? Am Anfang waren alle so dumm gewesen zu denken, Napoleon meine es ernst, er führe einen Krieg, der Freiheit, Gleichheit, Brüderlichkeit in ganz Europa verbreiten würde –

Heinrich hätte sich in den Hintern beißen können über diese Blauäugigkeit, auch wenn sie nicht lang gedauert hatte. Was für eine Idiotie, sich in Napoleons Dienste gegen England stellen zu wollen! Eine Jugendsünde, fürchterlich beschämend.

Armes Preußen! Armes Deutschland, das doch gerade erst zusammenfand.

Täuschungen gedeihen gut in einer solchen Zeit.

Die Denker und Dichter und Männer des Staates, die da heißen Arnim, Brentano, Gneisenau, Fichte, Gentz, Louis Vogel und Adam, treffen sich nun zum Reden und Singen und Fressen (so sagen sie selber dazu!), jeden Mittwoch. Zur Mittagstafel. Man gründet: die *Deutsche Tischgesellschaft*. Man hält es fest auf dem Papier. Auch Heinrich lädt man ein, zusammen mit dem Herrn Ernst von Pfuel. Einen Reichsthaler kostet das Essen, der Bote einen Groschen, Verspätung wird geahndet – *ohne Weiber will man sein, ohne Juden und ohne Philister* –

Wie bitte? *Ohne?*

Das wäre es also, was bleibt von einer Revolution?

Das wäre es, was bleibt, von deiner Idee der Freiheit? Der Idee, dass alle Menschen gleich?

Heinrich, Heinrich, mir graut vor dir!

Wo ist dein Weitblick, hinaus über Europa? Wo bleibt dein rebellisches Wesen? Hast du alles vergessen, die Befreiung der Sklaven, die Freiheit für alle? Émile? Deine Freundschaft mit Rahel Varnhagen?

Wie kannst du mich so enttäuschen!

Für einen Arbeiter ist das der Wochenlohn, ein Reichsthaler, und der wird dort verfressen! Das kannst du dir doch gar nicht leisten. *Ohne Weiber, ohne Juden.* Was für ein Bankrott!

Er läuft durch die Straßen der Stadt, bedrückt wie eine nasse Katze. Der Frühling kommt, es wird noch ärger, er zankt mit dem Minister, die Zeitung stirbt einen quälenden Tod, und er hat noch mehr Schulden. Er bittet um Verzeihung, den Verleger, die Zensur, er demütigt sich tief, unter bitteren Tränen, um sich zu rehabilitieren, und wär er nicht zu erschöpft von allem, gern würd er sich duellieren, mit dem Kahlmäuser und Fuchsschwänzer, Adam.

Heinrich wird verziehen. Alle sehen, es ist Adam, der hat ihn reingeritten. Das ist sonnenklar. Heinrich ist seltsam, doch er hat ein so liebenswürdiges, aufrechtes Wesen.

Die Zeit des freien Denkens ist zu Ende. Man muss nun Position beziehen.

Er geht nicht mehr zur Tischgesellschaft, er war überhaupt ganz selten da. So ist es, auch wenn Gerüchte es anders wollen. Dort ist es ihm zu eng. Und Ernst, sein Freund, geht auch nicht hin. Er hält lieber Rahel die Stange. Man sieht die Dinge doch anders. Auch wenn Heinrich noch glaubt, Kaiser Franz von Österreich könnte etwas bewegen, gegen Na-Na-Napoleon; der ganze Mystizismus, dieser verschrobene Patriotismus, der nicht die Menschenrechte will, nur Bürgerrechte für bestimmte Bürger, *keine Weiber und keine Juden*, der Gott und Staat zusammengezwängt – und dann noch für einen Thaler *fressen* dabei – nein, er stampft mit dem Fuß auf, das hat er nicht gemeint. Er glaubt noch immer an die Überzeugungen der Revolution, er trägt die Hose des einfachen Bürgers. Ihm reichen Kartoffeln, Rübchen und ein Glas Bier.

Und Adam? Mit halbem Fuß auf dem Sprung, die witternde Nase immer im Wind, da, wo es Einfluss gibt und Macht, lässt Heinrich hängen, verschwindet nach Wien. Nun ja, er wird wohl eher *gegangen*. So oder so, man muss sehen, wo man bleibt. Denkt er, und:

Statt Freiheit gilt jetzt die Nation.

Und Heinrich weinte und weinte. *Armes Preußen!*, auch er dachte an *die Nation*, ein *vereintes* Deutschland war besser als ein zersprengtes, als Hoffnung gegen Napoleon. Litten die Franzosen nicht auch unter ihm? Es ging um ihrer aller Befreiung, von einem grausamen, dummen Diktator. *Weil es dem lieben Gott lieb ist, wenn Menschen ihrer Freiheit wegen sterben.* Denke an Kohlhaas, Freiheit und Gerechtigkeit sind das höchste Gut. Vor Vaterland und Ehre. Die Nation soll der Freiheit dienen.

Heinrich sah alles von vielen Seiten. Er stand zu allem quer.

Es quält ihn sehr.

Und er weint über Adams Verrat, gern würde er ihn leugnen, und bitter ist ihm all die Scham. Unglück bringt Schande, wer wüsste es besser als er?

Vor der Ewigkeit sind alle Zeiten gleich.

Enttäuschung häuft sich auf Enttäuschung.

Adam. Einmal hätten sie sich fast duelliert. Solche Freunde waren sie.

5

Du, sagt Henriette, bist meine innere Stimme.

Und du, antwortet Heinrich, machst mir unendlichen Mut.

Schreib, dass wir uns lieben, Heinrich.

Ja, ich werde es tun. Mein mutiger Adler bist du.

Er küsst sie auf die Stirn, Henriette weint. Das ist nicht lebbar, ich weiß es; komm und sage mir, dass es anders ist. Sie weint noch mehr, Heinrich muss sie trösten, lass doch, murmelt er, lass das doch sein, und sie halten sich fester und fester.

Das ist nicht lebbar, es passt in kein Gewand, in keine Wohnung, in keine Stadt. Immer stärker wird dieses Gefühl, und immer weiter enthebt es sie dem Leben. Es ist nicht lebbar, das ist wahr, doch wer dies einmal erfahren hat,

wenn du das ein einziges Mal nur gefühlt hast, kannst du sterben, willst du sterben, nichts anderes soll mehr sein –

Heinrich, glaubst du, ich komme als Engel, um Pauline beizustehen?

Heinrich steigt Röte ins Gesicht, er sieht beiseite. Er will Henriette die Hoffnung nicht nehmen; doch lügen kann er auch nicht.

Lass nur, sagt Henriette, dein Schweigen dauert einen Augenblick zu lang.

Sie betrachtet ihre Füße, sie fängt an, mit dem Oberkörper zu schaukeln. Plötzlich springt sie auf, läuft zum Fenster, reißt es auf. Sieht auf den See, sieht in den Himmel.

Willst du zurück?, fragt er, kaum hörbar.

Heinrich betrachtet ihre Gestalt von hinten. Ihren Nacken unter dem hochgesteckten Haar. Ihre schmalen Schultern. Sie schüttelt langsam den Kopf.

Kann ein Mensch im anderen etwas hören, was ihm selbst nicht bewusst ist?

Lass mich das Bild noch einmal sehen. Mein Porträt, gemalt von Émile Liberté,

Inbegriff der Sehnsucht nach Freiheit, Inbegriff der Auflehnung gegen Napoleon, Inbegriff meines Mitgefühls für die Unterdrückten, Inbegriff meiner Liebe für einen Gequälten; meine Muse, meine Inspiration, meine Neugier, mein Sinn für alles, was weit hinausreicht über den Tellerrand Europas, das die Revolution im Keim erstickt hat, doch ihre Ideen hinausgeschickt hat in die weite Welt. Émile Liberté, werde ich dich wiedersehen, dort, wohin ich jetzt geh?

Hinter geschlossenen Lidern sehe ich es: Die Augen sind leuchtend blau gemalt, fast ein bisschen türkis. Die Brauen rund gewölbt, die Ohren hübsch, nicht sehr groß. Die Locken sind in Fransen in die Stirn gelegt, das Gesicht ist rund. Der Grund ist hellbraun, vor dem ich sitze, die Jacke schwarz und einfach, die weiße Halsbinde kraus. Mein Blick ist freundlich, doch um den Mund herum spielt eine kleine Bitternis, eine leichte Unsicherheit. So habe ich mich selbst oft gesehen, offen, wie ein Kind.

Jetzt bleibt es, frei zu sterben.

Im Gefängnis habe ich mich frei gefühlt. Zu denken und zu schreiben und mich um nichts zu kümmern. Es war noch so vieles offen, es war mit die beste Zeit meines Lebens. Niemand hat von mir verlangt, dumme Exerzitien oder blöde Rechenaufgaben auszuführen. Die Freiheit. Ich habe sie erlebt. Und jetzt fühle ich sie wieder. Seit wir den Tag zu sterben festgelegt. Und jetzt, in dieser Nacht, ganz stark –

Die Zeit dehnt sich, in dieser sonderbaren Nacht. Die Zeit weitet sich, in dieser letzten Nacht. Es ist sehr still im Haus.

Sie versinken noch einmal tief in ihrem Leben, das nun zu Ende geht, in all den vergangenen Geschichten. Ein Paar Kerzen ist heruntergebrannt, es flackern zwei kurze Stummel, unruhiges Licht, verwirrende Schatten.

Heinrich und Henriette.

Dein Leben, mein Leben, tick tack.

Ereignisse, Landschaften, Menschen, die sie vorüberziehen lassen, die sie noch einmal ganz nah an sich heranziehen, wie einen Freund, den man umarmt, bevor man geht.

Manche sagen, der Hang zum Tod lebe tief in den Familien. Die Wehmut der Mütter stecke die Kinder an, die Traurigkeit der Väter desgleichen.

Andere sagen, in Zeiten politischer Verwirrung häuften sich die Fälle, in denen Menschen den Tod dem Leben vorziehen.

Und viele, die diesen Weg gehen, sagen: du stellst die Frage falsch. Frag nicht nach dem Grund zu sterben, wenn es keinen Grund mehr zum Leben gibt.

Die Tür haben sie einen Spalt geöffnet gelassen.

Heinrich sitzt in seinem Zimmer am Tisch und hält verkrampft die Feder. Er will nicht, er kann nicht schreiben. Er hat überhaupt keine Lust mehr. Er will nur noch eine Flasche Wein öffnen und trinken und an gar nichts mehr denken. Henriette macht ihn ganz verrückt, sie ist so energisch und praktisch. Vor allem, wenn sie so hausfraulich wird, so, wie gerade eben. Als sie sich nicht entscheiden können, wo sie die Briefe schreiben, in ihrem Zimmer oder in seinem. Etwas in seinem missfällt ihr. Vielleicht ist es ja ein Geruch. Also rüber zu ihr. Sie fängt an, Stühle zu rücken, du setzt dich hierhin und ich hier, ja, sie hat plötzlich so etwas an sich, es macht ihn ganz nervös. Der Kachelofen verströmt seine Wärme, das Zimmer duftet nach ihr, als hätte sie Kräuterkisschen verteilt, das Kleid für morgen hängt ordentlich am Schrank,

oh, das solltest du doch noch gar nicht sehen, Henriette errötet, stellt sich davor, er, verlegen, kratzt sich am Kopf, wohin, was nun? Und tritt den Rückzug in sein Zimmer an, über die Schwelle hin, über die Schwelle her.

Was für ein Theater! Mitten in der Nacht!

Ein Mann, eine Frau, zwei Zimmer, eine Tür.

Ich schreibe lieber an meinem Tisch, murmelt er, da haben wir beide mehr Platz, ja?

Mh, macht sie. Das passt ihr jetzt gar nicht. Aber andererseits, was soll's? Ja, warum nicht. So haben wir mehr Platz. Aber die Tür lassen wir offen?

Na gut, knurrt er. Es ist ihm gerade alles zu viel, ein bisschen zu – was auch immer. *Ich würde ihr treulos werden wie ich es dir geworden bin*, geht es durch seine Gedanken, *wenn ich nicht sterben würde mit ihr.*

Henriette muss sich erst einmal einfinden, hier, in ihrem Zimmer im Gasthof. So hat sie es immer getan. Bevor sie ein Buch liest oder einen Brief schreibt, muss sie sehen, ob alles im Haus getan ist. So hat sie es immer gehalten. Auch wenn sie ein wenig wirr war oder ohne Kraft. Wenn sie am liebsten den ganzen Tag mit wehem Kopf oder Krämpfen auf dem Sofa verbracht hätte. Immer hatte sie sich bemüht, alles in Ordnung zu halten.

Schlafwandlerisch geht sie durch den Raum, zum Fenster, wirft einen Blick hinaus, auf den See, in die Nacht, ein paar Sterne blinken schwach, der Mond steht blass, schnell zieht sie die Vorhänge zu, als fürchte sie Gespenster, rückt den Tisch gerade, der schon gerade steht. Fährt mit der Spitze ihres Ärmels über den Spiegel, denn er ist nicht eben blank. Sie nimmt eines der Tücher, die neben ihrem Waschtisch hängen, und wischt Teller und Becher aus, reibt Messer und Gabeln sauber, packt alles wieder in ihren Korb. Sie sieht den Kuchen, den sie auch mitgebracht, den hätte sie fast vergessen, ach, den essen sie morgen früh, oder irgendwann in der Nacht, wenn sie noch einmal Appetit bekommen. Es wird genügen, die Dinge am Morgen aus dem Korb zu tun, um Platz zu machen für die Waffen.

Sie ist zufrieden, alles ist gut. Sie öffnet ihre Reisetasche und holt einen gewebten Wollschal heraus, legt ihn sich über die Schultern. Stellt die Tasche wieder beiseite, neben den Schrank. Sie sieht sich um. Holzbalken, gerade und schräg, die Wände, weiß getüncht. Die schmucklose Decke. Sie mustert das Bett, in dem sie nicht schlafen wird. Sie wird doch ihre letzte Nacht auf Erden nicht mit Schlafen verbringen! Trotzdem. Sie will es jetzt wissen. Vielleicht muss sie ja doch einen Augenblick ruhen. Sie schlägt mit geübtem Griff die Decke zurück, die über dem Federbett liegt. Sie hebt das Plumeau hoch, inspiziert Bezug und Laken. Sauber. Hart. Geplättet. Keine Flecken, wie schön! Alles in possierlichster Ordnung. Sie schnüffelt, ob es klamm riecht. Sie ist überrascht. Es riecht trocken und frisch, sehr angenehm sogar. Sie setzt sich darauf. Wippt ein bisschen, das Stroh in der Matratze knirscht. Sie trägt noch immer ihr Reisekleid, graubraun, aus festem Tuch, und ihre einfachen, städtischen Stiefel. Sie streicht mit der Hand über das Bettzeug. Beugt sich herab, will nur kurz die erhitzte Wange an das kühle Leinen schmiegen. Die Augen einen Moment schließen. Träumen, dass sie hier bleibt, mit Heinrich, dass sie hier, weit fort von allen, zusammenleben, sich aneinander freuen, sich alles erzählen, was es zu erzählen gibt, aus ihrer beider Leben.

Plötzlich schreckt sie hoch. Sie fühlt einen Blick. Heinrich lugt durch den Türspalt in ihr Zimmer herein.

Sie springt auf, wie peinlich, sie auf dem Bett!

Er wird rot, er stammelt, schiebt sich einen Zentimeter weiter herein.

Ich kann nicht schreiben, sagt er, kann ich dir nicht Gesellschaft leisten? Ich schau auch nicht – er macht eine Bewegung zum Schrank hin, zu Henriettes weißem Kleid – bitte, ja?

Jetzt liegt Heinrich auf ihrem Bett! Sie muss sich an einiges gewöhnen. Die Stiefel hat er schon lange ausgezogen, die Strümpfe sind heruntergerutscht, die Halsbinde hat er abgelegt und die Weste geöffnet.

Er seufzt manchmal schwer. Er sieht ihr zu. Er lächelt. Er lauscht, hört Henriettes Feder kratzen. Ein schönes Geräusch, findet er. Und plötzlich wird ihm bewusst, er ist ja gar nicht gespalten! Er sieht sich ja gar nicht selber zu! Überrascht lässt er sich tiefer sinken, in Henriettes frisches Plumeau hinein.

Ich will Ernest Peguilhen sagen, fängt sie an, was zu erledigen ist. Er muss so vieles für uns tun!

Jaja, sagt Heinrich. Er ist ein bisschen amüsiert.

Vor allem muss er Louis beistehen, der arme Louis! Er wird gar nicht denken können, wenn er es erfährt. Ich weiß es, er hat sich in praktischen Dingen immer auf mich verlassen. Und dann dieser Schock!

Heinrich muss sich das Kichern verkneifen, ja, was für ein wunderbarer, herrlicher Schock! Die anderen werden schon wissen, was zu tun ist, die andern wissen immer, wie alles geht, aber na gut, soll sie es schreiben, er sagt nichts. Er sieht ihr weiter zu.

Ich muss ihm sagen, wer welche Dinge bekommen

soll, ich habe alles zurechtgelegt. Die schöne Seife zum Beispiel, die ich gekocht habe, sie liegt in dem Schrank in der Kammer, er soll sie – sie schluckt etwas, räuspert sich – also, Pauline soll sie bekommen. Sie ist sehr fein, ich habe Duftstoffe zusammengespart, um sie zu machen, ich habe sie meinem Vater aus dem Laden abgeschwatzt, du weißt ja, Luxusartikel sind knapp bemessen, die Franzosen sind ganz versessen darauf, es bleibt ja kaum etwas für uns.

Sie tunkt die Feder in das Tintenfass und leckt sich konzentriert über die Lippen. Sie hat sich diesen Augenblick oft vorgestellt, in den letzten Wochen, wie Louis sie finden würde, tot. Sie hat ihn sich gern und lebhaft vorgestellt. Wie er voller Entsetzen wäre, wie er die Handschuhe ausziehen und in die Ecke schleudern würde, wie er es manchmal tat, wenn er verzweifelt war, wie er bleich würde und bei ihrem leblosen Körper niedersinken würde, wie er die kalte Hand nehmen und mit Küssen bedecken, schuldbewusst, schamerfüllt, endlich sehend, begreifend –

War er in dich verliebt?

Bitte?

War er in dich verliebt, Peguilhen?

Wie kommst du denn darauf?

Henriette wird rot.

Nun ja, ich dachte nur, wenn du ihm so vertraust – ich meine, wie war es denn in Königsberg?

In Königsberg hätten *wir* uns auch schon kennenlernen können, lenkt Henriette ab und seufzt.

Ja, hätten, hätten, antwortet Heinrich. Es fängt an

ihm Spaß zu machen, sie ein kleines bisschen zu ärgern. Irgendwie muss man die Nacht ja herumbringen, an Schlaf ist gar nicht zu denken. Er fuchtelt mit dem Plumeau herum, im Liegen kühlt man aus, er schiebt die Beine darunter, zieht es über die Schultern und macht es sich gemütlich darin.

Henriette hält im Schreiben inne. Sie beobachtet Heinrich und schüttelt den Kopf. Was für ein Kind. Das Bett ist hin. Sie streut Sand auf die Zeile, um sie zu trocknen, schüttelt den Sand wieder ab.

Er hat mir zugehört. Er hat mir geholfen, wenn ich in eine schreckliche Schwermut verfiel. Er hat gesagt, nur Ablenkung hilft. Er hat mir an seiner Werkbank das Drechseln gezeigt. Du weißt doch, nicht alle, die von Berlin so schnell geflohen waren, hatten zu tun. Sie horteten die Kassen und warteten auf Anweisungen des Königs, auf neue Anordnungen für ihre Ämter. Wir hatten Zeit. Wenn wir nicht gerade Essen und anderes finden und besorgen mussten, saßen wir alle herum. Der Kreis der Bekannten, die wir hatten, war nicht sehr groß. Wir fühlten uns einsam. Du musst bedenken, Pauline war gerade mal vier. Ich weiß gar nicht mehr, wo wir Ernest zum ersten Mal trafen. Er war vorher in irgendeinem Nest in der Provinz, er hatte dort einen Posten, bis die Polen kamen. Er ist ja um einiges älter als wir. Er und seine Frau haben Louis und mir geholfen, wir lernten die Manitius kennen, Carl und Carolina, und ein paar andere. Vor allem Carolina, ich weiß nicht, wie wir die Zeit ohne sie überstanden hätten. Sie hat sich auch so gut um Pauline gekümmert, sie brachte ihr oft Kekse und Kuchen. Und Ernest besorgte einen Kinderschlitten für sie. Es gab ja Schnee in rauen Mengen. Was fragst du überhaupt, du kennst ihn doch selbst. Es ist außerdem gut, einem Juristen solche letzten Dinge anzuvertrauen.

Der gleichmäßige Klang ihrer Stimme beruhigt Heinrich. Er schließt die Augen. Sie erzählt, sie hört gar nicht mehr auf, von Ostpreußen, dem Königsberger Winter, von ihrer ersehnten Rückkehr im Sommer, nach dem Friedensschluss, über die Ostsee, was hat sie nicht alles erlebt, so jung, wie sie war, sie erzählt, sie unterbricht sich, die Feder kratzt, Heinrich blinzelt manchmal noch, das weiße Kleid am Schrank bewegt sich, als stünde da ein Cherub hinter ihr, Heinrich fallen die Augen zu, er versucht nicht mehr, sie offen zu halten, er sieht seltsame Gestalten. Durch seinen müden Kopf wehen Bilder, die Bilder, die sie in ihm weckt, und Heinrich gleitet in einen angenehmen Zustand der Entspannung.

Ich möchte dir etwas erzählen, sagt Henriette, er hört es, wie von Weitem, ich habe es noch nie jemandem gesagt.

Du kannst mir alles sagen, nuschelt er mühsam, wir haben die ganze Nacht Zeit. Er will, dass sie weiter erzählt, er will sich nur einen Augenblick ausruhen.

Bei der Taufe damals, du erinnerst dich, bei Adam und Sophie, da habe ich es zum ersten Mal bemerkt.

Was denn?, schafft Heinrich gerade noch zu sagen, sie soll erzählen, lieber nicht von der blöden Taufe, aber egal, soll sie, er will nur nicht mehr antworten müssen, er will sich dem Klang ihrer Stimme überlassen, er hört sie gern sprechen, sie spricht klar und mit einem warmen Ton. Eine angenehme Altstimme, ohne schrille Kiekser.

Dass Louis ihr schöne Augen macht.

Sie hält inne, Heinrich kriegt den Mund kaum auf, aber sie wartet offenbar auf eine Frage.

Er brummt etwas, mit letzter Kraft.

Julie.

Heinrich brummt noch einmal und lässt sich tiefer in die Matratze sinken.

Julie Eberhardi, sagt Henriette, du weißt schon, die kleine Witwe des Geheimen Rats Eberhardi. Die kannten wir ja auch aus Königsberg. Alle hatten über seinen Tod getratscht, es gingen die wildesten Gerüchte um. Der Geheime Rat war in einer Kneipe ums Leben gekommen, um nicht zu sagen, in einer Spelunke, du wirst sie natürlich kennen, es ist die übelste der ganzen Stadt, die in der Letzten Straße. Da soll es sogar – nun ja. Was der Geheime Rat dort wohl zu schaffen gehabt hat? Man kann sich ja einiges denken, wer sich da alles traf. Kaum zu glauben. Na jedenfalls, man munkelt, er wurde vergiftet! Stell dir das mal vor. So ein Skandal! Die arme Madame Eberhardi! Sie wohnte ja um die Ecke, in der Mohrenstraße, nicht weit von uns. Auf dem Gendarmenmarkt lief man sich über den Weg. Eine freundliche Person, bescheiden und brünett.

Bei der Taufe … wenn ich daran denke, wen Adam alles mobilisiert hat! Sogar Langhans, den Baumeister, hat er eingeladen, er hatte immer diesen Hang zu Männern mit Bedeutung, nicht wahr? Im Flur habe ich sie gesehen, Louis hat Julie die Hand geküsst. Ein sehr langer Kuss. Und dann blieb er über die Hand gebeugt stehen und sah von dort zu ihr hinauf. Es schien, als wollte sie die Hand fortziehen, doch er hält sie fest und sieht sie an, und sie lächelt. Ich dachte, mich trifft der Schlag. Und ich hatte ein schlechtes Gewissen! Wegen Adam! Dabei hat Louis mich so oft allein gelassen, und – ach, verflucht, ich will jetzt nicht daran denken.

Bei einer anderen Gelegenheit, jedenfalls, bei irgendwelchen Freunden, habe ich genauer hingesehen. Er reicht ihr das Salz, den Wein, eine Schale mit Früchten. Das hat er für mich nie getan! Dieser Halunke! Es war nicht zu übersehen, war man erst einmal darauf gekommen. Verzeih, mein Lieber, du hast natürlich recht, mein Blick war geschärft durch meine eigenen Heimlichkeiten, und doch, du weißt, man sieht ja oft nicht den Wald vor lauter Bäumen. Die kleinen Blicke, die stillen Seufzer, die Zerstreutheit.

Henriette braucht nun doch ein Taschentuch. Es macht sie im Nachhinein traurig. Schließlich hat sie Louis geliebt, und was hat sie mit ihm nicht alles erlebt.

Trotzdem, sagt sie. Es lässt sich nicht vergleichen. Wäre ich wegen Louis nicht einsam gewesen, hätte ich nicht mit Adam … Nicht auszudenken, ich hätte mich ihm hingegeben! Es gibt Scheidungen, aber das macht sie nicht besser. Louis. Mein liebenswürdiger, gleichgültiger Mann. Lange habe ich ihm meine Liebe nachgetragen.

Diese Taufe – was für ein Ereignis. Sie war ja auch für dich nicht gerade ein glücklicher Tag. Erschien da nicht Adams Artikel, der dir das Genick gebrochen hat, über den Nationalcredit? Seine Attacke gegen Hardenbergs Reformen? Danach fing der Ärger erst richtig an. Oder?

Niemand antwortet aus den Kissen, zum Glück hat Heinrich es nicht gehört.

Du meinst, ich hätte keinen Grund, mich aufzuregen?, fragt Henriette, die sich in der Tat so aufregt, dass sie vom Tisch aufspringt und im Zimmer hin und her rennt. Da kennst du die Frauen schlecht! Was glaubst du, weshalb er dich gefragt hat, ob du mich nicht heiraten willst? Damit der Platz frei wird, für Madame Julie! Aber du –

Sie bleibt vor dem Bett stehen, sie hört ein Aufschnarchen, hält verdutzt inne,

aber du schläfst ja, Heinrich, das ist ja unerhört!

Sie schüttelt ihn an den Schultern, Heinrich, Heinrich, was hast du denn?

Der arme Mann, er war gerade so herrlich eingenickt, was war denn nun schon wieder los?

Ach Heinrich, sagt Henriette wütend und rüttelt ihn, ich schütte dir hier mein Herz aus und du schnarchst! Das gibt es doch nicht. Das kann ja wohl nicht sein! Aber ach, schlaf ruhig weiter, es ist mir egal, – sie stößt ihn heftig, er zuckt zusammen – ich schreibe jetzt Ernest in den Brief, dass er der lieben Julie meine Kaffeekanne geben kann, sie soll sie vor der Nase haben,

da hast du mein Kännchen, liebes Julchen, das schöne Kännchen aus Messing, ich trete es dir ab, und meinen Louis dazu! Da kannst du jeden Tag an mich denken! Und die Finger sollst du dir verbrennen, so, – oh nein, jetzt hab ich die Feder abgebrochen! Ich will mir deine holen.

Sie eilt in Heinrichs Zimmer hinüber. Zum Tisch, zum Schreibzeug. Wirft rasch einen Blick auf das Papier. Wem er wohl geschrieben hat? Nichts. Ein leeres Blatt.

Bring doch die Flasche mit dem Wein, hört sie Heinrich von drüben rufen. Er ist wohl wieder munter.

Zwei Zimmer, eine Tür, hin, her, was für ein Getrappel.
Wirf doch noch ein Stück Holz in den Ofen.

Gibt es etwas, das du bereust? Oder vermisst? Das dir nie gelungen ist?

Ein Kind zu zeugen, ein Haus zu bauen, die Malerei zu erlernen, eine schöne Musik zu schreiben, ein anderer Mensch zu sein. Meiner Mutter nahe zu sein. Mich mit meinem Vater zu unterhalten. Mich meiner Schwester zu versöhnen. Noch einmal an der Oder zu sitzen wie als Kind und alles, die ganze Zukunft, offen zu wissen. Das wäre schön. Ich habe meinen Vater kaum gekannt. Er starb, als ich elf Jahre alt war, und davor – ich hab ihn nicht oft gesehen. Meine Mutter sagte zu uns Kindern, er sei ein mutiger Mann, er habe seinen eigenen Kopf. Manchmal habe ich mir eingebildet, dass er gar nicht mein Vater war. Hab ich dir erzählt, was im Taufbuch steht? Anstelle seines Namens Joachim Friedrich haben sie geschrieben, der Vater sei »Friedrich Wilhelm«. Das führte zu Gelächter, die Sippe amüsierte sich. Der König persönlich, was für ein Scherz. Der Wilhelm wurde wieder gestrichen. Und dann, als mein Vater gestorben ist, hat man mich auch von meiner Mutter getrennt. Ich hab nichts Schönes zu erzählen, Henriette. Wenn du so fragst, ich wäre gern ein Musiker geworden. Die Musik allein ist es, was mich noch interessiert. Die Musik ist eine Sprache ohne Worte, sie ist größer als alles, was ich kenne. Was rede ich. Ich will gar nicht mehr reden.

Jetzt bist du wieder so traurig, sagt Henriette.

Er sitzt auf dem Bett und wirkt ganz zerknautscht. Die Haare sind völlig verlegen. Das Hemd ist ihm aus der Hose gerutscht, alles sieht schief an ihm aus und verzogen. Doch seine blauen Augen haben eine unendliche Wärme, sie blicken zutraulich wie keine andern.

Komm, wir trinken noch diese Flasche. Lass sie mich öffnen. Hol die Gläser. Erzähl mir eine traurige Geschichte. Die traurigste, die du kennst. Warum du immer so schwermütig warst, Henri-Jette.

Henriette gibt ihm ein Glas und setzt sich. Auf den Stuhl neben dem Bett. Irgendwie ist ihr alles verpufft. Sie war doch gerade noch so entschlossen. Seine Traurigkeit steckt sie an. Sie liebt sie.

Vielleicht liegt es ja alles in der Familie, sagt sie, wie zu sich selbst.

Was meinst du? Wovon sprichst du?

Das Unglück, meine ich. Das Unglück zwischen Männern und Frauen.

Mh, brummt Heinrich, erzähl mir –

Hab ich doch gerade, da hast du geschlafen.

Ich habe alles gehört.

Soso, das soll ich dir glauben?

Glaub es mir, ich hörte es hier, und Heinrich legt seine Hand auf sein Herz, und da kann Henriette sich nicht wehren.

Weißt du, was seltsam ist?

Was?

Ich bin dir niemals böse.

Ich glaube, du bist überhaupt nie einem böse.

Die Zeit dehnt sich, in dieser letzten Nacht. Es ist sehr still im Haus.

Ich glaube, es ist eine Veranlagung, diese Neigung zum Tod. Ich glaube, ich habe sie von meiner Mutter, Carolina-Marie *Tugendreich*, eine geborene Safftin war sie.

Wirklich? Was für ein Name.

Sie ist gestorben, Pauline war kaum zehn Monate alt. Das Nervenfieber hat sie dahingerafft, die Nerven haben sie schon immer gequält, und ein Fieber, sagt man, befällt den Menschen, ist sein Leben in der Klemme. Der Typhus.

Ach so?

Jaja, glaube mir, ich bin davon überzeugt. Sie hatte sie schon lange, solange ich mich erinnern kann, diese nervöse Empfindsamkeit, die sie und mich so empfänglich werden ließ, für alles, das Schöne, das Traurige, das Entsetzen und die Sehnsucht nach dem Tod. Manchmal riss ein großes Loch auf, unter ihren Füßen, das hat meine Mutter mir erzählt, das spürte ich auch ohne Worte. Es lag immer ein Schleier über dieser Wehmut, etwas war da, schwer zu greifen. Erst kurz vor ihrem Tod hat sie sich mir anvertraut. Ich sei nun alt genug, gewisse Dinge zu verstehen, und sie ihrem Tod so nah, sie müsse sich einmal erleichtern, es gebe ein Geheimnis, sie müsse es einmal nur sagen, in ihrem Leben. All das habe so lange an ihren Nerven gezerrt. Ich sah sie mit großen Augen an, und sie begann, erst stockend, weil sie sich schämte, dann immer heftiger ging ihre Rede. Vielleicht ist sie daran gestorben, an all dieser entsetzlichen Scham.

Henriette zögert nun selbst, es kommt ihr nur schwer von den Lippen.

Mein lieber, heiß verehrter Herr Papa, der muntere Kaufmann Carl Adolph Keber, ein ehrenwertes Mitglied der protestantischen Gemeinde, der seine Tochter zum Beten erzog, hatte noch eine andere Frau beglückt. Eine junge Person, ein lediges Fräulein. Vermutlich war sie in seinem Geschäft erschienen, der Materialienhandlung Friedrichstraße 203, um Kräuter oder Gewürze oder Farben zu erstehen. Ein hübsches Fräulein und sehr jung, und vielleicht war meine Mama zu Hause ganz ohne Neigung gewesen, wenn es ihren Mann nachts zu ihr trieb. Jedenfalls, so ist es geschehen, und das fremde Fräulein, sie hieß Christiana Friederica, brachte pünktlich zur Weihnacht ein Mädchen zur Welt. Woher weißt du ihren Namen?, fragte ich. Und meine Mutter seufzte. Tief seufzte sie und schwer. Sie habe es, wie Frauen so sind, eben herausgefunden. Sie schwieg. Was sollte sie auch sagen? Es ist, wie es ist, sagte sie. Es war ihr stiller Kummer. Ich glaube aber, schloss Henriette, er war schon früher da. Vielleicht sogar schon immer.

Wie alt warst du, als das andere Mädchen zur Welt kam?, fragt Heinrich leise und rückt näher an sie heran.

Elf Jahre alt war ich da.

Ach, elf? Elf war ich, als mein Vater starb.

Es kommt ihm so vor, als erzählte sie ihm seine eigenen Geschichten, von den Fremdgängen und untergeschobenen Kindern, von den kleinen Bastarden, all dem Durcheinander, das die sinnlichen Begierden mit sich brachten! Er hatte eben recht gehabt, auch wenn die Damen in Ohnmacht fielen und Entsetzen heuchelten, wenn er ihnen vorlas, das »Käthchen«, das die Tochter des Kaisers war, oder seine »Marquise von O.«, im

Kriege und Halbschlaf geschwängert von einem unbekannten Mann.

Was wohl aus der Halbschwester geworden war, der kleinen Bastardin? Ob die eine Mutter manchmal von Weitem nach der anderen sah? Ob die eine, die Dame *Tugendreich* mit Namen, Mitleid mit der andern bekam? Ob sie heimlich an einer Ecke stand, um das andere Kind zu sehen? Ob es dem Vater wohl ähnlich sah?

Heinrich, hörst du mir zu? Du scheinst so in Gedanken!

Doch, doch, ich stelle es mir nur vor, was du da erzählst.

Die Kerzen flackern, im Ofen knackt das Holz,

so wie ich es mir immer vorgestellt habe, so wie ich es, ohne dass die Frauen und Männer ein Wort gesagt hätten, alles in ihren Gesichtern sah, es in ihren Körpern las, ohne es zu merken, nur um davon zu schreiben, hinterher, weil es sich in meinem Körper festgesetzt hatte, nicht mehr hinaus wollte und konnte als durch die Worte, in tausend schlaflosen Nächten, die Worte, die mir jetzt versiegen –

Der Kummer, so endet Henriette, er mochte ihr nicht vergehen, er war ein Abgrund ohne Ende, obwohl doch, und das war das Schlimmste, nach außen hin alles in Ordnung war, in schönster possierlichster Ordnung.

Wie kann etwas in Ordnung sein, sagt Heinrich, in seiner Stimme ein leises Kratzen, in einer Zeit, in der alles auf den Kopf gestellt wird? In der alle auf der Flucht sind, hierhin, dorthin, ohne Besinnung? In der der König, dem wir uns anvertrauten, davonrennt, vor Napoleon? In der eine Königin, die wir verehrten und liebten, nichts auszurichten weiß als um Gnade zu flehen, in ihrem schönsten Kleid, vor dem fremden Usurpator? Um sich dann bald hinzulegen und zu sterben, ade zu sagen, ade, liebes Leben?

Das hat meine Mutter nicht mehr erlebt, gibt Henriette zu bedenken, sie starb vier Jahre vor der Niederlage Preußens. Nein, ich glaube, es hat gar nichts zu tun mit Revolutionen und Kriegen, es ist ein Keim in einer drin, der treibt und treibt, und dann – eine Krankheit, wenn du so willst, eine Überreizbarkeit des Gemüts, die sich ihre Anlässe sucht, eine Neigung, sich ganz hinzugeben, dem Tod, wie einem lieben Freund.

Wann hat es angefangen, ihn so zu denken?

Ich weiß es nicht mehr, mein Liebster, es ist mir, als wäre er schon immer da, ich hatte nur keinen Namen für ihn.

Ach, Jettchen.

Beide werden still für einen Augenblick. Sie haben das Kopfkissen an das Ende des Bettes geklemmt und lehnen sich an, beide halb unter dem Plumeau, in schüchternem Abstand, doch dicht beieinander. Sie trinken Wein aus den geschliffenen Gläsern, ihr Blick schweift durch das Zimmer, zu den Türen, an die Decke, zum Fenster. Sie sehen die Balken und sehen sie nicht, sie riechen den fremden Geruch und riechen ihn nicht. Sie spüren die Zugluft, die durch das Fenster eindringt oder den Spalt unter der Tür. Es ist, als hörten sie eine langsame Musik.

Als ich zur Welt kam, fährt Henriette schließlich fort, war er schon durch unser Haus gegangen. Zwei Schwestern hatte ich, zwei tote Schwestern, kleine Mädchen, die nicht lange lebten. Zweieinviertel Jahre alt wurde die eine, sie starb an den Pocken, und die andre starb an den Zähnen, acht Monate zählte sie. Meine Mutter trug ihre Bilder in einem Medaillon, kleine Zeichnungen, die ein Freund angefertigt, sie herzte und küsste sie jeden Tag, und sie erzählte mir von den kleinen Schwestern. Sie sind hier bei uns, sagte sie, und Tränen benetzten ihre Wimpern, wieder und wieder. Du kannst mit ihnen sprechen. Hör nur ganz genau hin! Und ich lauschte mit riesigen Ohren. Ich suchte sie. Ich durfte leben, sie nicht. Juliana Frederica Emilia, so hieß meine älteste Schwester. Du weißt ja, man gibt dem zweiten Kind den Namen des ersten, wenn es früh verstirbt? Catharina Maria Aemilia, das war die zweite. Ihr Geburtstag fiel in den Mai, wie mein eigener, wir dachten dann stets an sie. Emilia und Aemilia.

Ein Zwillingspaar, wie Lieben und Sterben.

Was für eine sonderbare Nacht. Sie scheint nie zu enden.

Die Nacht, Zeit der Gespenster, Zeit der Engel, Zeit der Träume, Zeit der Erholung, Zeit des Schlafes, die Nacht. Zeit der Geheimnisse, Zeit der Sehnsucht, Zeit, in der die Zeit sich öffnet, in die Falten deines Lakens, deines Lebens, in die Weite der Sterne, des Himmels, wie hat Novalis gefragt:

Hast auch du ein Gefallen an uns, dunkle Nacht? Was hältst du unter deinem Mantel, das mir unsichtbar kräftig an die Seele geht? Köstlicher Balsam träuft aus deiner Hand, aus dem Bündel Mohn. Die schweren Flügel des Gemüts hebst du empor. Dunkel und unaussprechlich fühlen wir uns bewegt – ein ernstes Antlitz seh ich froh erschrocken, das sanft und andachtsvoll sich zu mir neigt, und unter unendlich verschlungenen Locken der Mutter liebe Jugend zeigt.

Bist du nicht ein Vorgeschmack auf den Tod? Nennen wir ihn nicht einen sanften Schlaf? Kehren wir nicht zurück –

Zeit der Nacht, Zeit der Unendlichkeit –

Sie nicken ein wenig ein, Heinrich und Henriette, ihre Köpfe neigen sich einander zu, die Augen haben sie geschlossen, sie atmen ruhig. Es ist wie ein Halbschlaf, in dem sie weiter denken, fühlen, sich erinnern,

jetzt bist du dran, murmelt Henriette, erzähl mir etwas von der Oder. Von deiner Kinderzeit. Deiner –

Die Oder?, fragt Heinrich und gähnt. Und plötzlich rappelt er sich hoch, schiebt sich aus dem Plumeau und steht auf, verfolgt von Henriettes gespannten Blicken. Er geht durchs Zimmer, verschwindet durch die Tür, nach nebenan, ruft, ich komme gleich wieder. Sie wartet und lauscht.

Sie hört ihn rumoren, dann, überlaut in die Stille der Zimmer hinein, ein Strahl, der auftrifft, in einen Hall, oh!, sagt sie und schlägt die Hand auf den Mund, er –! In den Nachttopf. Jetzt verändert sich das Geräusch, die Schärfe wird dunkler, weil der Topf sich füllt, sie spürt geradezu seine Konzentration, ganz nah. Sie wird rot, es ist ihr peinlich und zugleich ist da ein seltsames Kribbeln. Erneutes Rumoren, es scheppert dumpf auf dem Boden, er schiebt wohl den Nachttopf zurück unters Bett. Plötzlich löst sich etwas in ihren Gliedern, sie streckt sich wohlig und denkt, wie einfach im Grunde doch alles ist, er macht sich gar keine Gedanken! Und sie lockert schnell ein wenig die Schnüre ihres Kleides, so gut, wie sie sie an ihrem Rücken erreichen kann, so hat sie es viel bequemer. Das Zimmer liegt im sanften Licht der Kerzen, selbst die Holzdielen leuchten warm –

Da bin ich wieder, sagt Heinrich und lacht, ganz unbefangen. Sein Hemd hängt locker, die Zunge ist ein wenig schwer, er geht durch das Zimmer, nimmt den Krug mit dem Wasser und trinkt, gierig, durstig, er trägt ihn zu Henriette und lässt auch sie trinken, gierig, durstig, aus dem Krug, er trägt ihn zurück zum Waschtisch. Geht zum anderen Tisch, füllt sein Glas mit Wein, bringt es ihr, geht noch einmal, füllt das andere, kommt zurück und setzt sich.

So muss er gewesen sein, mit seinen Freunden, denkt Henriette, wie schön! So anders als alle, die sie jemals gekannt.

Sie hat den Kopf jetzt auf die rechte Hand gestützt, ihr Kleid ist verrutscht, das Unterkleid guckt hervor, die Beine hat sie angewinkelt, eins auf, eins unter dem Plumeau, in der Linken hält sie ihr Glas Wein. Ich bin glücklich, möchte sie sagen, ich bin unendlich glücklich.

Heinrich sitzt auf dem Stuhl, den er ans Bett gezogen hat, er schiebt die Füße unter das Federbett, darf ich?, und er lacht, wie ein Junge, frei und offen, und wenn er die Augen zusammenkneift, sieht Henriette aus wie *Hein*riette, was auch immer das meint. Es gefällt ihm, jedenfalls, es gefällt ihm sehr gut. Auch er ist seltsam heiter.

Die Oder, sagt er, breit und träge erscheinend, hat gefährliche und gefährlich viele Stromschnellen, liebe Freundin, man muss sie kennen. Viele unterschätzen sie. Ich habe erlebt, wie sie über die Ufer trat, ich war noch ein Junge, sie hat die halbe Stadt überschwemmt. Graugrün ist sie, ein schimmerndes Band, und immer von einer Schwermut, wie der Himmel selbst, ob Sommer oder Winter, so hat sie hinter der Garnison gelegen, ich sage es dir. Ich bin gern dorthin gegangen, als Junge, habe im Gras gesessen, im Schilf; die niedrigen Büsche am gegenüberliegenden Ufer, hellgrüne Tupfer in der Landschaft, haben mir etwas erzählt. Oder ich habe ihnen etwas erzählt, von all den Gedanken und Stimmen, die sich in meinem Kopf versammelten –

Es hatten immer schon, solange er sich erinnern konnte, viele fremde Stimmen in ihm gewohnt. Die Schwestern, gesellig bis zur Selbstauflösung, hatten ihn in die Wohnung anderer mitgeschleppt, erst als Junge, und dann später, als er für eine Zeit nach Frankfurt gekommen war und versucht hatte, dort Fuß zu fassen. Er hatte sie begleitet, er hatte versucht, die Schwestern wie die Fremden zu begreifen, ihr Mienenspiel zu imitieren, ihre Gesten zu erlernen, mit denen sich alle zu verständigen schienen. Doch es war ihm wie eine fremde Sprache, er begriff sie nicht.

Er hatte versucht, sie zu lernen. Doch sie diente ihm nicht. Er konnte sie nicht nutzen, und später schrieb er über die verwirrende Deutung dieser Zeichen. Erröten, erbleichen, was heißt das? Zittern und lügen, beben und die Wahrheit sagen – und alles genau umgekehrt – wie kannst du es erkennen? Am Wasser hatte er gesessen und alles nachgeahmt, ohne es zu verstehen, er hatte Grimassen gemacht, bis er selber lachte. Er hatte den Büschen, den Vögeln im Schilf und dem Wasser alles vorgespielt, er hatte ihnen anvertraut, was ihn bewegte, und das Schilf war sein Publikum, die Halme waren Hofdamen und Herren, die ihre Köpfe neigten und gnädig applaudierten.

Doch oft hatte er dort nur gelegen und den Wolken nachgesehen und auf alles gelauscht, was er hörte, das leise und laute Rauschen des Flusses, die Rufe der Männer auf den Schleppkähnen, die Vögel an seinem Ufer, die Insekten, die schnalzten, die Sprache der Natur.

Er war liebend gern am Wasser gewesen, nicht aber *darin.*

Hab ich dir eigentlich erzählt, dass in Fort de Joux auch der Jakobiner Mirabeau eingesessen hat?

Tatsächlich? Der Revolutionär?

Henriette liegt, das Kleid noch etwas weiter gelockert, auf dem Plumeau, in ihrem Zimmer, auf ihrem Bett, ihr linker Fuß baumelt aus dem Bett heraus, sie hat die Arme hinter dem Nacken verschränkt, ihr Kopf ruht darauf, sie sieht aus wie eine spanische Königin, ihr hochgestecktes Haar löst sich allmählich aus den Klammern, dunkel glänzend spielen lockige Strähnen um ihr Gesicht, ihre Lippen sind feucht und sanft ihre Wölbung. Sie sieht Heinrich an, ihre Augen schimmern, ein wenig vom Wein, ein wenig von etwas, in dem sie sich endlich, endlich einmal verliert, denn nichts ist zu verlieren in dieser letzten Nacht.

Mi... Mi... Mirabeau hat seine Gedanken beim Sprechen entwickelt, das ist doch interessant. Er hat laut gedacht, so wie ich, das ist doch – Heinrich spricht jetzt schon sehr schwer – eine wunderbare Ähnlichkeit! *C'est merveilleux!* So ähnlich wie Heinrich und *Hein*riette, nicht wahr?

Über diese wunderbare Ähnlichkeit müssen die beiden schrecklich lachen, Heinrich rutscht fast von seinem Stuhl, komm doch her zu mir, sagt Henriette, sie greift nach seinem linken Bein und zieht, er fällt fast um, er hat ja die Beine unter der Decke, dann hebt er sie umständlich aus dem Federbett hervor, eine Socke fehlt, die andere ist schon verloren, er steht auf, torkelt leicht, pscht, macht er und rudert mit den Armen, wir wecken noch das ganze Haus, und sie kichern beide noch mehr, und –

6

Ein Mann, eine Frau, zwei Zimmer, eine Tür.

Jetzt ist es immer noch nichts geworden mit den Briefen. Wie soll das nur gehen? Einer wurde angefangen, wieder abgebrochen, und sie haben sich so vieles noch zu sagen. Henriette packt ihren Kuchen aus, die Nachwelt läuft Gefahr, nichts von den beiden zu erfahren. Dabei hatten sie es sich schon überlegt, was sie feierlich zu schreiben gedenken, *an der Wannsee, im Gasthof Stimming zu Potsdam, in der Nacht vom zwanzigsten auf den einundzwanzigsten November des Jahres 1811, die Nacht vor unserem Tod.*

Auf dem Papier, das der Gastwirt ihnen gab.

Das Dokument ihrer letzten Nacht.

Denn alle sollen an sie denken, wenn sie einmal nicht mehr sind.

Und an Sophie schreiben wir auch, ich bitte dich, ja?

Heinrich zieht die Luft schwer ein. Er presst die Kiefer zusammen, gleich wird er anfangen zu knirschen.

Ich will nicht, sagt er. Sie wird es Adam zeigen. Adam wird denken –

Soll er doch, unterbricht Henriette, soll er doch wissen, dass wir uns lieben!

Zornig hat sie es hervorgestoßen, Heinrich hat sich

geduckt. So energisch fordert sie selten. Was will sie Adam eigentlich beweisen? Fuchsschwänzer, Kahlmäuser, ich will dir Namen sagen, dass dir schlecht wird, Adam, sie sollen dir in den Ohren klingen, bis in dein Grab!

Heute Vormittag, in Berlin. Ist es nicht gestern gewesen? Ist es nicht längst nach Mitternacht? Sie sind in Henriettes Wohnung, in der Markgrafenstraße, bis die Kutsche kommt, haben sie noch drei Stunden Zeit. In der grünen Stube, vertrauter Ort, hier saßen sie am Klavier. Heinrich, der nie ein eigenes Zuhause besessen, war gern in diesem grünen Zimmer. Louis ist nicht da, er arbeitet in der Canzeley; Pauline spielt schon bei ihrer Freundin.

Keine Zeile für diesen Hund!

Aber Sophie? Sie kann doch nichts dazu! Sie hat uns beide stets –

Gib mir doch etwas Rum für den Kaffee, sagt er, den blöden Adam will ich ertränken! Hätte ich ihn damals doch erfolgreich von der Brücke gestoßen, wär er doch bloß in der Elbe ertrunken, er hätte mir einigen Kummer erspart. Aber er hat sich festgekrallt an mir, durch Jacke und Hemd spürte ich seine Klauen, und er war stark in diesem Augenblick, zu stark für mich in jedem Fall. Und wie er meine Stücke immer vorgelesen hat, unerträglich, durch die Nase, und alles falsch betont! Was für ein Idiot bin ich gewesen, habe noch den Mittler für ihn gemacht, bin nach Lewitz gefahren zu Haza, ihn um die Scheidung zu bitten, von seiner Frau.

Was hast du?

Hab ich dir das nie erzählt? Adam war der Lehrer ihrer Kinder.

Liebe ist meine Rache, für dich, Adam.

Ach nein, was soll's. Henriette ist das alles egal. Das alles war einmal.

Henriette ist glücklich. Sie möchte es nur so gern teilen, sie möchte es jemandem sagen: *Henriette ist glücklich* –

Wenn ich mit mir selbst spreche, ist es manchmal, als schriebe ich dir Briefe, Heinrich. Wenn ich früher mit mir selbst sprach, leise, im Innern, irrte mein Ich umher, auf der Suche nach einem anderen, dem ich diese Briefe schreiben könnte. Ich versuchte es mit Freundinnen, zu Anfang meiner Ehe auch mit meinem Mann, doch niemals fand ich den richtigen Ton. Den Ton, der zu meinem heimlich gesuchten Adressaten gehört hätte.

Wenn mir eine der Frauen, die ich kenne, anvertraute, dass sie ein Tagebuch führe, wie es heute weit verbreitet ist, lag mir immer die Frage auf den Lippen: Für wen? An wen denkst du? Ich stellte diese Frage nicht, denn ich ahnte, dass sie mich erstaunt ansehen würde und »für mich!« antworten. Wer ist das: für mich?

Ich frage mich manchmal, wie es für die Frauen ist, die ihre Tagebücher füllen, Seite um Seite, irren sie auch so umher in sich selbst, so wie ich, bevor ich dich kannte? Oder haben sie sich eine Figur erdacht und sie so sehr mit Leben gefüllt, dass sie ihnen als Spiegel dient, so wie du mir?

Vielleicht habe ich nicht die richtigen Freundinnen gefunden. Louis gehörte lange nicht zu den Kreisen, die sich in den wichtigsten Salons trafen, erst seit ein, zwei Jahren fand er Eintritt; vielleicht hätte ich dort Bekanntschaft machen können mit Frauen, deren Köpfe freier waren als die meiner Bekannten.

Heinrich, als ich es ihm gegenüber einmal erwähnte, sagte dazu nur, wer weiß. Er findet nämlich, dass manche seiner Freunde in *diesen wichtigen Kreisen* neuerdings anfangen, reichlich sonderbar zu werden. Sie nähmen Zuflucht zur Religion und Spökenkiekereien, um ihre politischen Ideen zu begründen. Das sei nicht das, was er meine, wenn er von der Unendlichkeit spreche, und der Unsterblichkeit der Seele.

Ich antwortete Heinrich, dass man nicht wissen könne, ob das, was wir sehen, alles ist, ob es nicht eine Wirklichkeit geben könne, die wir nicht sehen, riechen, wahrnehmen können.

Er wurde still, seine Kiefer malmten, er knirschte mit den Zähnen, wie er es immer tut, wenn ihn etwas außerordentlich beschäftigt. Ich wartete und sah ihn an. Seine Kinderaugen verdüsterten sich, und hätte ich ihn nicht bereits so gut gekannt, ich hätte mich gefürchtet.

Deshalb, setzte er plötzlich entschieden, doch mit leiser Stimme an, deshalb werden wir sterben, Jette, damit wir diese andere Welt erfahren. Ich habe jetzt genug von Spekulationen! Ich habe genug gesehen und verstanden, hier, in dieser Wirklichkeit, ich habe hier nichts mehr zu lernen, ich bin bereit, diese eine Grenze zu überschreiten, von der uns niemand etwas erzählen kann.

Ich wusste nicht, was ich sagen sollte, mein Atem

raste, mein Herz schlug so laut, dass er es hören musste, ich nahm nur seine Hand und drückte sie ganz fest.

Tod und Leben fallen in der Liebe in eins. Sie zanken sich nicht.

Dieser Gedanke, den ich mehr fühle als dass ich ihn mit dem Verstande zu erfassen vermag, macht mich froh.

7

(Klopstock)

Heinrich und Henriette. Sie stehen am Fenster ihres Zimmers, er hat den Arm um die Taille der Freundin gelegt, mit der anderen Hand schirmt er die Augen ab, um in die Dunkelheit hinauszusehen. Sie tut es ebenso, sie stehen dort und blicken hinaus. Rabenschwarz ist die Nacht. Groß ist die Nacht, gewaltig. Mehr als eine Hymne. Ihr ganzes Leben mündet in diese phantastische Nacht. Dein Leben und mein Leben, einander vermählt. Deine Leiden, deine Freuden, meine Leiden, meine Freuden. Näher können zwei Menschen einander nicht sein. Ein Denkmal werden wir setzen. Unser Leben dieser Nacht. Schwach funkeln die Sterne am Himmel, verschwunden ist der Mond hinter Wolken. Wir sind allein, wir sind einander das Universum. Die Nacht aller Nächte. Unsere Nacht. Schöner als alle Hochzeitsnächte, reiner, freier, wilder, waghalsiger, mutiger. – Sie lachen auf, als hätten sie einen Gedanken verfolgt. Ewig wird ihre Hochzeit sein.

Blume, du stehst verpflanzet, wo du blühest,
Werth, in dieser Beschattung nicht zu wachsen,
Werth, schnell wegzublühen, der Blumen Edens
Bessre Gespielin!

Lüfte, wie diese, so die Erd' umathmen,
Sind, die leiseren selbst, dir rauhe Weste.
Doch ein Sturmwind wird (o er kömt! entflieh du,
Eh er daherrauscht,)

Grausam, indem du nun am hellsten glänzest,
Dich hinstürzen! allein, auch hingestürzet,
Wirst du schön seyn, werden wir dich bewundern,
Aber durch Thränen!

Klopstock, sagt Heinrich mit komischer Stimme, er hat schließlich einen sitzen, Klopstock, sagt Henriette, und sie fangen an zu lachen, lauthals, ungeniert, hemmungslos, sie können gar nicht mehr aufhören zu lachen. »Klopstock« flüstern Lotte und Werther, am Fenster stehend, in Goethes Erzählung, es ist das Codewort ihrer Liebe, und auch wenn Heinrich Goethe hasst, hat er diese Geschichte stets geliebt.

Handwerker trugen ihn hinaus. Kein Geistlicher hat ihn begleitet, zitiert Heinrich, was für ein Abgang! Genial!

Er hat *geschrieben*, was wir *tun*, erwidert Henriette und neigt huldvoll ihren Kopf, mit einem Mal sehr stolz auf ihren Mut. Ist nicht Heinrich ihr Werther, und ist nicht Louis ihr Albert, der sichere Ehemann, für den Lotte sich entscheidet? Sie aber, Henriette, ist mutiger, sie hat sich für den mittellosen Dichter entschieden. Und für den wirklichen Tod.

Wie grausam, sagt Heinrich mit gespieltem Ernst.

Wie grausam, wiederholt Henriette genauso, oh ja, sagt Heinrich, und sie fangen wieder an zu lachen, sie halten sich die Rippen, die schon wehtun von ihrem Gelächter, sie knicken in den Beinen zusammen, sie prusten, kichern, schnaufen, sie hocken auf dem Boden, den Dielen des fremden Zimmers, als wäre es ihrs, und es ist ja ihres, ihr Zimmer für die Nacht.

Das ist nicht komisch, sagt Heinrich, und Henriette schüttelt sich lautlos. Nein, sagt sie, nach Luft schnappend, es ist *tod*ernst!

Sie werden alle ganz tragische Gesichter machen, wenn sie uns tot daliegen sehen, das geschieht ihnen recht.

Jawohl. Der König wird sich die Augen zuhalten, wenn er in seiner Kutsche hier vorbeikommt. Jedes Mal wird er versuchen, hier nicht anzuhalten, damit er nicht an uns denken muss!

Und die Prinzessin Marianne, diese blöde Ignorantin, jedes Mal wird sie ihren Schleier herabziehen über ihr Gesicht und vor Scham im Boden versinken, weil sie mir nicht geholfen hat! Weil sie meinen »Homburg« nicht verstand, den ich ihr zu Füßen legte! Was für eine dumme Idee von Marie! Wie demütigend, was hat sie sich nur dabei gedacht? Oh, wird die Prinzessin seufzen, wär ich klüger gewesen und mutiger und hätt ich die Schönheit dieses Stückes erkannt! Welch ein Dichter!

Es geschieht ihnen allen recht, sagt Henriette, aber wir wollen nicht rachsüchtig sein, jetzt, wo wir so glücklich sind.

Du hast recht, wir haben keinen Grund. Das interessiert uns jetzt alles nicht mehr! Vorbei, vorbei, all die Schmach dieser Erde!

Sie lachen noch einmal. Heinrich kriecht auf allen vieren zum Tisch, springt auf, nimmt die Flasche Wein und die beiden Gläser, kommt zurück zu Henriette und setzt sich auf den Boden. Genug, winkt Henriette ab, ich kann nicht mehr. Ich habe genug. Heinrich schenkt Henriette und sich noch ein Glas Wein ein, du hast ja recht. Henriettes dunkelbraunes, fast schwarzes Haar hat sich nun vollständig aufgelöst, es fällt ihr üppig herab auf die Schultern, es steht ihr gut, es gibt ihr etwas Wildes. Eine niemals gekannte Leichtigkeit überkommt sie, beglückender als alle *frissonnements*.

Reizend noch stets, noch immer liebenswürdig,
Lag Clarissa, da sie uns weggeblüht war,
Und noch stille Röthe die hingesunkne
Wange bedeckte.

Freudiger war entronnen ihre Seele,
War zu Seelen gekommen, welch' ihr glichen,
Schönen, ihr verwandten, geliebten Seelen,
Die sie empfingen,

Dass in dem Himmel sanft die liedervollen,
Frohen Hügel umher zugleich ertönten:
Ruhe dir, und Kronen des Siegs, o Seele,
Weil du so schön warst!

Es ist die Ode Klopstocks, die Henriette rezitiert, »Die todte Clarissa«. Sie hat das Buch mitgenommen, es ist ihr liebstes, es liegt auf dem Nachtschrank neben ihrem Bett, man wird es finden. Man soll es finden, es ist ihre Nachricht an die Welt, dass sie die Seele gefunden hat, mit der sie nun auf immer sich vereint. Lotte liebt ihren Werther nur einen Augenblick, diesen Augenblick am

Fenster, doch nicht genug, um mit ihm aus dem Leben zu gehen. Es ist eben nur Dichtung. Ihre Liebe wird um vieles größer sein.

Unendliche Liebe: verweist sie selbst nicht auf die Unsterblichkeit? Die ganze Natur spricht von ihr, von der Verwandlung eines Lebewesens in ein anderes, so wie auf den kalten Winter der Frühling folgt. Sind wir nicht von Toten umgeben? Horaz, Shakespeare? All unser Streben verrät uns einen Hunger, eine Sehnsucht nach der Unendlichkeit.

Wann haben sie angefangen, den Tod so zu denken? Als Heinrich zu ihr kam, Anfang Oktober, und ihr sagte, die einzige Vermählung, die er ihr bieten könne, sei die im Tod? Ob sie bereit sei?

Die Menschen denken den Tod als etwas Schreckliches, hatte er zu Henriette gesagt, aber du weißt, dass er unser Freund ist, sanft und freundlich.

Henriette hatte genickt; so lange sie denken konnte, hatte sie Gebete an den Himmel gerichtet, voller Hingabe und mit viel Musik. *Übergang* nannte sie den Tod, *Überfahrt*, *Schwellenmann*, und etwas tief in ihr schwoll an, wenn sie an ihn dachte, es prickelte und bereitete ihr Lust.

Sie denken, es muss die reine Verzweiflung sein, sich ihm zu überlassen, aber du, liebste Freundin, weißt, dass es anders ist. Es ist eine große Umarmung. ER wird in unserem Bund der Zeuge sein. Der Dritte in unserem Bund.

Diese Formulierung störte Henriette ein wenig.

Sag es bitte etwas anders, bat sie Heinrich, ich möchte mit dir doch einmal allein sein.

Er lachte, es sei doch nur so eine Redensart.

Nein, sagte Henriette streng, wenn du IHN mehr liebst als mich, brauche ich nicht mit dir zu gehen.

Heinrich fing zu schwitzen an, bloß das nicht, jetzt hatte er es gleich vermasselt! Meine liebe Henriette, sagte er und küsste ihre Hände, verzeih! Du bist doch das einzige Wesen auf der Welt, das mich versteht! Wenn du mich nicht verstehst –

Gehst du allein in den Tod? Ist es das, was du mir sagen willst?

Woher nimmt sie jetzt nur diesen Mut?, fragte er sich. Am Ende springt sie mir davon, wie Marie, die mir alles vom Himmel versprach, die mit mir leben wollte, nur als ich sie küsste und sie fragte, ob sie auch mit mir zu sterben bereit sei, hat sie mir ins Gesicht gelacht, du spinnst ja, mein Heinrich, und mir die Wange getätschelt. Aus war es da und vorbei. Und dann ist sie abgereist, ohne ein Wort der Versöhnung.

Heinrich schlug die Augen nieder wie ein Kind, das etwas ausgeheckt hat. Jettchen, sagte er schmeichelnd, bitte nicht!, und er quetschte ein Tränchen durch seine schwarzen Wimpern. Er schielte ein wenig zu ihr hin, es musste sie doch erweichen, sie hatte doch so ein liebes Herz!

Henriette aber zeigte ein hartes Gesicht, unerbittlich klang ihre Stimme. So einfach wird er ihr nicht davonkommen, nie wieder wird einer mit ihrem Herzen spielen, das hat sie sich geschworen.

Sag mir einen Tag, an dem wir es tun, sagte sie, und ich will dir glauben, dass du es ernst meinst.

So hatte sich alles beschleunigt. Es gab einen Tag, es gab einen Ort, und die Wochen rasten dahin. Letzte Dinge wollten erledigt sein, alte Papiere wurden verbrannt, neue Papiere wurden aufgesetzt, die Dinge verteilt, die Habseligkeiten verschenkt, alles im Geheimen, denn niemand sollte es bemerken. Sie saßen beieinander und tuschelten, sie hielten sich heimlich umfangen, und Heinrich konnte es nicht mehr erwarten. Er kündigte Marie seinen Tod an. Doch Marie reagierte nicht. Sie saß weit fort, vielleicht zerriss sie die Briefe. Sagte, es seien keine Briefe gekommen. Sie mache sich Sorgen, sagte sie, und schickte ihren Sohn, er möge nach dem Freunde sehen. Und wenn es dem Freund zu schlecht ergehe, wolle sie ihm das Geld überreichen, das die Schwester für ihn hinterlegt. Aber nur für den äußersten Notfall, hatte diese ihr eingeschärft. Der Notfall war längst und mehrfach benannt, der Notfall war nur allzu gut bekannt, doch dieses Wissen hat Marie angeblich nicht erreicht. Vielleicht wurden die Briefe zensiert, vielleicht gab es nur eine Verspätung. Man hat sie nicht gefunden. Die Rache ist süß, Marie. Wir haben uns nie berührt.

Klop-stock, Stop the clock –

wenn du wüßtest, wie der Tod und die Liebe sich abwechseln, um diese letzten Augenblicke meines Lebens mit Blumen, liebste Marie –

jetzt ist es aber genug!

Du, sagt Heinrich, als sie sich von ihrem Gekicher halbwegs gefasst haben, auf den Dielen des Bodens, nah beieinander, sehr nah, und doch noch ein Glas zusammen geleert, ich muss noch einen Brief schreiben, an Marie. Ich will ihr sagen, wie sehr ich dich liebe, und dass du so mutig bist, viel mutiger als sie. Ich habe sie ja gefragt, mit mir zu sterben, doch sie hat Nein gesagt.

Fängt das schon wieder an, ich will nichts von ihr hören, sagt Henriette entsetzt und hält sich die Ohren zu. Ihr Herz rast ihr wieder bis zum Hals. Ich will nichts davon wissen, dass du je eine andere gefragt hast.

Aber sie hat es ja nicht gewollt.

Das ist mir gleich, sagt sie, alle Farbe ist aus ihrem eben noch lachenden Gesicht gewichen, du hast sie aber *gefragt*. Du hast sie genauso lieb gehabt wie mich, sonst hättest du sie nicht gefragt.

Jetzt hat er es schon wieder verkehrt gemacht. Er wollte ihr doch gerade sagen, dass sie die Einzige und Besondere –

Henriette sitzt zwischen dem knisternden Stoff ihres gebauschten Rocks stockgerade auf der Erde, trinkt das Glas Wein auf einen Zug aus und grollt. Ein tiefer Zorn hat sich ihrer bemächtigt, ein tiefer, böser Ernst. Ein Blick in die Wahrheit ihres Lebens, den sie fast unerschrocken nimmt. Es ist jetzt schon recht spät in der Nacht, es wird bald nach zwei sein, oder auch schon drei. Das Gelächter ist verklungen. Etwas Beklemmendes ist ins Zimmer gelangt. Herzschläge füllen es aus. Tick tack, die letzte Nacht des Lebens wird die längste sein.

Ich bin es leid, die zweite Violine zu spielen. Brauchst du denn noch mehr Beweise?

Ihre Stimme, wie er sie noch nie gehört, dunkel und grauenhaft, Heinrich weiß nicht, was soll er tun. Was muss sie sich auch so anstellen. Er ist doch schließlich hier mit ihr. Sie aber stürzt in einen Abgrund, der schrecklicher ist als alles. Ein Abgrund, in den sie nie wieder stürzen will, der grauenhafter ist als jeder Tod. Sich auszuliefern einem Geliebten und nicht gewollt zu werden, nicht gemeint zu sein, nein, das kann sie nicht noch einmal überstehen. Es ist wie ein Tod bei lebendigem Leib, als würde der zerrissen bei vollem Bewusstsein. Lieber tot sein als das.

Die Stille ist jetzt mit Händen zu greifen. Heinrich fällt in sich zusammen, man sieht es an seinem Gesicht. Die Lippen stehen plötzlich dünn und schräg, sein Blick wird wirr, die Augen finster, alles an ihm ist entsetzlich verzerrt.

Willst du jetzt nicht mehr mit mir sterben, Jettchen?, fragt er schließlich bestürzt. Er streckt zögernd die Hand aus, will sie berühren, bleibt auf halbem Weg stecken. Die Stille wird grausam und schwer.

Henriette wartet mit der Antwort. Sie kann sie nicht sagen. Dabei steht sie längst unverrückbar fest. Unsere Angelegenheit. Unsere kleine Verabredung.

Du schreibst jetzt diesen letzten Brief, sagt sie, nüchtern, dass die Stimme wie trockene Wäsche im Eiswind knarrt, und dann will ich nichts mehr von ihr hören oder irgendeinem anderen sonst.

Heinrich stürzt sich auf ihre Hände, bedeckt sie mit seinen ungestumen Küssen, danke, mein Jettchen, ich danke dir, sei mir nicht böse, du bist doch die Einzige, die liebste, meine Blume, mein Gesang, mein Hoffen, meine –

Lass das, sagt sie. Immer musst du zerstören. Selbst das, was du liebst.

8

(Henriette trinkt Kaffee, nachts um halb vier)

Why is a Wish
dearer than a Crown?
That Wish accomplish'd,
why, the Grave of Bliss?[4]

Edward Young,
Night Thoughts, 1743

Wie kommen wir hier wieder heraus? Wie sind wir bis hierher gekommen?

Vielleicht hat Henriette an diesem Punkt der Nacht den Kaffee bestellt, eine Portion für sich allein, etwa gegen halb drei oder drei. Ja, das könnte sein. Sie ist aufgestanden, hat sich gefasst, ist in ihr Zimmer hinüber, sie hat den Tisch wieder an seinen Platz geschoben, vor den Spiegel, an der Wand. Sie hat nach der Bedienung gerufen oder geklopft. Der Tagelöhner Johann hat geschlafen, neben dem Ofen, tief und fest; die Magd, die in der Kammer neben der Küche liegt, hat das Klopfen gehört, hat sich erhoben, hat sich ein Tuch um die Schultern gelegt und es fest um sich gezogen, sie ist in ihre Schuhe geschlüpft, hat den Leuchter angezündet, ist hinaufgestiegen, hat nach der Frauensperson gesehen, die nachts um drei nach ihr ruft. Auch aus dem Zimmer des Herrn sieht sie am Boden einen dünnen Strahl vom Licht. Ob es ihr schlecht gehe?, hat sie gefragt. Ob sie ihrer bedürfe? Nein, sie wolle nur eine Tasse Kaffee. Um diese Zeit?, entfährt es der Magd. Es ist doch tief in der Nacht! Sie müsse einen Kaffee haben, sonst hätte sie wohl nicht nach ihr gerufen.

Die Magd knickst, geht davon. Das ist ihr noch nie passiert. Im Herd glimmt noch ein letztes Stück Holz. Johann schnarcht, was soll's. Sie ist nun wach. Sie wirft einen Holzscheit in den Herd und stochert in der Glut, bis eine Flamme hochschlägt. Sie setzt den Kessel auf mit dem Wasser, nicht zu viel, damit es nicht zu lange dauert. Sie füllt Bohnen in die Mühle, setzt sich, die Mühle zwischen ihren Knien, und dreht sie, sie mahlt den Kaffee in der Mühle, grübelt und grübelt, steht wieder auf, nimmt die Kanne aus Messing, die kleinste, für eine Portion, füllt das Kaffeepulver hinein und wartet. Als das Wasser schließlich kocht, gießt sie es darauf. Der Duft zieht ihr köstlich in die Nase, doch das Getränk ist teuer und ihr selbst untersagt. Sie stellt das Kännchen, die Dose mit dem Zucker, das feine Tässchen mit dem Teller auf ein Tablett und geht hinauf zu der Dame.

Sie klopft, tritt ein, da sitzt sie, am Tisch, und schreibt. Ihr volles dunkles Haar fällt ihr wild auf die Schultern, ihre blauen Augen leuchten fast unheimlich, überwach. Sie trägt dieselben Kleider wie am Tage, jetzt fällt es der Magd erst auf, sie ist noch gar nicht zu Bett gewesen!

Henriette trinkt Kaffee, nachts um halb vier.

Sie sitzt mitten in der Novembernacht in einem fremden Zimmer, an einem ungewohnten Ort, der ihr vor Kurzem wie das Paradies selbst noch erschien, und ist zutiefst verwirrt. Wie sie sich neuerdings benimmt, mit dieser Schroffheit, und so unbeherrscht, so kennt sie sich ja gar nicht. Sie nimmt ein Löffelchen voll mit Zucker, schüttet es in die Tasse mit dem Kaffee, rührt, noch ein Löffelchen, so. Sie nippt an der Tasse, der Kaffee ist sehr heiß, sie schlürft mit spitzen Lippen. Sie blickt auf den Bogen Papier. Sie tunkt die Feder noch einmal in das Tintenfass. Sie macht heftige Punkte. Die Tinte spritzt. Henriette erschrickt. Sie kritzelt böse auf das Blatt. Sie starrt vor sich hin, ihr Blick fällt auf das Kännchen. Diese vermaledeite Eifersucht. Wie sie ihn hasst, dass er sie dazu verdammt. *Ich glaube, du tust es mit Absicht, damit ich gehe, damit du dich danach umso heftiger sehnen kannst.*

Sie schaut sich selbst kurz im Spiegel an, sieht ihr verzerrtes Gesicht, nimmt die Feder erneut auf. Tunkt sie in die Tinte. Schreibt, ohne nachzudenken, malt die Buchstaben in ihrer schönsten Schrift. *Ein Augenblick der Liebe – was will sie mehr, als ihre Vollendung, sie würde nur aufs Neue danach streben, und wer verspräche uns ein Mehr?*

Sie starrt auf die Zeilen, verwundert. Was ihr alles durch den Kopf fällt neuerdings. Das sagt sich alles so leicht, auch das mit dem Kaffeekännchen und der Rache. Als ob es so einfach wäre!

Doch wie unglücklich hat sie all das gemacht! Misstrauen, Betrug und Heimlichkeiten, eine gescheiterte

Ehe, entsetzlich war es für sie, sie war keine berechnende Marquise de Merteuil, sie war keine Dame von höfischer Finesse, sie war im Grunde ihres Herzens voller Demut und Angst. Sie konnte keinem Menschen etwas zuleide tun. Sie scheute jeden lauten Streit. Und sie hatte ihrem Mann die Liebe lange hinterhergetragen. Sie konnte ihm nie böse sein. Doch ohne Antworten zu bleiben, lähmte ihr armes, sehnsüchtiges Herz.

Ein großer Überdruss bemächtigte sich ihrer, in dem Jahr, in dem ihre Freundschaft zu Heinrich begann, ein Überdruss auch an sinnlichen Dingen. Tiefe Müdigkeit befiel sie, Kopfschmerzen, die nicht enden wollten, Krämpfe im Bauch, Schlaflosigkeit, eine Ferne von allem. Wenn sie einmal schlief, träumte sie von bösen Tieren und einem Engel, der sie mit unheimlichem Lächeln lockte, und sie schrie. Schweißgebadet erwachte sie und wurde immer müder. Zuflucht suchend, las sie erbauliche Schriften; zur Jungfrau Maria betete sie, nichts half, in ihr Gesicht trat ein leidendes Leuchten. Nichts half. Sie zählte kaum mehr als dreißig Jahr.

Und dann.

Ein Gespräch mit Heinrich, eine vollendete Vision: Er erzählt von einem Bild, das er einmal sah, und sie wird es nicht mehr vergessen, ein unauslöschlicher Eindruck, der sich ihrem Herzen fest einbrennt, von der Heiligen Madonna, gemalt von Simon Vouet. Heinrich sah es in Frankreich, in Châlons-sur-Marne, immer wieder soll er es ihr beschreiben: wie sie zurückgelehnt halb liegt, halb gehalten, mit ihrem sich schlängelnden schwarzen Haar, ihrem feinen Gesicht mit dem seligen Lächeln, *mit Blässe des Todes übergossen*, sterbend wird sie von zwei Engeln getragen, die sie nur ganz zart berühren, *mit den äußersten Spitzen ihrer rosenroten Finger*, ganz leicht, unendlich zart, und man glaubt ihr anzusehen, der Heiligen Madonna, dass das, was sie erwartet, was sie da schaut, das Schönste sein wird, das sie jemals sah –

Henriette merkt sich die Worte genau. Manchmal legt sie sich zu Hause, wenn sie allein ist, auf das Sofa und sucht nach dieser Pose. Immer wieder muss Heinrich ihr das Bild beschreiben, und immer häufiger fällt es ihr ein, auch wenn sie gar nicht daran denkt. Und sie weiß: So möchte sie getragen sein, wie *von rosenroten Fingern. Mit Blässe des Todes übergossen.*

Vom Tischerücken, Geistersehen und dergleichen Dingen, die manche neuerdings betreiben, über die Heinrich nur bittere Witze macht, fühlt sie sich durchaus angezogen, doch dann wieder quält sie tiefe Schuld. Von diesen Dingen darf sie nichts halten, der Trost der Kirche soll ihr genügen, mit ihr wurde sie groß, an ihr hat sie festzuhalten, wie einst als Kind, an ihres Vaters Hand. Ihr Vater war ein wichtiger Mann in seiner reformierten Gemeinde, in der Luisenstadt. Er nahm sie mit, er lehrte sie zu beten, und hin und wieder durfte sie dort auf der Orgel spielen. Ihr Vater betet noch immer gern mit ihr, und mit Pauline.

Aber Henriette hat ihren Vater im Inneren verlassen, betrogen hat sie ihn, seit sie mit Heinrich *musiziert*. Seit sie zum ersten Mal die Musik gehört, die sie hört, wenn Heinrich sie besucht, wenn Heinrich einen Raum betritt, egal, wo, egal, bei wem. Diese sonderbar ziehende Musik.

Sie hat mit Heinrich eine neue Religion gefunden, die sie keinem sagen kann; der Trost der Kirche genügt eben doch nicht. Heinrich und sie singen geistliche Choräle, sie lieben die starken Melodien, doch sie haben einen noch stärkeren Trost, sie lesen die »Klagen, oder Nachtgedanken« des Engländers Edward Young, wieder und wieder, über Liebe, Tod und Unsterblichkeit,

und glaube mir, da ist eine poetische Verzückung, das ist nicht das, was die Kirche meint, oder der Pfarrer mit seiner Predigt. Das ist etwas in diesen Versen, eine erotische Ekstase, die in diesen Worten steckt, und eine Sehnsucht nach dem Tod, der nichts anderes ist als eine große Lust, eine vollkommene Verzückung, und Henriette fällt in Ohnmacht, vor lauter Himmelssehnsucht, und Heinrich hebt sie auf und hält sie in den Armen, einen verrückten Augenblick lang, so zart wie er nur kann, und es zieht ihn mächtig an, dieses entwaffnete Entzücken.

Sie ist nun endlich einmal wichtig, Henriette.

Eine ganze Weile lang hat sie sich in dieser Freundschaft ausgeruht. Hat sich erholt von all den anderen Geschichten.

Vielleicht ist gerade Frühling, oder vielleicht ist es schon Sommer und die Linden duften, vielleicht klopft ihr Herz plötzlich so anders, wenn Heinrich neben ihr sitzt und sie singen, *näher, mein Gott, zu dir*. Vielleicht sucht ihre Hand, sucht ihr Ellenbogen eine Berührung, und vielleicht atmet sie schneller, wenn es wie beiläufig geschieht.

Und Heinrich?

Er ist allein. Alle haben die Stadt verlassen, Adam ist nach Wien geflohen, Ernst nach Nenndorf auf das Land, Marie hat nicht mit ihm sterben wollen und macht jetzt eine Kur. Er weint Adam hinterher, so sehr wie er ihn hasst. Er begreift sich selbst nicht darin, doch es ist so. Er schreibt Marie hinterher, die Enttäuschung stärkt das Verlangen. Madame Sander hat ihren Salon geschlossen, Achim von Arnim die Ehe mit Bettine, fort sind auch sie. Keine Unterhaltung, keine Aussicht, der August ist heiß, der September macht die Katastrophe deutlich. Er schreibt verzweifelte Briefe. Niemand will ihn. Er kann sich selbst nicht mehr sehen. Alle Verbindungen zerreißen. Er liegt im Bett und will nicht aufstehen. Diese Überempfindlichkeit. Manchmal hört er eine Stimme sagen: du benimmst dich schwach wie eine Frau. Ich muss die Frau in mir töten, denkt er. Doch dann töte ich mich.

Henriette. Henriette kommt und klopft. Henriette sagt, besuch mich, warum kommst du nicht mehr? Wir spielen Klavier, ich habe neue Noten, komm, lass uns ein paar Schritte laufen. Lass uns etwas lesen. Wenn er hungrig ist, geht er zu ihr. Diskret. Es muss niemand wissen. Doch wer interessierte sich schon dafür?

Immer mehr Wehmut empfindet Henriette, bei allem Glück mit Heinrich. Das eine scheint das andere zu steigern. Sie läuft durch die Straßen ihrer Stadt, immer häufiger allein, ohne das Kind an der Hand, das Kind hat sie zu ihrer Freundin gegeben, Amöne, oder einer anderen, oder sie bei Dörte gelassen, ihrer Magd, und sie läuft durch die

Straßen, mit glühenden Wangen und dem Gefühl, in eine tiefe Ohnmacht zu sinken, einfach so, weil sie es alles nicht mehr erträgt. Weil sie bei Heinrich sein will und es nicht kann, weil sie seit Langem zum ersten Mal keine Schmerzen mehr empfindet, keine körperlichen Schmerzen, und weil sich stattdessen in ihr ein ungeahntes Verlangen ausbreitet, das sie in Panik versetzt und einen berauschenden, besinnungslosen Glückszustand zugleich, wie ein Fallen ohne aufzuschlagen, ein Getragenwerden, ein Schweben, wie ein vollkommenes Schweben. Dann wieder packt sie ein heilloses Unglück, als wäre irgendetwas in ihr irreparabel zerstört, sie sieht all die vertrauten Plätze, den Gendarmenmarkt mit dem Schauspielhaus, die Friedrichstraße mit dem Geschäft ihres Vaters, die Mohrenstraße, die Kronenstraße, in der sie auch einmal gewohnt hat, den Paradeplatz. Und alles sieht sie so entsetzlich fremd an, genau in dem Augenblick, in dem sie alles wie zum ersten Mal sieht, genau, stechend scharf, und dann fällt ihr Blick auf das Kopfsteinpflaster, auf dem sie geht, und sie hat das Gefühl, dass es zu schwanken beginnt, sich auftun will, und sie will sich hineinstürzen, damit es alles aufhört, an ihr zu reißen. Und manchmal –

Manchmal hat sie das Gefühl, ein unbekanntes Schattenwesen begleite sie, gehe neben ihr umher. Ziehe an ihr, sie weiß nicht, wohin

Doch, sie weiß es.

Und Heinrich?

Er fühlt sich wie aufgerissen, seit Monaten schon. Das Riechen, Schmecken und Sehen überfällt ihn wie Nadelstiche, sodass diese Wahrnehmungen, die ihn, ihm früher einzeln begegnend, glücklich machen konnten, nun alle zusammen, in der Menge, an ihm zu zerren beginnen und er sich die Hände gegen den Kopf pressen muss, die Augen und Ohren verschließen, und am liebsten die Nase auch noch. Manchmal denkt er an seinen alten Freund, der versuchte, sich das Leben zu nehmen, und dem es damals nicht gelang. Er denkt an alle, die er geliebt und die nicht für ihn da sind. Alle Wörter, die über seine Werke gesagt worden sind, nur nicht die guten, anerkennenden, hämmern in seinem Gehirn wie böses Klopfen auf hartem Metall: *verschroben, obszön, exaltiert, übertrieben, maßlos, unverhältnismäßig, sonderbar, besessen.* Er fühlt sich unerbittlich allein. Er möchte ausgehen, er verabredet sich, und kurz davor befällt ihn Panik. Die Rahel bittet ihn zu kommen, er freut sich auf sie, doch er fürchtet ihren gnadenlosen Blick. Sie müssen ehrlich sein, würde sie sagen, Sie müssen sich selbst alle Fragen stellen, unerschrocken müssen Sie sein. Was soll er sagen? Dass er kein Geld mehr hat? Dass ihn niemand anstellen will, in keinem Amt? Nicht beim Militär? Dass er kein Geld für seine Stücke erhält und keines für seine Geschichten? Dass ihm die Worte ausgehen? Dass er sein Erbe verbraucht hat und nichts als Schulden? Dass er nicht weiß, wie es weitergeht? Was soll er den Leuten erzählen? Nein, er kann es nicht, er schämt sich zu sehr, er schreibt kleine Zettel, entschuldigt sein Fehlen, er geht nicht mehr hin, zu keiner und zu keinem. Nur zu Henriette kann er noch, sie heißt ihn immer willkommen. Nichts muss er ihr vormachen, und nichts muss er beweisen. Sie kränkt ihn nie. Mit Henriette, manches Mal, beruhigt er sich ein wenig.

Er sagt, es sei, als unterhielten sie sich wie in einem tiefen Traum, über Dinge, die sie bei Tag niemals wüssten.

Und Henriette sieht, es gibt nur einen einzigen Ort für ihn und sie, an dem sie glücklich sein können und vereint.

Pauline wird gut aufgehoben sein, denkt Henriette, in ihrer letzten Nacht, als sie endlich den Brief an ihren treuen Freund Ernest Peguilhen schreibt, bei Frau Manitius in Königsberg, und sie wird sich an eine Mutter erinnern können, die nicht von Kummer und Schmerz gezeichnet sein wird, weil sie mit dem Menschen nicht leben kann, dem ihre Liebe gehört. Sie will es auch Louis noch einmal schreiben. Sie will nicht, dass Pauline bei Julie Eberhardi groß wird, nein, das will sie wirklich nicht. Und sie fügt noch etwas an Louis hinzu:

Und trenne mich ja nicht im Tode von Kleist!

Henriette legt sich auf ihr Bett und weint.

(In der Nacht glaubt der Atheist halb an Gott, sagt Edward Young)

Es ist zwischen vier und fünf Uhr am Morgen, es ist die Stunde der tiefsten Nacht. Die Dunkelheit ist vollkommen, die Sterne erloschen, der Mond verschwunden. Kein Laut. Kein menschlicher, keiner von einem Vieh. Selbst der See scheint zu verstummen.

Wozu warten?, denkt Heinrich und nimmt die Pistole in die Hand. Wozu sich all diesen wirren Empfindungen aussetzen, wenn in wenigen Stunden alles vorbei sein soll? Wozu sich mit einer Menschenseele verständigen, wo es keine Verständigung gibt?

Er setzt die Waffe an, er spürt das Ende ihres Laufs kühl an seiner Stirn. Er legt den Finger in den Abzug. Er fühlt das Metall, das Gewicht.

Die Hoffnung ist die Mörderin der Freude, geht es ihm durch den Kopf, sie hetzt uns bis zum letzten Atemzug.

Er lässt die Waffe sinken.

Sein halbes Leben hatte er sich immer wieder und nichts so sehr gewünscht, wie gemeinsam mit einem andern in den Tod zu gehen. Er wusste nicht, warum, doch der Gedanke hatte ihn beherrscht, seit er ein heranwachsender Junge war. Mit einem geliebten Menschen in den Tod zu gehen. Er hatte seine Freunde gefragt, Ernst, Rühle, Brockes, auch Marie. Vergebens.

Und dann Henriette.

Lange hatten sie sich darüber unterhalten. Sie hatten zusammen das geliebte Buch gelesen, die »Klagen, oder Nachtgedanken« von Edward Young, sie hatten die Köpfe darüber zusammengesteckt, sie hatten daraus einander vorgelesen, es wieder und wieder durchblättert. Heinrich liebte diese Lektüre schon lange, in der der englische Geistliche, der über den Tod seiner Gemahlin nicht hinwegkam, eine ganze Philosophie der Unsterblichkeit entfaltet hatte, systematisch, tief melancholisch und voller Poesie. Hölderlin hatte ihn verehrt, auch Novalis; ihnen allen hatte es gefallen zu vernehmen, dass ihre Schwermut das Zeichen einer göttlichen Erkenntnis sei, »verkleidete Hoheit«, wie Young sie nannte, eine Wahrheit, wie im Traum, der Hinweis auf ein größeres Glück, und ihr Missvergnügen an den irdischen Belangen nichts anderes als der Beweis ihrer Unsterblichkeit.

Heinrich brauchte keinen Gott, um Young zu glauben, dass nach dem Tod ein anderes Leben auf ihn wartete, zu einleuchtend schien ihm der Gedanke der ewig sich wandelnden Natur, und die Wahrheit des Traumes. Es sollte ihm recht sein, es so zu beschreiben, als wandelte er dann mit Engelsflügeln über Wiesen, und Henriette fand die Vorstellung schön. Alles musste leichter sein, jede Existenzform, als die hiesige, auf Erden.

Der Tod ist ein sanfter Schlaf für den des Lebens Müden.

Sie reden sich beide hinein, bis sie es gar nicht mehr anders denken können, dass sie nach dem Tod mit großen Flügeln über Wiesen schweben und alles, alles leicht sein wird. Dass das Sterben das Allerschönste ist. Unsere kleine Verabredung.

Es gab noch einen Gedanken, der Heinrich bezwang.

»Des Menschen Herz verzehret alle Dinge und bleibt doch immer hungrig; ›mehr, mehr!‹, ruft der Unersättliche: Mit solcher Heftigkeit fordert die wütende Begierde etwas Neues; wann der Mensch nicht steigen kann, so will er sinken.«

Young hatte recht, sein Ehrgeiz würde niemals Ruhe geben. Der Tod allein würde sie ihm schenken. So lange er also am Leben bliebe, würde ihn dieser Hunger treiben, der Hunger zu schreiben, der Hunger, dazuzugehören, der Hunger, etwas zu sein, etwas zu bewirken und etwas zu bedeuten, und er würde neue Not und neues Elend, neue Ablehnung und neue Verzweiflung mit sich bringen. Wenn unsere Kräfte tot sind, ist es gut; sie haben ihre Schuldigkeit getan.

Heinrich hat sich auf sein Bett geworfen und starrt an die Decke. Ein fieser Geschmack ist in seinem Mund, ein heftiger Schmerz zieht von seinem linken Arm hinauf bis zu seinem Herzen, das zu groß für seinen engen Brustkorb ist.

Er ertrug es nicht, von einem nahen Menschen getrennt zu sein. Es war sein Drama, es zwang ihn zu Handlungen, die er bereute, die ihn in einen Schlamassel brachten, den er nicht wiedergutmachen konnte. Ihm, der große, komplizierte Dramen denken konnte, fehlte die Fähigkeit, sich den anderen, der vielleicht nur für einen Tag von ihm getrennt war, als vorhanden vorzustellen. Als einen Menschen, der wiederkehren könnte. Er hatte in sich dann nur eine große schreckliche endlose Leere. Nur im schwarzen Fluss der Tinte ist es ihm für eine Zeit und manchmal gelungen, in seinen langen, zärtlichen Briefen, diesen ungeheuerlichen Briefen, die manche erschreckten und die andere liebten. Seine Figuren hingegen – konnte er jederzeit herbeirufen. Nein, nicht jederzeit. Am Ende wollten auch sie ihm nicht gehorchen. Die *absolute* Katastrophe trat ein, schlimmer als alles. In jenem Sommer, der seinem Entschluss, dem Leben ein Ende zu machen, vorausging, verschwanden auch sie.

Als sein Vater starb, wurde er von seiner geliebten Mutter getrennt. Als seine Mutter starb, wenige Jahre danach, schrieb er seinen ersten, langen Brief, auf dem Weg zu ihrer Beerdigung, auf einer Kutschfahrt, die nicht enden wollte.

Hörte das Schreiben auf, würde er unwiederbringlich von ihr getrennt.

Dies ist der absolute Tiefpunkt der Nacht, und der Einsamkeit, und Heinrich kann nichts dagegen tun, es befällt ihn eine schmerzliche, heftige, unbezwingbare Sehnsucht nach Liebe, Versöhnung und Erlösung. Er möchte sich verachten dafür, allein, es fehlt ihm die Kraft.

Man musste sich doch gut sein, am Ende, sonst käme in der Ewigkeit nichts anderes als auf Erden, sonst wäre man im Jenseits im Krieg, in der Hölle, und nichts wäre gut –

Was wirst du besonders vermissen?

Pomeranzen, Anisette, Kümmel, die grüne Fee.

Und was bereust du?

Dass ich Émile Liberté nie einen Brief geschrieben habe. Dass ich nicht weiß, was mit ihm geschah.

9

(Ein Duft von Tannen und –)

Ich bin so schrecklich müde, Heinrich.

Dann mach doch die Augen etwas zu.

Ich will aber nicht schlafen. Keine Minute dieser Nacht will ich schlafen!

Henriette sieht ihn bittend an. Sie hat an die Tür geklopft, sie ist aus ihrem Zimmer wieder in seines gekommen. Sie hat ihre Briefe geschrieben. Er scheint überhaupt keine Müdigkeit zu kennen; seine hellen Augen zeigen keinerlei Erschöpfung. Es ist unsere einzige gemeinsame Nacht, möchte sie sagen.

Trink noch einen Schluck Wein, es wird dir guttun! Er macht dich wieder munter!

Nein, er macht mich nur noch schläfriger. Ich kann mich kaum noch halten.

Henriette spürt Tränen aufsteigen vor Erschöpfung.

Nicht doch, sagt Heinrich. Komm, wir legen uns ein bisschen auf das Bett.

Henriette zögert, doch Heinrich sieht sie aufmunternd an und schlägt das Federbett zurück, auf seinem schmalen Bett.

Sie legt sich langsam hin. Plötzlich schüchtern. Heinrich

macht sich unbekümmert an ihren Füßen zu schaffen. Er schnürt die Bänder ihrer Stiefel auf und zieht sie ihr aus. Er ordnet ihr aufgeschnürtes Kleid ein wenig und legt unbeholfen, aber zärtlich die Decke über sie. Henriette fallen die Augen zu, doch sie streckt ihre Hand nach ihm aus.

Komm, erzähl mir eine Geschichte, lass mich nicht einschlafen, ich bitte dich.

Heinrich legt sich vorsichtig zu ihr auf das Bett; er schiebt seinen Arm unter ihren Kopf und atmet den Duft ihres Haars ein. Sie streichelt sein Gesicht, die etwas kratzigen Wangen, die Falten um den Mund, die Augen, deren Lider leicht verquollen sind.

Welche möchtest du hören?

Irgendeine.

Nein, sag mir, welche.

Henriette droht einzuschlafen.

Erzähl mir von Fort de Joux, murmelt sie.

Schon wieder?, fragt er.

Ja, ich bitte dich. Erzähl mir die Geschichte von Berthe, erzähl sie mir ein letztes Mal, Heinrich, die schönste Version von allen.

Im Haus ist es vollkommen ruhig. Die wenigen anderen Gäste schlafen tief, sie haben morgen eine Reise vor sich, für die sie erfrischt aufstehen müssen, oder sie haben eine hinter sich, von der sie sich ermattet ausruhen. Es ist schon weit nach vier. Die Nacht wird bald zu Ende gehen. Auch der Gastwirt Johann Friedrich Stimming und seine Frau Friederike schlafen ihren verdienten Schlaf, sie werden bald aufstehen müssen, mit den Hühnern, im Morgengrauen. Sie hatten sich zufrieden ins Bett gelegt, es war kein besonderer Tag gewesen für sie, doch ein guter. Durch das klare Wetter, überraschend mild, obwohl Stimmings Frau immer vom kalten Winter spricht, seit sie älter geworden ist und immer leicht fröstelt, konnten einige Reparaturen vorgenommen werden, am Boot und am Haus, die schon länger angestanden hatten. In der Küche neben dem Herd schläft der Tagelöhner Johann Riebisch. Falls die Herrschaften noch einen Wunsch haben. Er schnarcht allerdings, wie wir wissen, einen sehr festen Schlaf. Heinrich und Henriette hören es nicht, die Küche ist zu weit fort, so wie alle anderen Menschen unter diesem Dach. Sie haben alle vergessen. Es ist, als wären sie allein auf der Welt, in dieser langen Nacht.

Heinrich erzählt Henriette die sonderbare Legende von Fort de Joux. Immer wieder hatte sie sie hören wollen, seit er sie ihr zum ersten Mal erzählt hat.

Im Mittelalter, als die Ritter noch die Welt beherrschten und das Fort de Joux eine prachtvolle neue Burg war, hatte ihr Besitzer, der Seigneur d'Amauri de Joux, die wunderschöne junge Berthe geehelicht. Kaum verheiratet, wurde er zu den Kreuzzügen ins Feld gerufen, um mit Barbarossa loszuziehen, um gegen die Andersgläubigen zu kämpfen. Berthe wartete voll Ungeduld auf ihren Gatten, denn sie war ihm von Herzen zugetan. Doch nur einige Wochen, nachdem er ausgerückt, erhielt die sehnsüchtige Berthe die Nachricht, ihr Mann sei im Felde schwer verletzt und heldenhaft gefallen.

Die schöne junge Berthe nun krümmte sich wochenlang schlaflos vor Schmerz; sie hatte ihren Mann, selten genug zu jener Zeit, aufrichtig geliebt. Vier lange Jahre vergingen, die eisigen Fröste wechselten sich mit dem Frühling ab, der dem Sommer die Hand gab, doch alles, was Berthe empfand in ihrem unglücklichen Herzen, war der Herbst. Ein Freund aus Kindertagen, der unversehrt vom Feldzuge heimkam, stand ihr bei. Er kam, saß geduldig bei ihr, ohne viel Worte zu machen, und eines Tages strich er ihr sanft übers Haar. Diese Berührung beruhigte Berthe, von diesem Moment an schien sie zu genesen, und bei jedem Abschied setzte sie sich so, dass Amé de Montfaucon, wie der freundliche Ritter sich nannte, die sanfte Geste wiederholte. Sie bekam allmählich wieder Farbe, ihre Jugend tat das Übrige, das Leben kehrte in ihre Glieder zurück. Auch Amé de Montfaucon bemerkte die Veränderung, sah, wie sie allmählich wieder blühte. Er war gerührt, wenn nicht noch mehr. Und bald gewannen Liebe und Natur, es setzte sich die schöne Berthe mit geradem Blicke zu ihm und sah ihn an, dann senkte sie die Wimpern, und er, er trat zu ihr und küsste ihre Stirn.

Kurz und gut, die beiden wurden ein Paar.

Doch grausam war das Schicksal! Der tot geglaubte Gatte, der Seigneur d'Amauri, kehrte zurück, nach so vielen Jahren! Er fand die Treulose, wie er sie tobend nannte, und duldete keine Erklärung. Wütend erschlug er den Geliebten, und ohne Gnade sperrte er die schöne junge Berthe in das kleinste Verlies, das sich fand. Kaum rühren konnte sie sich darin, nicht liegen und nicht stehen, kein Licht und keine Luft gewährte er ihr. Kniend verbrachte sie die meiste Zeit. Zweimal am Tag aber wurde ein Loch geöffnet, durch das zu blicken sie gezwungen – und was musste sie dort sehen? In einem ebenso winzigen Verlies, gleich neben ihr, lag der Leichnam ihres Geliebten, verweste und zerfiel.

Même aujourd'hui dans la vallée,
Le soir comme un écho lointain,
Tombe et des rochers de la Cluse,
Le dernier cri de la recluse:
Priez vassaux, priez à deux genoux,
Priez Dieu pour Berthe de Joux!

Selbst heute noch in diesem Tal
Ertönt am Abend ein Echo von fern
Und von den Felsen des Flusses Cluse
Der letzte Schrei der Eingesperrten:
Betet, ihr Tiere, auf zwei Knien betet,
Betet zu Gott für Berthe de Joux!

Henriette war eingeschlafen. Sie hatte ihren Kopf auf Heinrichs Arm gebettet, er roch ihr Haar, er roch ihre Haut, und langsam stieg die Erinnerung auf, an eine andere Haut, die so ähnlich geduftet hatte, nach etwas Feinem, Unbekanntem, wie trockenes Gras manchmal riecht, nur süßer. Er dachte an die silbern strömende Oder, an das große Haus in Frankfurt, in dem er die Kindheit verlebt hatte, mit seinen vielen Geschwistern. Er dachte an seine Mutter, mit den hellbraunen Locken und der hellen Haut, die Mutter, auf deren Schoß er das Lesen gelernt hatte, die ersten Silben und Vokale, und die ihm vorgelesen hatte, ihm, ihrem Liebling, der sie mit großen Augen angesehen und die Buchstaben und Worte unermüdlich wiederholt hatte, wissbegieriger als alle ihre anderen Kinder, hingebungsvoller lauschend als die anderen, noch einmal, noch einmal, erzähl mir die Geschichte noch einmal, und so süß war die Erinnerung daran, dass er weinen musste.

Werde ich dich wiedersehen, dort, wohin ich bald gehe? Hast du es mir nicht versprochen, als dein Mann und mein Vater starb und wir alle bitterlich weinten? Du meintest ein anderes Wiedersehen, nicht wahr, als das, das du mir sagtest, als ich, noch immer erschüttert, in die Kutsche steigen musste, auf den Weg nach Berlin. Als man mich auch von dir trennte! Wir sehn uns wieder, hast du gesagt, und ich, der ich an Gott nie glauben konnte, niemals beten konnte, möchte dir jetzt sagen, *ich verstehe* –

Heinrich legte sein Gesicht noch enger an Henriettes Hals, er schloss die Augen und vergrub seine Nase noch tiefer in ihr schönes volles Haar, fast war es ihm, als würde er den Duft von Tannen riechen, und er dachte an das Haus seiner Großeltern, auf dem Land, in der Nähe von Cottbus, durch das er im Sommer mit seinen Geschwistern laufen durfte, überallhin, und wie schön er es im Freien fand, unter den Bäumen, auf den Wiesen! War er nicht aufgewachsen wie rasses Gras? War nicht da sein unstillbarer Drang nach Freiheit entstanden? Hatte er sie dort nicht kennengelernt? War dort sein ganzer Eigensinn gewuchert, der ihn später die Sätze drehen ließ? Und seine Liebe zur Natur, in die er sich auch später immer wieder zurückzog, um sich auszuruhen, und von der es ihn wieder fortzog, in die Welt hinein – so wie er als Kind mit dem Finger auf dem Globus gereist war, der im Zimmer seiner Mutter stand und der sich drehen konnte, was ihn zutiefst beschäftigte. Stundenlang konnte er darauf herumspazieren, mit seinem kleinen Zeigefinger; und unablässig hatte er die Mutter gefragt, die mit einer Handarbeit bei ihm gesessen hatte: Und wie heißt dieses Land? Und dieses? Gibt es dort wirklich Menschen? Und Tiere? Und Bäume wie hier? Wie sehen sie aus? Ist es kalt oder heiß? Und seine Mutter hatte gelacht, und sie hatte antworten müssen, und manchmal hatte sie die Hände über dem Kopf zusammengeschlagen und gerufen, das müssen wir deinen Herrn Lehrer fragen oder den Herrn Vater! Und er hatte sie ganz entsetzt angesehen, das wisst Ihr nicht, Maman? Seine liebenswürdige Mutter, die ihm manchmal einen Kuss auf die Augen geschenkt.

Heinrich ließ seine Gedanken schweifen; er dachte an das Haus in Frankfurt und wie es dort gerochen hatte, nach Süßspeisen und Wäsche und dem Fluss; wie glücklich er dort gewesen war, und wie neugierig auf alles. Wie sehr er seine Halbschwester verehrt hatte, Ulrike.

Wen darfst du lieben Heinrich, und wen nicht?

An Ulrike will ich jetzt lieber nicht denken, sie hat die letzten Fasern zerrissen, mit denen ich an ihr hing.

In diesem Augenblick wandte er sich Henriette zu, er klammerte sich an Henriette. Er spürte ihre Wärme, die ihn freundlich aufnahm, er lehnte sich in sie hinein, in ihre tiefe, zärtliche Großzügigkeit. Er betrachtete sie im Schlaf. Er konzentrierte sich auf ihr Profil. Die geschwungene Nase, die leicht gewölbten Lippen. Die Narben, die er mochte, von den Pocken, die sie als Kind überstanden hat, kleine Vertiefungen, die ihr davon geblieben, in die er zart den Finger legen wollte, Narben, Wunden, Male. Die kräftigen Brauen, die sie manchmal streng zusammenzieht, die langen Wimpern, die in sanftem Bogen unter den geschlossenen Lidern liegen. Vorsichtig küsste er ihr blasses Gesicht. Wäre es nicht schön, jetzt einfach einzuschlafen? Um niemals mehr zu erwachen?

Er dachte daran, wie oft er ihr die sonderbare Legende des Fort de Joux erzählt hatte, es kam ihm geradezu so vor, als sehe er darin sein eigenes Leben vorbeiziehen, und er dachte, wie sehr er sie dafür liebte, dass sie ihn auch in ihrer letzten gemeinsamen Nacht auf dieser Erde darum gebeten hatte, sie ihr zu erzählen.

Wir werden nicht im Tod getrennt sein wie diese beiden, nicht wahr?

Erzähl sie mir ein letztes Mal, Heinrich, die schönste Version von allen.

Er kannte verschiedene Weisen, nach denen der Seigneur den Geliebten seiner Frau Berthe getötet hatte: der einen nach durchbohrte er ihn mit seinem Speer. Einer anderen zufolge erhängte er ihn mit einem Strick, im Wald zu Füßen des Château, und Berthe musste aus einem winzigen Fenster des Taubenschlags genau dorthin blicken, jeden Tag, und nichts anderes konnte sie sehen als den baumelnden Leichnam des Freundes im Wind, der sich böse verfärbte und nach und nach zerfiel. Kaum eine Spur des Baumes, an dem er hing, bekam sie zu Gesicht, nur eine Ahnung der grünen Blätter in Frühling und Sommer, des braunen Herbstlaubs, des Schnees im Winter auf den Ästen. Und doch sah sie jeden Tag hinaus, jeden Tag sprach sie in den Wind hinein mit ihrem Liebsten. Zwölf Jahre währte ihre Gefangenschaft; dann starb ihr Mann, der Seigneur d'Amauri, nichts hatte er von ihr, kalt war er wie ein Stein.

Manche sagen, sie habe einen Sohn gehabt, und dieser habe, als der Vater starb, die Mutter sofort befreit, so hatte Heinrich die Legende der schönen Berthe ein anderes Mal erzählt. Und Henriette hatte mit feuchten Augen zugehört und die Hände vors Gesicht geschlagen vor Mitgefühl.

Von wem war das Kind?, hatte sie gefragt. Welcher der beiden Männer war der Vater?

Woher soll ich das wissen?, hatte Heinrich plötzlich wütend gefaucht. Er war aufgesprungen und aus dem Zimmer gerannt und hatte eine verwirrte Henriette zurückgelassen, in heller Aufregung, ob sie eine dumme Frage gestellt haben könnte. Vor Schreck steif hatte sie einen Augenblick auf dem Sofa gesessen, bevor sie hinter ihm her gestürzt war.

Heinrich, hatte sie ins Treppenhaus gerufen, ich bitte dich –

Das vertrauliche du war ihr herausgerutscht, sie hatte sich auf die Lippen gebissen, sie hatte vor ihrer Wohnungstür gestanden wie angewurzelt, sie konnte doch dem Mann nicht hinterherrennen! Drinnen hörte sie Pauline singen.

Nach einer Stunde hatte es an der Tür geklopft. Zum Glück war Louis noch nicht nach Hause gekommen. Heinrich stand aufgelöst vor der Tür.

Verzeih mir, bitte, ich weiß nicht –

Er griff nach ihrer Hand, sie wäre ihm am liebsten um den Hals gefallen.

Als ich jung war, noch vor gar nicht langer Zeit, da dachte ich, ich wollte nichts lieber als drei Dinge im Leben: ein Haus bauen, ein großes Gedicht schreiben und ein Kind zeugen. Es ist so über mich gekommen mit all dem, was ich niemals fertigbringen werde. Bitte verzeih.

Henriette, mit hochrotem Gesicht, wusste nicht, was sagen.

Du musst mich nicht um Verzeihung bitten, brachte sie schließlich hervor, leise und deutlich, auf der Schwelle zu ihrer Wohnung, der Wohnung, in der sie lebte, mit ihrem Mann und ihrem Kind, und in der sie alle hochtrabenden Pläne für ihr Leben längst aufgegeben hatte, versunken in die kleinen Alltäglichkeiten, die ihr anvertrauten Menschen zu versorgen, stumm, liebevoll, sie glücklich zu machen mit ihren stillen Diensten und sich an ihrer Zufriedenheit, ihrer Sorglosigkeit zu erfreuen,

du musst mich niemals um Verzeihung bitten, Heinrich, hörst du, nie.

Sicher hatte in diesem Augenblick die Liebe angefangen. Die Liebe, die schon früher da war, vielleicht oder ganz sicher hatte sie von ihrem ersten Treffen an begonnen, aber hier, im Halbdunkel des Treppenhauses, an diesem unmöglichen Ort, mit Henriettes ganzem Leben hinter ihr, hinter ihrem Rücken, hier war sie hinausgetreten, ins Bewusstsein der beiden, in das ohne Worte Ausgesprochene, hinausgetreten, so wie Henriette jetzt einen halben Schritt nach vorn tat, auf Heinrich zu, und eine winzige Sekunde ihr heißes Gesicht an seines legte.

Gibt es etwas, das du bereust? Oder vermisst? Das dir nie gelungen ist?

Der kurze Docht geht zu Ende, Heinrich sieht es am heftigen Flackern, wilde Schatten wirft es in das Zimmer. Er will nicht, dass es dunkel wird, er will nicht, dass der Schlaf ihn überfällt. Vorsichtig zieht er den Arm unter Henriettes Kopf heraus, er ist taub, eingeschlafen. Vorsichtig versucht er hochzukommen, aus dem Bett zu klettern, aber natürlich, sie schlägt die Augen auf, sieht ihn verwundert an. Eine neue Kerze liegt auf dem Tisch. Heinrich zündet sie an der zu Ende gehenden an, steckt sie im Leuchter fest. Er setzt sich auf den Bettrand zu ihr. Sie sehen sich an. Er nimmt ihre Hand.

Es ist schon sehr spät, sagt er.

Wir haben nicht mehr lange Zeit, sagt sie.

Als würden alle alten Geschichten von uns abfallen, fortgespült, von uns genommen, in dieser langen Nacht, sagt Heinrich und streicht Henriette mit dem Finger sanft über die Stirn. Sie küsst den Finger.

Du musst es nicht aussprechen, flüstert Henriette, ich sehe genau, was du denkst.

Machen wir hier eine weitere Aufnahme.

Die Situation: Es ist zwölf Stunden später, oder nur elf, ungefähr zwischen drei und vier Uhr am Nachmittag. Der Gastwirt Stimming hat sich etwas über seine Gäste gewundert. Erst wollten sie kein Frühstück, nur schwarzen Kaffee. Mit viel Zucker allerdings. So wie um vier Uhr in der Nacht, und dann wieder früh um sieben. Es war überhaupt eine sehr unruhige Nacht. Kaum eingeschlafen, war er von Geräuschen geweckt worden. Eine Tür war zugeworfen worden, der Knall hatte ihn hochschrecken lassen. Er hatte im eisigen Schlafzimmer neben seiner Frau gelegen und gelauscht. Hin und her gegangen waren die beiden Gäste über ihnen, das Zimmer lag etwas versetzt zu ihrem, aber er konnte es hören. Stimmen, Lachen, lautes, erregtes Sprechen. Ein schönes Pärchen. Machte die Nacht zum Tage.

Am Vormittag waren sie beide heruntergekommen. Hatten bei seiner Frau Friederike die Rechnung bestellt. Seltsam, wo sie doch noch eine Nacht bleiben wollten und sogar Eierkuchen für den Abend wünschten. Schöne, leckere, süße Eierkuchen, hatte die Dame gesagt und entzückend gelacht.

Ein Mann, eine Frau. Nicht verheiratet. Er, verquollen, mit müden Augen. Sie, frisch wie eine Rose, eine weiße, allerdings mit leichten Narben. Sehr munter. Im weißen Kleid, geschnürt, und an den Füßen schwarze Stiefelchen aus feinstem Korduanleder, Ziegenleder, sehr weich, sicher um die Knöchel mit einem Band festgebunden. Er mit seinen abgetragenen braunen Schlappstiefeln.

Am Nachmittag also, zwischen drei und vier, sucht der Tagelöhner Johann Riebisch gerade im Hühnerstall, der zum Gasthof gehört, nach Eiern, für die gewünschten Eierkuchen am Abend, als seine Frau außer Atem zu ihm kommt und ihn bittet, ihr beim Tragen behilflich zu sein. Er versteht nicht recht. Doch, doch, sagt sie, du hast mich richtig verstanden, die beiden Leute aus Berlin wollen ihren Kaffee am See zu sich nehmen. Wir sollen ihnen Tisch und Stühle bringen. Nee, sagt er und guckt auf die Eier in seinen Händen, das meinst du nicht ernst. Sie verdreht die Augen.

Komische Leute, wirklich. Er hat sie, eine halbe Stunde zuvor, auf der Chaussee angetroffen. Er hatte auf das Geheiß von Stimming eine Karre mit Mist geholt und war mit ihr über die Brücke gekommen, als die beiden angehopst kamen, als wären sie Kinder. Ob er ein wenig ausweichen könne, hatte der Mann gefragt, und auf sein stummes Zögern hin, die Karre war schließlich schwer, hatte er hinzugefügt, er gebe ihm auch einen Groschen dafür. Und schon funkelte er vor seinen Augen, der Groschen. Nicht nötig, hatte Riebisch gemurmelt, er sollte ja alles tun, den Gästen zu gefallen, und hatte ihn in die Tasche gesteckt. Er hatte die Karre auf die Seite gezogen, dorthin, wo es matschig war und uneben, und die Dame hatte, ihren Rock und ihren Mantel etwas anhebend, den Weg genommen. Kaum waren sie ein paar Meter gegangen, er hatte gerade wieder die Karre gepackt, hatte er sie gehört, kichern und Kindchen rufend, und er hatte über die Schulter zurückgelinst und gesehen, wie sie tatsächlich wieder hopsten und hüpften.

Als sie kurz darauf am See ankommen, der Tagelöhner Riebisch und seine Frau, mit Tisch und Stühlen, da stehen die beiden und warten, vergnügt winken sie, und der Herr, der ein Dichter sein soll, nun ja, hält ihm seine Quartflasche hin und sagt: ach bring er doch noch eine Flasche Rum von seinem Herrn.

10

(Heinrich, zwischen fünf und sechs)

Ein Mann, eine Frau, zwei Zimmer, eine Tür.

Die Tür ist zu; er ist hier, sie dort. Sie wollen sich noch ein wenig ausruhen, der Morgen rückt schon näher. Henriette ist in ihr Zimmer gegangen, es ist schon gegen Morgen, es ist besser, wenn ich in meinem Zimmer schlafe, wir wollen kein Gerede. Der Diener wird irgendwann kommen und den Inhalt der Nachttöpfe holen; das Dienstmädchen wird an Henriettes Tür klopfen, um ihr beim Ankleiden behilflich zu sein. Es ist besser, die Tür zwischen ihnen ist dann geschlossen.

Heinrich hat die Kerze ausgeblasen und das Fenster aufgerissen. Er sieht hinaus, auf den dunkel schlafenden See, ganz ruhig ist er, das Wasser liegt still und friedlich, und er blickt hinauf in den phantastisch klaren Sternenhimmel. Tiefblau, mit blitzenden Punkten, fern und deutlich. Er sieht die Deichsel des Großen Wagens, sein liebstes Sternbild, alle Wolken und Nebelschwaden haben sich verzogen. Der Mond ist gewandert, bereit, bald unterzugehen. Die Luft ist kühl und feucht und tut ihm wohl, er atmet tief. Es ist das Ende der letzten Nacht seines Lebens; er will es auskosten, jeden einzelnen Augenblick. Er fühlt sich nüchtern, heiter und klar. Er atmet noch einmal tief ein und –

hört eine Stimme in seinem Inneren auftauchen, die Stimme seines anderen Ichs, das ihn immer infrage stellte, und die nur zu oft zur Stimme seines Freundes Ernst wurde.

Es soll Menschen geben, die wählen den Tod aus Angst vor dem Tod. Sie wollen ihm zuvorkommen; sie ertragen sie nicht, diese Angst, sterben zu müssen.

Denkst du so, von mir?

Dreh die Frage nicht um, antworte mir!

Ach weißt du, mein lieber Ernst, ich bin so viele Millionen Tode gestorben, ich habe mich an den Gedanken längst gewöhnt. Weißt du, was es heißt, von einem Goethe verachtet zu werden? Weißt du, was es heißt, um Geld bitten zu müssen? Nichts weißt du. Du passt einfach besser in die Welt. Weißt du noch, damals, als ich von Paris fortgelaufen bin?

Ja. Ich habe dich gesucht. Verzweifelt. Vergebens.

Ich habe es nie jemandem gesagt, ich habe mich geschämt. Ich wollte mir das Leben nehmen. Ich sprang in den Rhein. Ich wollte ertrinken. Ich habe schon damals gewusst, dass ich es nicht schaffen würde. Doch ein Fremder hat mich gesehen. Er hat mich herausgefischt, aus dem lausigen Wasser. Monatelang konnte ich kaum Bett und Zimmer verlassen. Ich fühlte nichts, nichts schien mir sinnvoll. Es war ein Grauen ohne Ende. Ich weiß nicht, wie es vorbeiging. Eines Tages erwachte ich, stand auf – und war ein neuer Mensch. Ohne Gedächtnis für das Zuvor.

Und jetzt? Warum denkst du jetzt, es wird nicht wieder aufhören?

Ich weiß es. Es kommt immer wieder. Ich bin diesem Übel nicht gewachsen. Erinnerst du dich an meine Zeit in Königsberg? Alle dachten, ich wäre faul und bequem und hätte keine Lust, meiner Arbeit nachzugehen. Zugegeben, das Amt machte mich nicht froh, doch ich war guten Willens, dem König zu dienen! Doch je mehr ich mich gegen dieses schleichende Übel wehrte, desto grässlicher würgte es mich. Kopfschmerzen, Koliken, du weißt nicht, was das heißt, Schlaflosigkeit, Verstopfung und Krämpfe! Diese Fremdheit gegenüber allem.

Der Rum, der Wein, das ungesunde Leben.

Nein, Ernst, das war es nicht. Nicht einmal du hast mich verstanden. Endlose Gespräche haben wir geführt. Wer mich verstand? Der Bruder von Marie vielleicht, Pierre. Er nahm sich das Leben, in Madrid. Verschuldet, entehrt, voller Scham. Wie peinlich war es Marie, sie hätte es mir beinahe verschwiegen. Ein Selbstmord in der Familie, nein! Immerzu am Hofe, immerzu auf Eitelkeiten und Honneurs aus, ja, sag es mir, ich bin ungerecht, sie hat mir geholfen. Und doch, was für eine blöde Pute! Wie sie sich bei Hofe hineingearbeitet hat, das war ihr das Höchste! Berichte mir, woran du schreibst! Ja, sage mir, woran du arbeitest, dann will ich sehen, ob du Hilfe verdienst! Sie hat es ausgekostet, ich sage es dir, und ich bin es satt, satt, zu bitten und zu betteln, mich zu rechtfertigen, von meinen Erfolgen zu reden, wo gar keine sind, nur damit das Weib die Börse zückt! Siehst du nicht, wie mich das quält? Und dann noch Maries schwachsinnige Idee, meinen »Homburg« an Prinzessin Marianne zu schicken! Was versteht so eine junge Prinzessin von diesen Dingen? Welcher Wahrheit einer zu folgen hat? Welche widerstrebenden Kräfte an ihm zerren? Sie nimmt das Tüchlein und tupft sich die Tränen, und dann sagt sie: Aber ein Prinz muss doch an allererster Stelle seinem Volke dienen! Das steht doch völlig außer Frage. Was einer sich erlaubt, an sein Gefühl zu denken, nein! Das ist doch nichts für einen *Aadelichen*! Und sie dehnt das Wort, als handle es sich um eine göttliche Person. Marie, Marie, immerzu dieses Gerede, mit dem sie mir in den Nacken griff, von ihrer unendlichen Zuneigung und Treue. Und als ich sie einmal frage, willst du nicht etwas Gutes tun und dann mit mir sterben? Da sieht sie mich an, als wäre ich ein ekliger klappriger Gaul und wollte sie küssen!

Aber Heinrich, du weinst ja!

Ich kenne sie so lange, sie war mir wie eine Schwester. Ich schrieb ihr Briefe ohne Ende, keine Reaktion. Sie wird weinen, ich schwöre es dir. Und meine Schwester, meine geliebte Ulrike? Sie lässt mich hängen. Der König gibt mir eine Anstellung, die Anstellung verlangt eine Equipage. Ich habe keine Equipage. Ich also nach Frankfurt, Ulrike, bitte, kannst du nicht, ein letztes Mal, ich habe kein Geld für eine Equi… – Ulrike hat mich abblitzen lassen, vier Wochen ist es her, oder sind es sechs, ich sei ein Nichts, *ein nichtsnutziges Glied der menschlichen Gesellschaft, keiner Teilnahme wert!* Ich hätte mich gleich in die Oder werfen sollen, es hätte mir die Qualen der Erinnerung erspart! Ah! Es hat mir den Rest gegeben! Kein Geld, keine Ääkipahsche, wie ich das Wort schon hasse! Keine Anstellung beim König! Und was bin ich auf Knien gekrochen, damit er sie mir in Aussicht stellt! Ich habe jede Achtung vor mir selbst verloren. Die Welt kommt mir vor wie eingeschachtelt, ich bin eingezwängt in ihrem engsten Winkel, ich komme immer nur heraus, um an der nächsten Biege wieder in ihre Zwinge zu geraten. Nicht einmal sterben kann ich allein.

Heinrich bekommt einen Hustenanfall. Wieder hat er diesen Schmerz im Brustkorb, und in seinem Kopf dröhnen all die nutzlosen, schrecklichen Worte. Sie werden immer größer, immer lauter gellen sie. Der Himmel sieht ihn an, das Firmament, es scheint ihm zuzulächeln. Könnte er sich nur einfach aufschwingen wie ein Vogel und verloren gehen im All! Doch schwach hängt er auf dem Fensterbrett, und unerbittlich ist die ihn marternde Stimme.

Jetzt hör doch auf! Immer findest du einen, der schuld ist an deiner Misere. Dabei ist es dein Ungenügen an dir selber, deine unerfüllbaren Ansprüche, Heinrich, und wenn ich dafür nicht herhalten konnte, war es ein anderer, Adam, Napoleon, der König, eine ganze Stadt, Paris oder Berlin. Und immer wieder deine Schwester, Ulrike. Es war das Wetter, der Krieg, die Bosheit der anderen Menschen, immer hast du etwas oder einen gefunden, der schuld war, der dich am Schreiben hinderte, am Verwirklichen deiner Pläne, an deinem Leben *tout court*. Das wucherte in deinem Kopf, oder sagen wir besser, es schlief, es schlummerte unter einer dünnen Schicht, die so verletzlich war, so schnell reißen konnte, die kleinste Beleidigung, die kleinste Abweisung, der geringste Grund, und schon riss sie auf, und es wurde ein *Ab*grund daraus.

Hör auf, Ernst, hör auf damit! Immer quälst du mich mit diesen Worten!

Heinrich schlägt das Fenster zu, jetzt hat er sich den Anblick des schönen Himmels verleidet. Dabei war er doch gerade noch so gefasst! Es ist ein Jammer! Und es ist bitterkalt. Er wirft sich auf sein Bett, er dreht sich darauf hin und her, und starrt ins Dunkle, ein Dunkel, das ihm Angst macht, kein tröstliches, das ihn umfasst. Er springt auf und läuft umher. Verflucht! Sobald er nicht in Henriettes nächster Nähe ist, beginnen diese grässlichen Gedanken! Er kann nichts machen, es ist wie eine riesige Maschine, die durch seinen Schädel stampft. Er sollte vielleicht besser zu ihr hinüber, aber nein, sie schläft sicher, er will sie nicht stören –

Ach, Heinrich. Du hast zu viel getrunken, dann verachtest du alle, und vor allem dich selbst, wie schon damals in Paris, als du dein erstes Stück zerrissen hast, in lauter kleine Fetzen, maßlos in deinem Anspruch und maßlos in deinem Willen. Dabei wusstest du schon damals ganz genau, dass der Wille allein nichts nützt, dass er nur blindwütig hervorstößt, ohne Sinn. Dieser krankhafte Ehrgeiz, dem du nie genügen kannst, der die Wahrnehmung trübt. So eine Misere, dachte ich, so eine Memme, heult wie eine Frau, schreit hemmungslos herum, *wie ein Mädchen*, hast du dann auch noch gesagt, hättest du mich geliebt. Mann, Heinrich! Wo soll das hin?

Jawohl, du sagst es, Ernst, es ist die Wahrheit. Ich fühlte immer, was doch ein Menschenherz fühlen *muss*, jenseits von Geschlecht und Farbe, eines, das sich gegen Ungerechtigkeit erhebt, wo es sie findet, eines, das Tränen weint, wenn es Traurigkeit fühlt. Was ist falsch daran? Sag es mir! Denk an den Prinzen von Homburg! Er setzt auf sein Gefühl, das den Wahnsinn des Krieges zurechtrückt! Und was passiert? Alle schreien, so geht das nicht, so geht das ganz und gar nicht! So eine blöde Hysterie! Nicht ich bin falsch, meine Zeit ist es! Weißt du, was die Rahel gesagt hat? Schlimm ist es, in einer Zeit zu leben, die dahinsiecht, schlimm, mit ihr dahinzusiechen!

Ich bitte dich, das ist doch das Geschwätz einer bitteren Frau! Denk an die Reformen, die jetzt –

Die Reformen! Dass ich nicht lache! Sobald die Zeiten wieder besser stehen, ist es passé mit der Freiheit der Bauern! Nein, nein, ich glaube an nichts mehr. Ein Junge noch, sah ich Städte in Flammen aufgehen, Soldaten ihre Beine oder ihr Leben verlieren, und wozu? Damit unser König vor Napoleon kneift? Damit Preußen untergeht, mit einem Holzkopf von einem König? Nichts als Exerzieren hat noch keinen Staat gemacht. Ja ich habe den König geliebt, aber jetzt ist er mir egal! Nur eines will ich: *Er* soll es sehen, den Ort, an dem wir beide morgen sterben, Henriette und ich. Jedes Mal, wenn er dort vorbeifährt, soll er an mich erinnert sein, mich, seinen treuen Untertan, den er verraten hat! Soll er sich schämen, dass er sich Napoleon ausgeliefert hat, ich hab es an Marie geschrieben, sie wird nicht an sich halten, ich kenne sie, sie wird den Brief bei Hofe zeigen, und alle werden seufzen: Ach! Und weh! Ach, dass sie alle krepieren an ihrer blöden engen Art!

Heinrich greift nach der Decke und zieht sie über seine glühenden Ohren. Er möchte schreien, doch er kann nicht. Er will sich schütteln vor Schluchzen, doch er kann es nicht. Er presst die Hände gegen die Ohren. Doch die Stimme ist in ihm.

Du willst doch die Wahrheit? Hör mich nur einmal an. Ich glaubte, es würde vorübergehen, und es ging vorüber. Ich hielt dich, ich nahm dir die Flaschen weg, ich hütete deinen Schlaf, und eines Tages bist du aufgestanden, hast mich umarmt, gelächelt, als wäre nichts geschehen, hast dich an die Arbeit gemacht und warst der zauberhafteste, sanftmütigste Mensch von allen, und alle, die dir nun begegneten, waren entzückt.

Was hilft es? Du hast mich im Stich gelassen, du warst mein bester Freund.

Ich hätte dich gern verlassen, diesen Irrsinn, diesen Wechsel, deine Raserei, die ich jämmerlich und lächerlich zugleich fand, die mich bedrohte; sie schien mich in einen Strudel mitreißen zu wollen, es war so, als ob du immer jemanden gebraucht hättest, der mit dir in diese Raserei rauscht oder diesen Rausch rast, was weiß ich, so wie die Pharaonen immer mit ihrem lebendigen Gefolge begraben werden wollen. Bloß nicht allein sein, immer muss einer mit, in dein tolles Gehirn, der Teufel weiß, warum das so ist. Wenn ich fort wollte, hast du dich auf den Boden geworfen, hast mich angefleht, ich möge bleiben, dich bloß nicht allein lassen, du würdest verrecken, und dann hast du mich beschimpft, hast mich einen Verräter genannt, einen illoyalen Idioten, und dann hast du geweint und geschluchzt. Ich konnte mich nicht wehren gegen dich. Ich konnte dich in diesem Zustand nicht verlassen. Du hättest dir was angetan, ich weiß es. Das erste Mal in Paris, das zweite in Dresden, das dritte – ich mag gar nicht daran denken, aber ich werde bis an mein Lebensende daran denken müssen, weil ich es nicht ausgemerzt kriege aus meinem Kopf, so wenig wie die Leichen der Soldaten auf den Schlachtfeldern von Jena, Auerstedt, Aspern und Wagram! Es war immer das gleiche Auf und Ab: zuerst warst du voll hochfliegender Pläne, der Wein berauschte dich wie deine Ideen, er half dir, dich ruhigzustellen, damit du es ausgehalten hast, an deinem Tisch, und nicht umher springen musstest vor Erregung, er ließ dich vergessen, worum du dich hättest kümmern müssen, und auch ich schützte dich vor den Banalitäten, den Anforderungen des Alltags, den Pflichten, den Mietforderungen, den Rechnungen der Gastwirte und Drucker, den Schulden bei Freunden, denn, mein lieber Heinrich, ich muss es dir sagen, du hast früh diesen Hang zum Verlottern gezeigt. Aber das habe ich dir nachgesehen, wegen deines ungewöhnlichen Talents!

Heinrich weint. Die Tränen laufen ihm einfach über das Gesicht, er fühlt sie, er lässt sie laufen. Er kann nichts tun. Er liegt auf dem Bett, ihm ist kalt, er zittert fürchterlich, sein Magen ist ein riesiger eisiger Stein, doch er schafft es nicht, sich unter die Decke zu legen und sich zu wärmen. Die Stimme in Heinrichs Ohr wird sanft, sie schmeichelt. Er lauscht wie ein Kind, das nicht recht versteht.

Weißt du, was ich liebte an dir? Du hast mich nie belogen. Du hast dir selber unerschrocken ins Gesicht gesehen, und du warst ehrlich zu mir. Den Frauen hast du manchmal alles Mögliche erzählt, wenn du etwas von ihnen brauchtest. Doch mir hast du nichts vorgemacht.

Ob es an unserer Jugend lag? Weil wir uns so lange kannten? Du warst – so – vorbehaltlos und unverstellt. Keine Vertrautheit sollte aufkommen, beim Militär, die an zu Hause erinnert hätte, an Mütter, Schwestern, zärtliche Tanten. Du warst so anders! Hart sollten wir werden, das Leben für nichts erachten. *Nur wer das Leben fortzuwerfen bereit ist, kämpft wirklich bis zum Äußersten.*

Es krampft mir das Herz zusammen.

Und doch hast du es beim Wort genommen!

Weil es dem lieben Gott lieb ist, wenn Menschen ihrer Freiheit wegen sterben. Ich habe an vieles geglaubt. Ich bin erschöpft. Lass mich doch ein bisschen schlafen, ich bitte dich. Ich bin so hunde-, hundemüde.

Ich höre gleich auf, ich sage dir nur noch Ade. Ich werde dich schrecklich vermissen, Heinrich. Ich – weißt du noch? Wie alt waren wir? Neunzehn? Zwanzig? Du warst so vergnügt, wie du gelacht hast. Komm, Ernst, hast du gesagt, komm, wir gehen in die Schweiz, wir wandern quer durch das Land, wir wollen das Gebirge sehen, Dörfer, Täler, andere Orte als diese grausame Kadettenanstalt, dieses enge, strenge Potsdam. Du hast deinen Rousseau verschlungen und gedacht, dass du ein selbstbestimmtes Leben führen könntest. Die Natur, das war dein Schlachtruf, alle Fesseln sollten abgeworfen werden, alle, die dich eingeholt haben, diese Fesseln des Lebens, weil sie stärker sind als du.

Heinrich liegt ganz still, auf dem schmalen Bett. Er wird wieder ruhig. Er ist wie ausgeleert. Es ist bald vorbei, denkt er, bald werde ich endlich Frieden haben.

Hör auf, sagt er in die Dunkelheit hinein. Es ist, wie es

ist. Lass mich in Frieden sterben und behalte mich gut in deiner Erinnerung. Ich will das alles nicht mehr! Dieser lange öde Sommer in dieser großen, kadavreusen Stadt. Die Staubkörnchen glimmend in der Sonne, mein dröhnender Kopf, mein saurer Magen, mein ständiger Durst, meine grässlichen Gedanken, die mir davongaloppieren wie Pferde, die niemand mehr hält. Ich hätte so bitter gebraucht, *etwas Schönes* zu erleben! Wie die Katze in der Sonne zu liegen, sich einfach an der Wärme zu freuen! Einmal wie eine Kreatur zu sein, einfach nur da, ohne Gedanken.

Ich habe kein Geld, ich habe nur Schulden, niemand spielt meine Stücke. Ich will keinen bitten, um gar nichts. Etwas an meiner *Art* ist nicht erwünscht, eine andere habe ich nicht zur Verfügung. Es ist, als wäre ich tot, bei lebendigem, fühlendem Leib. Nun ist es gut. Die Schleier sind zerrissen. Ich habe meine Papiere verbrannt. Mein Ideenmagazin und meinen Roman. Ich werde nicht mehr gegen Windmühlen kämpfen. Ich bin vollkommen ruhig und klar.

Was sagst du, Ernst? Ich höre dich so schlecht.

Ich sagte –

Wie bitte?

Du – dein Leben –

Was soll das für ein Leben sein, wenn ich vollkommen unfrei bin? Und nicht mehr denken kann? *Vivre libres ou mourir!* Nun sterbe ich wenigstens frei.

Niemand kann frei sterben –

Doch, doch, ich sage es dir: diese Frau, diese wunderbare Freundin, die nebenan ihren letzten irdischen Schlaf schläft, die kann es auch. Sie –

Nie –

Ernst? Ernst? Ich höre dich nicht mehr! Wo bist du?

–

Ach. Immer an dieser Stelle hast du dich verflüchtigt. An dieser Stelle wolltest du mir niemals folgen, *das* hat uns getrennt. Du hast es dein Bekenntnis, deine Liebe zum Leben genannt, vielleicht war es auch deine Religion. Nicht darf der Mensch nehmen, was Gott ihm geschenkt: das Leben.

Mir ist das Leben nichts, wenn es kein Leben ist.

Dritte Aufnahme.

Im Zimmer von Heinrich und Henriette, am einundzwanzigsten November, nachdem man sie am See gefunden hat, so wie sie es sich gewünscht hatten, wie sie es vorbereitet hatten und durch vielerlei Aufträge und Anfragen an den Gasthof. Es ist nicht leicht, in eines der beiden Zimmer zu gelangen. Frau Stimming, die Gastwirtin, drückt die Türdrücker herunter; doch die Türen sind abgeschlossen. Sie rüttelt daran; nichts zu machen. Wir müssen die hintere Tür öffnen, sagt sie zum Dienstmädchen, das, ziemlich bleich im schmalen Gesicht, glaubt, die aufregendste Stunde ihres Lebens zu erleben. Es gibt tatsächlich eine Tür von Heinrichs Zimmer aus zu einem hinteren Aufstieg. Aber auch hier ist es nicht leicht, sie zu öffnen. Nach einigem Ruckeln und Schieben gegen einen harten Widerstand hören Frau Stimming und das Mädchen es poltern, sie fallen fast ins Zimmer hinein, in einen Haufen Stühle. Es sind eigentlich nur drei, doch es kommt ihnen so vor, als wären es sechs. Sie sind geschickt ineinander verkantet und hielten die Tür von innen geschlossen.

Da stehen sie nun, die beiden Damen. Als könnte das Zimmer Aufschluss erteilen über das, was sie soeben entdeckt.

Doch die Briefe, die im Grunde auch nicht wirklich etwas erklären wollen oder können, liegen versiegelt in einem Kästchen, der lederne Reiserucksack, das Felleisen, daneben. Und ein Buch, es ist der »Don Quixote« von Cervantes.

Frau Riebisch und die junge Magd wissen nicht recht weiter. Die Zwischentür steht einen Spalt offen, befangen treten sie über die Schwelle, in das Zimmer der Dame. Es duftet angenehm, anders als sonst. Das Bett ist ordentlich gemacht, die Decke ist straff gezogen, über dem Plumeau, das sich wölbt. Am Schrank, sehr ordentlich, hängt das graubraune Reisekleid der Dame, das sie bei ihrer Ankunft trug, und offenbar auch die halbe Nacht. Darunter blitzt der Rand eines weißen Hemdes hervor, eines Unterkleides, genau gesagt, und am Boden steht ein Paar schmale, städtische Stiefel. Eine Reisetasche ist danebengestellt. Auf dem Nachtschrank liegt aufgeschlagen ein Buch. Doch die beiden Frauen trauen sich nicht, sich zu nähern. Sie stehen mitten im Zimmer, ganz still.

Wir müssen wohl alles so lassen, sagt Frau Stimming.

Etwas rührt sie zutiefst. Etwas wie ein unbekannter Traum von Liebe. Von einer Leidenschaft der Körper und der Seelen, etwas, was sie unter den Daunendecken im eisigen Schlafzimmer mit Johann Stimming, ihrem Mann, wohl nie erfahren wird.

Das Mädchen hingegen fragt sich, ob sie jemals ein so schönes Kleid besitzen wird wie das, das sie der Dame am frühen Morgen, müde und verschlafen, zuschnüren durfte.

Beide machen einen tiefen Seufzer.
Das Zimmer aber schweigt.

(Henriette, zwischen fünf und sechs)

Du ließest mich alleine
In dieser langen Nacht
Ich will nun mit dir sterben
Dass mir dein Herze lacht.

Henriette singt die Zeilen, wieder und wieder, sie schaukelt sich hinein, der Gesang wird immer wilder, drohender, dann still, verinnerlicht, lächelnd.

Sie denkt an das, was sich vor wenigen Minuten ereignet hat, überraschend, seltsam, schön: Sie sind beide wie betrunken von ihrem Entschluss. Ihre Körper sind kaum zu halten in dieser Entzückung, absolut und vollkommen sich selbst zu gehören, über sich selbst zu entscheiden, frei vom Einfluss anderer, frei von irgendwelchen Ansprüchen und Erwartungen, sie sind außer sich, eine nie gefühlte Erregung überkommt sie und sie pressen sich aneinander, sie fühlen den Irrsinn, die Freiheit, etwas Rasendes, sie wollen rennen, toben, schreien, so reißt es an ihnen, ein sinnliches Verlangen, das aus diesen Gedanken kommt und sie sich ineinander verkeilen lässt. Heinrich umschließt Henriettes Leib, Henriette erfasst ihn, ihre Haut gleitet über seine Haut, er stöhnt, überlässt sich, sie drängt, ohne zu bedrängen, sie drängt sich hin zu ihrer eigenen überschäumenden Lust, die ihn mitnimmt, ohne Atem, und immer weiter lassen sie sich fallen, treiben, Henriettes ganzer Arm streicht über Heinrichs Bauch und Brust, die Hände reichen nicht, erst waren es nur die Fingerkuppen, kaum erträgliche Berührung nach kaum zu ertragender Spannung, doch jetzt ihre Arme, ihre Beine, alles, womit sie einander zu fassen bekommen.

Ich atme dich, Heinrich. Ich trinke dich, Henriette.

Es gibt keine Scham vor einem solchen Entschluss.

Henriettes schönes dunkelbraunes Haar kräuselt sich über der feuchten Stirn. Sie sieht sich im Spiegel an. Ihr Unterkleid gibt den hellen Hals frei, sie ist nicht mehr jung, doch sie kann sich nicht erinnern, jemals so glühend ausgesehen zu haben, so erfüllt. Sie reist sehr langsam mit ihren Fingern über ihr eigenes Gesicht, die Augen, die Wangen, die leichten Senkungen und Erhebungen der Haut an den Narben, die Lippen, sie öffnet leicht den Mund, ein leiser fremder Ton, sehr tief, entfährt ihr, sie gleitet hinab am Hals und tiefer. Ihre Augen sehen sich selbst an, auch sie dunkel, dunkelblau, im Kerzenlicht, fremd und doch vertraut. Sie nimmt die Bürste, legt sie wieder fort, ihr gefällt das aufgelöste Haar so, wie es ist, sie kann es am Morgen bürsten.

Sie denkt noch einmal an ihr Kind, Pauline, sie erinnert sich, wie sie ihr das Haar gebürstet hat, und ohne ihr Zutun schwebt ihr Arm in die Höhe und die Hand mit der Bürste streicht über ein unsichtbares Haar, so, erst einmal das Gewirr entwirren, ja, ich weiß, das ziept, macht nichts, es muss sein, du weißt ja, wer schön sein will, muss leiden, so, jetzt hundert Bürstenstriche, nur so wird das Haar so prächtig wie das einer Königin, so, und nun ein bisschen strenger, denn gleich werde ich es dir flechten, in zwei dicke schöne Zöpfe …

Sie lässt die Hand sinken.

Ich bin Henriette, denkt sie, Henriette Adolphine Vogel, geborene Keber. Ich sage mir diesen Namen vor; keinen, den du mir gegeben hast, sondern den, den ich in meinem Leben trug, mit dem ich von anderen angesprochen wurde, den andere mit mir verbanden. Ich betrachte mich im Spiegel, sehe mich an und sage mir diesen Namen, forme ihn mit den Lippen, als könnte ich damit etwas begreifen von meinem sonderbaren Leben, vom Leben überhaupt. Es sind die letzten Stunden und sie schmecken wie die Himbeeren des Sommers, sie riechen zugleich wie das herbstlich faulige Wasser des Sees, das herüberweht, wenn ich das Fenster öffne, einen Augenblick, um meine Hitze zu kühlen. Die Hitze kommt und geht, als hätten meine ruhelosen Gedanken eigene Temperaturen, sie jagen hoch und wieder hinab, und anders als in allen meinen vorangegangenen Tagen liebe ich dieses Gefühl. Vorhin habe ich meinen Kopf auf das kühle Leinen des Bettzeugs gelegt und habe von dort aus in das Zimmer gesehen, ich habe den einfachen Stuhl mit meinen Blicken gestreichelt, den schönen Tisch aus weichem Holz, meine Kleider, die aufgehängt sind an einem Haken und auf mich warten, für morgen, unseren letzten Tag. Auf dem Tisch liegen all die Briefe, die wir heute Nacht geschrieben haben, die ich in den letzten Wochen entworfen habe, immer wieder eine Wendung bedenkend, verwerfend, sie neu erfindend, an meine Freundin, an Louis, meinen Mann, an Pauline, meine Tochter, sie wird im Dezember schon neun. Dieser Brief kam mich am schwersten an; was soll ich meinem Kind sagen, weshalb ich es verlasse? Ich habe ihr gesagt, es sei besser für sie, wenn ihre Mutter, ohne allen zur Last zu fallen, früher von ihnen geht. Ich habe ihr gesagt, und dabei mich selbst gemeint, dass es unsere Freiheit ist, den Augenblick des Sterbens selbst zu bestimmen. Ich habe diesen Satz wieder durchgestrichen, denn was soll es einem Kind bedeuten, das doch so unbekümmert erst in das Leben hineinlaufen soll? Das Laken konnte die Hitze dieses Gedankens nicht kühlen; ich musste aufspringen und zum Fenster eilen. Die Sehnsucht danach, Pauline an mich zu drücken und um Verzeihung zu bitten, wofür ich gar kein Verzeihen will, riss noch einmal so stark an mir, ich musste atmen und atmen, um mich zu beruhigen. Ich nahm einen Schluck aus der Flasche mit Rum, die Heinrich mir im Korb gelassen hat, er brannte kräftig in meiner Kehle, im Magen, sehr kräftig, ich musste einen Augenblick um Luft ringen, und dann hörte ich Heinrich drüben in seinem Zimmer aufschluchzen, etwas reden, halblaut, wie er es fast die ganze Nacht getan hat, wenn er nicht bei mir war, und es schien mir, als näherte er sich der Tür. Ich hielt inne und lauschte, ich machte zwei, drei leise Schritte zu ihm hin, und für einen Augenblick hatte ich das sichere Gefühl, als hätte er den Kopf auf seiner Seite ans Holz gelehnt. Wollte er hören, ob ich schlafe? Wollte er mir etwas sagen? Er hat sicher das Licht gesehen, vielleicht sorgte er sich, ich könnte bei brennender Kerze eingenickt sein, so wie manchmal früher, wenn ich an Paulines Bettchen wachte? Als sie einmal Fieber hatte und durch den dicken Schnupfen so schlecht Luft bekam, oder noch viel früher, als ihre ersten Zähnchen wuchsen. Manchmal genügte es, wenn ich ganz leicht meine Hand auf ihr Bäuchlein legte, oder ihre Schulter, oder sanft den Fieberschweiß von ihrer Stirn tupfte.

Ich sehe eine Frau im Spiegel, die ein Taschentuch an ihre Augen führt, nur eine winzige Träne lang, ich darf mich nicht allzu sehr in diesen Gedanken begeben –

Ich wünschte, sie würde mich nicht so sehr vermissen, aber sie hätte es früher oder später lernen müssen, der Doktor hat mir zwei Jahre in Aussicht gestellt, obwohl er sich oft widersprach und vor Kurzem deutlich meinte, ich könnte wieder gesund werden. Nicht wahr, ich müsse eben warten, bis der Tod kommt und mich holt. Aber der Tod kommt doch und holt mich! Er wohnt nebenan, er wandert hin und her, auf seinen Socken, um nicht zu stören, und man hört ihn doch, er vergisst sich nämlich selbst und fängt an laut zu werden, er redet vor sich hin und möchte wahrscheinlich am liebsten auch noch einmal auf seiner Klarinette spielen. Wenn die Worte versagen, singen wir, wir lassen die Musik für uns sprechen, so ist das. So haben Heinrich und ich miteinander musiziert. Ich vertraue Gott, dass er mich annimmt. Wenn er so gütig ist, wie es heißt, und wenn nicht, was soll er mir dann? Wenn ich aus freien Stücken komme, was sollte er falsch finden daran? Mein Vater hat mich geliebt.

Ich hatte schon sehr früh die Sicherheit, dass mein eigentliches Leben nach dem Tod beginnt. Ich kann es nicht erklären. Ich sah den Blumen zu, die welkten, ich sah Tiere, die getötet wurden, und einmal sogar einen sterbenden Soldaten. Heinrich war der einzige Mensch, der dies verstand.

Ich glaube, die Menschen sind zu verwickelt in ihre täglichen Belange, ihre Notwendigkeiten und die nächsten Begegnungen, die Sicherung ihres Ansehens und ihrer Existenz. Ich war sechzehn Jahre alt, als es mir zum ersten Mal bewusst wurde, wie ich mein Leben und damit auch meinen Tod verstehe. Ich saß im Salon von ich weiß nicht mehr welcher Nachbarin, zu der ich mit meinem Vater zusammen eingeladen war, und mitten im Gespräch sah ich auf mich selbst hinab wie ein Vogel; ich trat aus allem heraus. Sah die andern lächeln, reden, die Tassen zum Mund führen, und ich begriff, so würde es sein bis ans Ende meiner Tage, und es würde keine Rolle spielen, an welchem Tag mein Ende wäre.

Oft, wenn mich diese Ferne befiel, begann ich, alle Dinge, die ich sah und tat, zu benennen, leise, nur für mich selbst; ich warf Anker mit diesen Worten, die ich meine Nenn-Wörter nannte, ich hielt mich an ihnen fest, denn ich fühlte nichts, nicht einmal den Boden, auf dem meine Füße standen, nicht den heißen Tee auf meiner Zunge, oder den süßen trockenen Kuchen, nicht die Fläche des Stuhls, auf dem ich saß, nicht meine Hände, die etwas trugen oder die ich ins Wasser tauchte, um sie zu waschen. Die Verbindung zu allem, was mich umgab, wurde so dünn wie der feinste Faden aus Seide. Eine Minute, zwei, manchmal sogar viele Minuten lang hielt dieser Zustand an. Auch damals stellte ich mich hin und wieder vor einen Spiegel und nannte mich selbst beim Namen: Henriette Sophie Adolphine.

Am schwierigsten war es in der Zeit nach Paulines Geburt.

Ich liebte das Kind, ohne Zweifel, doch wie groß war mein Entsetzen, als ich trotz dieses Geschenks des Lebens in meine alten Zustände fiel, die Zustände des seidenen Fadens! Obwohl mich doch ein lebendiges Wesen mit der Welt verband.

Ich nahm Pauline vorsichtig auf, hob sie aus der Wiege, hielt sie in meinem Arm. Ich sah, wie meine Hände ihren kleinen Körper griffen; ich drückte sie an meinen, und ich sagte mir die Worte dazu vor. Ich fühlte nichts. Kein Strom floss zwischen ihr und mir. Ich fühlte in meinem Herzen oder meinen Gedanken Zuneigung und Zärtlichkeit, oder sollte ich sagen, ich fühlte sie als Gedanken? Dachte ich sie womöglich nur, weil ich glaubte, dies seien die Empfindungen, die ich doch eigentlich haben müsste? Ich weiß es nicht. Was ich sagen will: Mein Körper fühlte nicht den Wärmestrom, den ich wusste, dachte, ahnte, der doch zwischen zwei so eng miteinander verbundenen Wesen wie einer Mutter und einem Kind bestehen sollte.

Meine eigene Mutter konnte ich nicht fragen, sie war schon zu zerrüttet. Sie bekam bei der Taufe diesen sonderbaren nach innen gewandten Blick, mit dem oft die Tage begannen, an denen sie immer nur das Medaillon an ihrem Hals küsste und Gebete vor sich hin sprach. Ich sah mich um. Ich besuchte Freundinnen, die wie ich erst vor Kurzem Mütter geworden waren. Ich sah sie lachen, reden, mir stolz ihre Säuglinge, fest eingewickelt in ihren Steckkissen, präsentieren – was hätten sie gesagt, hätte ich sie nach ihren Empfindungen gefragt? Alles schien fraglos und selbstverständlich. *On en parle pas, Madame.*

Darüber spricht man nicht, Madame.

Dass man sich, wenn der Geliebte nicht da ist, wie tot fühlt, dass man, wenn er da ist, tot sein will, um dieses Gefühl auf immer zu haben, damit es niemals aufhört.

Soll ich dir sagen, worüber nicht gesprochen wird?

Dass mir drei Kinder gestorben sind.

Das erste war ein Mädchen, Lidia Sophie, sie kam an meinem ersten Hochzeitstag zur Welt, im Juni 1800, ein Jahrhundertwendekind. Ich freute mich unendlich. Neun Tage später starb Louis' Mutter, es war am 16. Juni. Wir fuhren in der Kutsche nach Havelberg, Lidia Sophie blieb zu Hause. Ich war zwanzig Jahre alt. Louis hatte eine weiche Haut, freundliche Augen, ein jungenhaftes Lachen, aber vom Stillen hielt er gar nichts. Mir schwollen die Brüste, Fieber schüttelte mich, ich fühlte mich elend und heulte, man fuhr mich in der Kutsche zurück. Das kleine Mädchen bekam eine Amme. Vier Monate später starb es. Die ersten Zähnchen brachen durch, es bekam einen Schnupfen und Fieber; die Amme gab ihr Tee aus Fenchel, Milch würde das Kind nicht vertragen. Das Fieber stieg, Lidia keuchte, das Näschen war verstopft. Vielleicht ist sie erstickt, in der Nacht; vielleicht hatte sie keine Kraft, einen Infekt zu überstehen. Vielleicht hat sie zu leise geschrien, und vielleicht hat niemand sie gehort.

Mein kleines Mädchen bekam einen kleinen Sarg, im Oktober. Die Blätter an den Bäumen auf dem Friedhof hatten sich verfärbt. Ich sagte Louis, bitte nicht, nicht gleich wieder ein Kind; im Frühling darauf war ich schwanger; im Februar des nächsten Jahres kam mein Sohn zur Welt, wir nannten ihn Ludwig, und im April schon – war ich wieder schwanger. Mir war schlecht, und ich musste ständig weinen. Wir zogen um, von der Leipziger Straße in die Kronenstraße.

Ludwig sah seinem Vater sehr ähnlich, die weichen Lippen, das rundliche Gesicht, das blonde Haar. Als er sechs Monate alt war, starb auch er. Mit dickem Bauch stand ich am Grab; ich erwartete Ida Pauline.

Ich war sehr jung. Doch an manchen Tagen lag ich auf dem Sofa und war so erschöpft, ich wäre am liebsten gestorben.

Dass uns die Kinder wegsterben, gilt als normal. Wenn es normal ist, ist es nicht schlimm, sagen die Leute. Sie lügen. Sie machen es sich leicht. Ich habe jedes Mal geweint. Lange habe ich geweint. Die Geburt war eine Qual, die Wochen danach die Hölle, und ein Abgrund reißt zu deinen Füßen auf, wenn du dein Kind verlierst. Und ständig diese Angst. Wir wissen nicht einmal, warum sie sterben, die kleinen Wesen, bevor sie ein Jahr alt sind. Manche kriegen die Pocken, auch eine Hirnhautentzündung kommt vor. Manche fangen sich in kalten Zimmern eine Lungenentzündung ein, und andere sterben an Koliken. Wenn sie Glück haben, bekommen sie eine Amme, deren reife Milch sie stärkt. Doch für wie lange? Zwei Monate? Drei? Manche bekommen nur Wasser mit Brei aus Körnern, sie entwickeln sich schlecht, nur die wirklich robusten überleben. Anderen gibt man Wein, wenn sie schreien, andere erhalten zu starke Gewürze. Die armen Frauen stillen, wohlhabende und adlige Frauen nicht. Es gilt als nicht fein, es gilt als revolutionär, denn die Revolution macht alle Menschen gleich. Viele Männer erfüllt es mit Ekel. Man weiß nicht viel, woran die Kinder sterben. Im Totenbuch der Kirche heißt es: an Zähnen oder an Krämpfen.

Wer will das hören, Heinrich? *Madame, on en parle pas.*

Ich habe meine toten Kinder im Arm gehalten, wer wird mich halten wie sie?

Wann immer ich in Gesellschaft Fragen stellte, sah man mich sonderbar an, oder man versuchte es zu verbergen, und ich hörte ein ums andere Mal: Sie ist, mit Verlaub, ein wenig exaltiert. Dabei gibt sich unsere Zeit so offen für Gefühle, ein jeder redet davon, meint, darüber sprechen zu können! Alle in den Salons, die Künstler, Schriftsteller, die Damen und Herren, reden so viel über die Empfindsamkeit, doch wehe, deine Gefühle weichen nur ein wenig von den ihrigen ab – exaltiert! raunen sie dann! Sie rücken Tische – und nennen mich mystifizierend!!

Der Groll kommt über mich –

Aber sag mir eines, Heinrich, warum hast du all diese Dinge angesprochen, bei denen die Damen in Ohnmacht fielen? Warum hast du so über Frauen geschrieben, die über Nacht schwanger wurden, von einem unbekannten Mann? Und von den kleinen Bastarden, unehelichen, heimlichen, Kuckuckskindern, wie das Käthchen, das doch eigentlich die Tochter des Kaisers ist, aber aufwächst bei einem einfachen Mann? Und von Josephe, die ein Kind bekommt, nachdem sie, unverheiratet, nur ein einziges Mal zusammen ist, mit Jeronimo, im Garten hinter dem Kloster?

Ich weiß es nicht, es ist mir eben untergekommen.

Soso.

Manchmal habe ich mir so etwas eben vorgestellt. Erzähl mir lieber, Henriette, wie war es mit Pauline?

Pauline, mein liebes Mädchen. Rousseau hat ihr das Leben geschenkt.

Rousseau? Du machst Witze!

Nein, Heinrich, ich sage es dir. So würde ich nie mit dir reden, so redet man mit keinem Mann.

Ich saß mit meinem dicken Bauch zu Hause. Wieder hatte ich ein Kind begraben, bevor es auch nur die ersten Schrittchen gemacht, geschweige denn die ersten Worte gesprochen. Ich las die »Neue Héloïse« und auch den »Émile«, über die Erziehung. Man redete ja so vieles darüber. Ich las es mit Freuden, aus vielerlei Gründen. Es war mir Trost nach dem Tod des kleinen Ludwig, und der lange Winter brach an. Ich ging kaum hinaus. Ich las, und riesig wurden meine Augen, als ich folgende Zeile fand: Die Natur habe die weiblichen Brüste nicht zur Freude der Männer gemacht, sondern zum Ernähren ihrer Kinder. Ich klappte das Buch vor Schreck zu, als wäre es vergiftet. Schamesröte stieg mir ins Gesicht. Ich sah mich um und konnte es nicht fassen. Ich las wieder und wieder. Niemand sprach über diesen Satz!

Zehn Monate nach der Geburt des kleinen Ludwig, vier Monate nach seinem Tod, kam mein Mädchen zur Welt, Johanna Ida Pauline. Die Hebamme, die zur Entbindung kam, sah mich an und flüsterte mir ins Ohr: Wenn Sie nicht gleich wieder eins wollen, geben Sie dem Kind die Brust. Es wirkt Wunder, glauben Sie mir. Es kam mir vor wie ein Zeichen. Ich nahm meinen Mut zusammen, und tat es heimlich, ich stillte mein Kind im Geheimen! Ich entzog mich Louis, meinem Mann, so oft es ging. Ich schob ihn sanft zur Seite, wenn er sich nachts auf mich rollte. Ich wollte nicht gleich wieder schwanger sein, ich wollte ein Kind, das lebte!

Ich zählte die Tage, die Nächte, die Wochen. Pauline wurde vier Monate alt, fünf, sechs. Sie bekam ihre Zähne, sie hatte Schnupfen, ich bangte um sie, es war die gefährlichste Zeit – und sie blieb ohne Fieber. Ich begann zu hoffen, ich trug sie auf Händen. Ich gab mich Louis wieder hin. Ich war dreiundzwanzig.

Als Pauline zehn Monate alt war, starb meine Mutter, es war wieder Oktober. Ich übergab mich bei der Beerdigung hinter dem Grabstein, und am nächsten Tag auch, und drei Monate lang. Es war mir alles egal, ich sah nur Pauline und hoffte und hielt den Atem an. Als Pauline ihre ersten Schritte machte, konnte ich mich nicht fassen vor Glück.

Ich war eine andre geworden. Ich hing an diesem Mädchen, du wirst nun verstehen, wie sehr. Und doch hing alles am seidenen Faden.

Das neue Kind kam, ein Mädchen, wir nannten es Agnes Ottilie Adolphine. Pauline war eineinhalb. Ich gab mir Mühe, erneut, ihr Schwesterchen schaffte es bis Ende November, dann starb sie an schrecklichen Krämpfen. Etwas in mir zerbrach.

Pauline war zwei, ich vierundzwanzig. Ich hielt sie fest an der Hand. Nachts wusste ich nicht, wie mir helfen. Louis, noch einmal, das schaffe ich nicht. Wir zogen um, in eine schönere Wohnung, es ist die, die du kennst.

Warum muss ich an all das denken?

Vielleicht hat es damals angefangen, das Sterben*wollen*, vielleicht ist da ein Rest in mir geblieben, ein Riss, der sich niemals mehr schloss, eine Müdigkeit, von der ich mich nie mehr erholte. Immerzu hatte ich Sehnsucht danach, ich würde getragen, *von rosenroten Fingern.* Tief im Innern wuchs etwas, das ich mir selbst nicht eingestand, nicht daran denken, dann ist es nicht da, doch es wurde immer größer. Nein, gewisse Beobachtungen und Wahrnehmungen konnte ich mit niemandem teilen. Wie traurig und unnütz schien es mir, sie zu haben.

Ich habe Sehnsucht nach all meinen Kindern. Ich will euch alle wiedersehen.

Es führt kein andrer Wege
  Zu deinem Herzen hin –

Heute Nacht denke ich alle Gedanken. Ich denke die Wahrheit. Ich sage dir, jede Entfernung von dir bringt mir all diese Tode wieder. Im Augenblick des größten Glücks denke ich an mein Unglück. Ich komme nicht dagegen an. Ich habe alles erlebt. Ich brauche keine Schonung vor mir selbst. Ich weiß, wer du bist und wer ich bin. Die Ewigkeit ist ein besserer Wohnort, wir sind dort auf immer zusammen. Auch die, die mir lieb sind, mein Vater, meine Freunde, ich werde dort alle wiedersehen. Und Pauline hüte ich von dort oben. Sie ist stark, sie wird bestehen. Nun ist alles gesagt und gedacht. Es ist alles vergangen.

Du kamst, du bist da,
  und ich, ich bin: Henriette.

11

(Heinrich und Henriette, zwischen sechs und sieben Uhr)

Ich glaube, Henriette schläft.

Sie ist in ihr Zimmer gegangen, das Dienstmädchen wird bald kommen, es ist besser so, wir wollen kein Gerede.

Sie hat vor ihrem Spiegel gesessen, sie hat ihre Gedanken gedacht, und sie hat sich schließlich hingelegt, auf ihr Bett, um sich ein wenig auszuruhen. Sie hat an die Decke gesehen und zum Fenster hinaus, bald kommt der Tag, bald wird die Sonne aufgehen über dem See, und sie hat gedacht, dass sie am Ende sagen will: wir haben geliebt, so gut wir konnten. Ich liebe dich, um den Preis deiner Gedanken.

Sie versucht, die Augen zu schließen, und vermag es nicht. Sie hat sich im Bett wieder aufgesetzt. Eifersucht kommt in ihr auf. Ihr Herz rast. Sie lauscht nach nebenan.

Nein, Henriette schläft nicht.

Henriette sitzt plötzlich hinter der Tür und fühlt, dass Heinrich nicht an sie denkt. Vorhin, in diesem winzigen Augenblick der Selbstvergessenheit, vorhin, hörte sie ihn diesen Namen flüstern. Du darfst mich alle Namen nennen, flüstere sie mir ins Ohr, hatte sie gesagt, er konnte nicht sehen, dass Tränen über ihr Gesicht liefen dabei, und Heinrich, hingegeben an ihr Vertrauen, flüsterte Namen, viele Worte sagte er, doch dazwischen immer wieder diesen einen, den Namen dessen, den er nie vergaß, vollkommenes Entzücken, vollkommenes Glück, *in deinen Händen*, bis er ihre Augen küsste, bis er ganz bei ihr war, sie ansah, jetzt habe ich alle hinter mir gelassen, Henriette, jetzt gibt es nur noch dich und mich.

Und nun saß sie hinter der Tür, hockte am Boden, lehnte am Holz und spürte, dass er noch immer nicht mit diesem einen fertig war. Dass er überhaupt nicht fertig war. Immerzu lief er hin und her, auf Strümpfen, doch unüberhörbar, und Henriette hörte ihn durch das Holz hindurch murmeln, stöhnen, rufen, flüstern, bis sie plötzlich merkte, dass sie gar nichts mehr hörte. Sie schrak hoch. Sie war hellwach. Heinrich, wollte sie sagen, was ist mit dir? Sie hielt inne. Sie hatte, ihr Kleid um sich herum auf dem Boden aufgebauscht, an die Tür angelehnt gesessen. Langsam, ganz langsam, um kein noch so kleines Geräusch zu machen, verlagerte sie ihr Gewicht. Ihr linker Fuß war eingeschlafen, sie verzog das Gesicht. Sie stützte sich auf ihre Hände und schob sich hoch, sodass sie kniete. Sie lauschte. Nichts. War er aus dem Zimmer gegangen? War er am Ende doch eingenickt? Das konnte nicht sein. War sie selbst eingenickt, dass sie den Augenblick nicht bemerkte, in dem er aufgehört hatte, zu sprechen, zu stöhnen, hin und her zu gehen? Sie wusste es nicht. Ganz langsam schob sie ihren Oberkörper hoch und näherte ihren Kopf dem Schlüsselloch. Sie hielt fast ihren Atem an. Sie hatte das Gefühl, ihr Herzklopfen erfüllte die Stille, die Nacht, die Welt. Sie verlor das Gleichgewicht, fing sich und sah durch das Schlüsselloch. Entsetzt wich sie zurück! Ein Auge! Ein Auge sah sie an. Eine Täuschung! Die Übermüdung, die Aufregung – sie näherte sich wieder, sie strengte sich an, genau zu sehen.

Da war es. Heinrichs großes blaues Auge. Die Farbe sah sie nicht, es war zu dunkel, doch das Augenweiß leuchtete deutlich. Heinrich!, entfuhr es ihr. Sie schlug die Hand vor den Mund. Glück schoss ihr in den ganzen Körper, heißes, wildes, unbändiges Glück. Hastig sprang sie hoch, stolperte fast über ihren Rock, riss ungeduldig am Türdrücker, an dem er auf der anderen Seite genauso ungeduldig zerrte.

Sie fielen sich in die Arme. Sie pressten sich ganz fest aneinander. Verzeih mir, flüsterte Heinrich und vergrub sein Gesicht in ihrem Haar, bitte, liebe Jette, liebstes Wesen auf der ganzen Welt, verzeih mir ein allerletztes Mal. Henriette, außer sich, schüttelte den Kopf, schüttelte sich, nein, nein, es gibt nichts zu verzeihen, alles ist gut, mein Liebster, du bist bei mir, ich –

Er verschloss ihr den Mund mit der Hand und sah ihr zärtlich in die Augen. Seine blauen in ihren blauen, ein Himmel, weit und sanft. Nach einer Weile senkte sie die Lider. Sie lehnte den Kopf an seinen Hals, seine Schulter, er umarmte sie. Lange standen sie, und eine große weiche Müdigkeit überspülte sie wie die warme Welle eines sanften Meeres weit fort im Süden.

Die Müdigkeit einer vollendeten Lebensreise.

Dabei waren es nur die kalten schwarzen Wellen der Wannsee, die sie draußen am Ende der Nacht rumoren hörten, unruhig, schon winterlich, grausamer, als man glauben mochte, verschlingender und unberechenbarer, als es bei Tage schien.

Alles, wodurch ich hindurchgegangen bin, ist in meine Zeilen hineingekommen, ich bin durch die Welt hindurchgegangen und sie durch mich. Wenn ich schrieb, war ich, und wenn ich nicht schrieb, war ich nicht. Ich habe nichts gesucht. Alles hat mich gesucht. Ich war der Ort, an dem sich alles entfaltete, in dem sich Stimmen und Ereignisse kreuzten, Gerüche und Handlungen sich mit Gesten und Worten verbanden. Eine Art Passivität, die keine war, eine Hingabe viel mehr an dieses sonderbare, rätselhafte, beglückende Geschehen. Manchmal hat sich etwas in sein Gegenteil verkehrt: die Kälte vom Fort de Joux in die Hitze Griechenlands. Ich war niemals in Griechenland. Ich weiß nicht einmal, wie heiß es dort sein kann. Wer hat es mir gesagt, frage ich dich?

War dieser Ort, der ich war, still und verschlossen, war ich nichts.

So wie in diesem Sommer. Wenn ich durch die Straßen von Berlin lief, durch Hitze und Staub, sah mich alles fremd an: der Himmel, die Häuser, die Bäume, fremd und schweigend, und in mir war nichts. Ich hatte keine Freunde mehr, die mich hätten ablenken können. Myriaden von Welten, Myriaden von getrennten Wesen. Und dann las ich die Zeilen irgendwo, dass der Tod der erlösende Schlaf für den vom Leben Erschöpften ist, nichts anderes, wunderbar und sanft. Und ich dachte, wie ich es schon früher oft gedacht, dass es doch nichts anderes sei als dieses Hinübergehen von einem Zimmer ins andre, von diesem Zimmer hier in das deinige dort, siehst du, es ist ganz leicht, ich gehe zur Tür, ich öffne sie, ich trete über die Schwelle, von meinem Zimmer in deines, siehst du, schon bin ich bei dir ... und wieder und wieder, so wollen wir es üben, komm, Jettchen, gib mir deine Hand, die ganze verbleibende Nacht, von einem Zimmer wollen wir in das andere gehen –

Allein wollte ich es niemals tun. Vielleicht schreckte ich im letzten Augenblick zurück, verließe mich der Mut. Kennst du die ägyptischen Sarkophage? Die Gräber mittelalterlicher Herrscher? Immer sind sie dort zu zweit. Ein Mann, eine Frau. Niemals sind sie allein. Der Mensch braucht ein Du wie der Fuß einen Schuh.

Ich habe dich, Henriette,

–

und du sollst mich haben, Heinrich,

so können wir zusammen gehen, von einem Zimmer in ein anderes, so – und so – und so – –

Ich habe mich oft gefragt, was es bedeutet: Liebe oder Verlangen. Wir haben diese beiden Wörter, nicht nur wir. Die Franzosen unterscheiden ebenfalls *l'amour* von *désir*. Als ich Choderlos de Laclos zum ersten Mal las, »Die gefährlichen Liebschaften«, kannte ich dich noch nicht. Alle redeten von diesem Buch, alle kannten sich aus, nur ich war ratlos. Ich hatte mich verliebt und ich hatte geküsst, ich hatte auch lieben wollen und ich glaubte zu begehren. Aber ich wusste gar nichts von dieser physischen wilden Leidenschaft, um die sich dort alles drehte, und die Macht darüber und die Lust an dieser Macht. Ich liebte meinen Vater. Mit Liebe meine ich diese Freude, wenn ich ihn sehe, diese Sehnsucht, wenn ich ihn nicht sehe. Meine Mutter habe ich geliebt, doch es war anders, ich habe sie an ihre Traurigkeit verloren, gehörte sie ihr, durfte ich mich nicht nähern. In meinen Mann glaubte ich verliebt zu sein, doch wenn ich ehrlich bin, war es seine Liebe, die mir schmeichelte, die mich gewann. Ich hatte – ohne sagen zu können weshalb – keine großen Erwartungen. Der nächste Mensch, den ich liebte, war mein Kind.

Aber Heinrich.

Mit dir, Heinrich, ist alles anders. Du bist für mich: *L'amour qui est la mort*. Die Liebe, die der Tod ist. Unendliches Verlangen, das sich im Verlangen niemals erschöpfen wird.

Es gibt nur eine Möglichkeit, dich zu lieben. Manche werden sagen, ich sei überspannt gewesen. Ich hätte immer schon gern vom Tod gesprochen. Es stimmt, dass der Tod mich früh beschäftigt hat. Es war all das Tote in meinem Leben. Das Nicht-Leben, wenn du so willst. Ich habe es nicht begriffen, denn ich habe es nicht anders gekannt.

Andere werden sagen, ich hätte von meiner schweren Krankheit gewusst und sei deshalb vorzeitig aus dem Leben gegangen. Als hätte ich die Schmerzen gefürchtet. Was für eine Unterstellung. Die Menschen neigen gern dazu, den anderen die eigenen Empfindungen anzudichten. Was soll's. Der Arzt hat einmal so gesagt und einmal anders. Seiner werten Ansicht nach könnte ich noch zwischen drei Monaten und dreißig Jahren leben, mit ständig zunehmenden Schmerzen oder einigen erträglichen oder keinen. Auf diese Erkenntnisse mein Leben bauen? Es interessiert mich nicht.

Heinrich. Ich stehe an der Tür, die zwischen deinem und meinem Zimmer hängt. Die der Zimmermann, der uns nicht kennt, dort eingerichtet hat, um Menschen voneinander zu trennen, die sich nicht kennen. Heinrich, ich kenne dich. Ich lege mein heißes Gesicht an dieses spröde Holz und fühle dich auf der anderen Seite. Ich möchte bei dir sein, für immer. Es ist mir gleich, ob du auch noch an einen anderen denkst. Ich möchte dich nicht stören. Ich weiß, dass du mit einigem noch nicht fertig bist. Ich warte. Es fällt mir schwer, und zugleich möchte ich dir mein Warten schenken. Du sollst es wissen. Ich –

liebe dieses Warten auf dich. Mein Heinrich.

Es war nicht immer so, es ist nur jetzt so.

An manchen Tagen war es unerträglich. Ich lief in unserer Wohnung umher und biss mir in die Hände. Ich presste meine Fäuste gegen meine Schläfen und wollte mir befehlen, hör auf, und zugleich schrie ich in meinem Kopf: Hör niemals auf!

Wenn du dann kamst, war ich ganz sanft, ich war ganz erschöpft von meinem Warten und ohne Erwartung. Ich war nur glücklich, dass du da warst. Ich war wie die Sonne, die aufgeht, wie der Wind, der sich manchmal überraschend auf dem Paradeplatz erhebt, wenn gerade noch kein Lüftchen wehte, wie der Regen, der fällt ohne zu fragen. Und du warst es auch. Du meine Sonne, mein Regen, mein Wind. Ich stand nun nachts manchmal am Fenster und sah nach den Sternen über der Stadt.

Du hast mir nichts als Schwäche gedeutet, wie andere es getan haben, um mir dann umso ärger wehzutun. Dir galt gar nichts als Schwäche, du hast mich verwundert angesehen, ja, gäbe es denn eine, so müsste ich sie doch achten, oder nicht? Ich war ein vernünftiger Mensch, seit ich mich erinnern kann. Du hast mich gelehrt, ohne Vernunft zu sein, und ich habe dadurch eine größere begriffen. Ich weiß nicht, ob du das verstehen kannst, aber ich glaube, mein lieber Freund, dass du alles verstehen kannst. Wer sonst.

Ich liebe deine Traurigkeit, Heinrich, sie ist dir in die Seele gesenkt wie eine große Schönheit, wie der weiteste Himmel, den ich kenne, wie die Vögel, die über ihn hinweg fliegen in ferne Länder, und du lässt mich darin dir nahekommen, du stößt mich nicht fort. Ich lege mich in deine Traurigkeit hinein, und sie trägt mich. Liebster.

Wir legen unsere Namen ab wie all die Gefühle unseres Lebens, die wir noch einmal durchwandert haben in dieser letzten langen Nacht. Die unerfüllten Sehnsüchte, die erfüllten Augenblicke. Am Ende ist das Leben nur das. Henriette von Kleist werde ich niemals heißen. Ich will nur Henriette sein.

Sag mir, dass du mich liebst, Heinrich, sag es mir ein einziges Mal.

Wir können uns nicht mit allem versöhnen, glaube mir das.

Es heißt, dass die, die zusammen in den Tod gehen, auch in der Ewigkeit zusammen bleiben. Es ist alles mehr als rätselhaft. Die Seele verlässt die sterbliche Hülle, sagt die Kirche, doch am Tag des Jüngsten Gerichts werden wir auferstehen mit unseren Körpern. Wozu eigentlich? Das sagt uns keiner.

12

Der Morgen, er geht uns nichts an. Wir wollten die Nacht wissen, die letzte Nacht dieser beiden. Die Nacht endet, wenn es hell wird, morgens um halb sieben, sieben. Henriette hat den Türdrücker aus der Tür zu Heinrichs Zimmer gezogen und wird das Dienstmädchen kommen lassen. Es geht das Mädchen nichts an, wie oft sich diese Tür geöffnet oder geschlossen hat, in dieser Nacht. Sie kam ja einmal, mit dem Kaffee um vier, nicht der Mann, der den Ofen eingeheizt hat und den letzten Rum gebracht hatte, und den Kaffee vor Mitternacht. Sondern sie. Verschlafen, verquollen, mürrisch, was müssen die Leute nachts um vier Kaffee trinken? Henriette trug noch das graubraune Kleid, inzwischen hat sie es ausgezogen, natürlich, sie hat sich ausgeruht, und nun macht sie sich bereit, für den neuen Tag, für den letzten Tag in ihrem Leben. Kaltes Wasser ist in der Waschschüssel, recht so, es wird sie munter machen, sie wird ein wenig Farbe in die Wangen bekommen, es macht ihr nichts aus. Sie hat sich abgerieben und getrocknet. Sie hat die Unterbeinkleider angelegt, das feine weiße Hemdchen, die dünnen Strümpfe aus Baumwolle, ihre besten, fast wie neu. Sie hat sie mit den schwarzblauen Strumpfbändern befestigt und noch einmal zärtlich über die Seide gestrichen, aus der sie sie genäht hat. In ihrem neuen Leben wird sie keinen Trost mehr in solchen Dingen suchen müssen, sie nimmt Abschied, sehr schön, sehr gut, so ist es recht. Sie schlüpft in das Batistkleid und setzt sich an den Tisch vor den Spiegel. Das Mädchen wird ihr mit dem Schnüren helfen, das Haar bürstet sie sich allein, sie will es offen tragen, an ihrem letzten Tag. Wenn sie fertig angekleidet sein wird, wird sie ihre letzten Anweisungen zu Papier bringen. Sie hat lange wach gelegen, bevor sie sich erhoben und nach dem Mädchen geklingelt hat. Sie ist in Gedanken die Worte durchgegangen und die Sätze. Hat sie an alles gedacht? Ist für alles gesorgt?

Heinrich unterdessen hat sich über seinen Tisch gebeugt und kratzt mit der Feder seinen letzten Brief an Marie zu Ende und dann doch noch einen allerletzten an Ulrike. Er setzt an, er schreibt, er murmelt, er knurrt, er knüllt das Papier zusammen, er zerreißt es. Verflucht noch einmal! Wozu?

Ich sage dir wozu. Und du weißt es.

Immer dieser Rechtfertigungszwang.

Lass es doch so sein, wie es ist.

Ich will –

Du willst ihnen gerade in die Augen blicken. Wenn ihr euch wiederseht.

Stille.

Du hast recht, Jette, wie immer hast du recht.

Eintausenddreihundertzwölf Schritte. Einhundertneunundneunzig Jahre. Zähl sie weiter, Jahr um Jahr.

Ist das die Ewigkeit?

Die letzten Stunden sind eine Ewigkeit.

Sie haben sich alles genau überlegt.

Mittags kommt der Postbote; ihm geben sie die Briefe an Louis und an Ernest Frédéric Peguilhen, in denen die beiden aufgefordert werden, schnell nach Potsdam zu kommen, zum Gasthof Stimming. Der Bote braucht drei bis vier Stunden, das wissen sie, und trotzdem springen sie alle naslang zum Wirt herunter und fragen, wann wird der Bote in Berlin sein? Möchten die Herrschaften noch eine Bouillon? Nein, wir möchten keine Bouillon. Doch, ich möchte doch eine Bouillon. Henriette. Henriette ist so aufgeregt, sie verbrennt sich die Lippen an der heißen Brühe. Der Zeiger rückt vor. Nein, das Mädchen soll die Zimmer nicht machen. Noch einmal hinuntergelaufen, noch einmal hinauf. Heinrich hat sich gewaschen, aber er ist nicht rasiert, er lässt sich doch sonst vom Barbier rasieren, ach herrjeh, schreib doch schnell noch an Peguilhen, ich bitte dich, ich schulde dem Barbier noch einen Thaler, für den laufenden Monat. Ach nein, lass nur, ich schreibe gleich selbst noch ein paar Zeilen an ihn. Heinrich zerrt nervös an seiner Halsbinde. Er hat sich halbwegs ordentlich gekleidet. Genauso wie gestern eigentlich, mit dem braunen Überrock aus Tuch und den langen grauen Hosen. Nur die weiße Weste aus Mousseline hat er sich frisch angetan, als Zeichen für diesen besonderen Tag. Henriette, du siehst so schön aus in deinem blauen Mantel, ich schäme mich ein bisschen neben dir.

Ich bitte dich, Heinrich! Was tut das schon? Und sie streicht ihm liebevoll über die weichen Stoppeln. Sie küsst ihn.

Sie geht noch einmal in ihr Zimmer. Sie arrangiert noch

einmal die Sachen ein wenig anders. Sie schlägt das Buch von Klopstock, die Oden, auf der Seite auf, auf dem das Gedicht über »*Die todte Clarissa*« steht. Sie überfliegt es ohne zu lesen. Sie legt es ein wenig schräg auf den Nachtschrank. So ist es gut. Die leeren Flaschen hat sie mit den Tellern und Bechern, Messern und Gabeln in ihre Reisetasche gepackt. Der Korb mit den Pistolen wartet, das Tuch verdeckt sie. Sie geht hinüber in Heinrichs Zimmer. Das Holzkästchen mit dem Schlüssel für den Koffer zu Hause steht auf dem Tisch, daneben auf dem Stuhl lehnt das schwarze Felleisen. Alles ist aufgeräumt. Das Paradies ihrer letzten Nacht. Ihr wird sonderbar, ein wenig flau, ihr wird sentimental. Der Aufschub ist der Dieb der Zeit. Wenn es so wäre. Sie rückt sein Felleisen gerade, das Kästchen mit den Briefen. Einen winzigen Moment möchte sie stehen und die Augen schließen. Die Hitze schießt durch ihren Körper.

Wann wird der Bote in Berlin sein? Wann? Heinrich, nicht mehr lange!

Die Dame, der Herr, möchten die Herrschaften vielleicht einen Spaziergang zur Pfaueninsel unternehmen?

Langwierig und umständlich erklärt der Gastwirt, Johann Stimming, dem sonderbaren Paar den Weg, die Dinge, die es dort zu sehen gibt. Sie nicken artig, machen aha, so, ja, und sind recht nervös. Sie schubst ihn an, er zupft an ihrem Ärmel. Johann Stimming gibt es seufzend auf. Sie möchten den Spaziergang gar nicht machen. Verkohlen kann ich mich alleine, denkt er und zieht brummend ab.

Hinauf ins Zimmer, hinunter.

Wann ist der Bote in Berlin?

Heinrich rennt noch einmal hinauf, packt seinen »Don Quixote« aus dem Felleisen und legt ihn auf seinen Nachtschrank. Beim toten Werther fand man »Emilia Galotti«. Ein jeder, was ihm gefällt. Der Ritter ohne Furcht und Tadel. Nein, doch lieber zu den Sachen auf dem Tisch. Oder nicht? Ach, es ist ja ganz egal! Wie viel er doch erlebt hat! Und ganz plötzlich und genauso flüchtig denkt er an die Rosen von Besançon, wie sie geleuchtet haben, und von wie vielen Zimmern er aufgebrochen ist, im Laufe seines Lebens –

Sie hüpfen im Hof des Gastwirts Stimming hin und her. Keiner versteht ihr Spiel. So und so und so. Es ist ganz einfach, siehst du? Von einem Zimmer in das andere. So, und so, und jetzt hier, und noch einmal, so. Herrlich, ruft Henriette, mein Kindchen, ruft Heinrich.

Es ist Nachmittag, vielleicht Viertel nach zwei. Die blasse Novembersonne strahlte vorhin einen Augenblick auf, vielleicht um eins, und plötzlich schlägt das Wetter um. Wolken kommen gezogen, milchig wird es über dem See. Schneeluft, denkt der Tagelöhner Riebisch und sieht ein paar Vögel am Himmel ziehen. Ihn fröstelt.

Heinrich und Henriette. Er vierunddreißig, sie einunddreißig. Er ledig, sie verheiratet, ein Kind.

Der Gastwirt Stimming sieht sie hüpfen und springen und hört sie einander Kosenamen rufen, wie ein Liebespaar.

Wieso eigentlich *wie*?

Weil Adam es so wollte. Weil Adam das Gerücht in die Welt gesetzt hat, Fuchsschleifer und Feigling, dass es zwischen Heinrich und Henriette, *der Dame Vogel*, keine Leidenschaft gegeben habe. Dass sie kalt gewesen wären gegeneinander. Dass die Madame Vogel überhaupt *froide comme une grenouille* gewesen sei, wie ein Frosch so kalt. Und alle Welt hat es geglaubt. Von einem Zimmer in das andere, von dir zu mir und von mir zu dir. Wie nennst du diese Leidenschaft? Blöder Adam, das hast du dir so gedacht, was? Dass ich dir das abnehme, so wie du damals behauptest hast, Heinrich sei in Prag in einem Spital verstorben, und alle waren traurig, und du hast gedacht, du wärst ihn los? Und kurze Zeit später stand er lachend in der Tür, mit Dahlmann? Zu Fuß waren sie zurückgekehrt, gelaufen von Prag nach Dresden, etwas heruntergekommen, aber putzmunter und gesund.

Deshalb, mein lieber Adam, die letzten Briefe, an Sophie, für dich nur ein paar schöne Grüße. *Es hat seine Richtigkeit, dass Jettchen und ich, wir zwei trübsinnige, trübselige Menschen, die sich immer ihrer Kälte wegen angeklagt haben, von ganzem Herzen liebgewonnen haben, und der beste Beweis davon ist wohl, dass wir nun miteinander sterben –*

Komm, Heinrich, wir wollten doch noch so viele Briefe schreiben! Es ist schon recht spät, wir müssen beginnen!

Du hast recht, Henriette, wir wollen gleich um Papiere bitten und –

Kaffee!

Wie ein Liebespaar –

Wieso eigentlich *wie*?

Weil Marie es so wollte. Weil Marie, die alte Schachtel, eifersüchtig war auf *Madame Vogel* und ihr Geltungssucht unterstellte, sie ihr in die Schuhe schob, hach, eine *Bürgerliche!* (die sie selber einmal war), *eine ruhmsüchtige eitle Närrin* – so, Marie, auch für dich noch einen Brief, in dem ich dir überdeutlich sagen möchte, dass Henriette mich auf Erden glücklich machen könnte, dass sie alles dazu in den Händen hat, was es dazu bräuchte, und dass ihre Seele reif und mutig ist wie ein Adler – mutiger als deine Seele vor allem, Marie.

Komm, Heinrich, wir wollten doch noch so viele Briefe schreiben! Es ist schon recht spät, wir müssen beginnen!

Du hast recht, Henriette, wir wollen gleich um Papiere bitten und –

Kaffee!

Wie wie wie ---

Wozu sonst eine letzte gemeinsame Nacht? Sag? Sie hätten doch auch in einem Zimmer am Gendarmenmarkt die Pistole zücken können, oder?

Nächte, süße Nächte.

Komm, Heinrich! Es ist schon recht spät und –

Und jetzt hat das mutige Wesen Henriette einen tollen Einfall: Ich halt's nicht mehr hier aus, Heinrich, komm, lass uns schon ans Wasser gehen, bitte, wir trinken den Kaffee am See! In die Küche laufen, mit der Wirtin sprechen, schnell, bald wird es dunkel, bald ist der Bote in Berlin, unsere Zeit hier ist bald vorbei, schnell, einen schönen Kaffee, dort drüben am See. Es ist doch nicht weit? Neunhundert Schritte vielleicht?

So viel Kaffee. Das Mädchen stöhnt. Sie ist müde von der letzten Nacht. Sie möchte auch gern einen Kaffee. Doch der Kaffee ist teuer, er ist nichts für sie. Sie dreht die Mühle zwischen ihren Knien. Sie hört die Bohnen, die zerquetscht werden. Sie zieht den Duft ein, sie genießt ihn. Die Wirtin, Frau Friederike, gießt das Wasser selbst in das Kännchen. Das mittelgroße, zwei Portionen. Das Kännchen Milch dazu. Zucker in einer Dose aus Porzellan.

Frau Riebisch soll den Kaffee hinuntertragen, ihr Mann möge ihr helfen mit Tisch und Stühlen. Herr Riebisch wird sich wundern, wir wissen es. Er wird sich am Kopf kratzen. Er wird ein bisschen ungehalten sein. Im Hühnerstall. Der gnädige Herr schüttet Rum in den Kaffee, und er muss Tisch und Stühle schleppen, im November, an den See. Gleich wird es dunkel, was soll der Unsinn?

So, Henry and I
We walked down the lane
The weather was fine
For a november day

Noch im Alter wird der Tagelöhner Riebisch mit seiner Frau über diesen Tag sprechen. Auch ihre Kinder werden davon erzählen, und vermutlich auch die Enkel. Wie er mit seiner Frau Tisch und Stühle aufstellte, auf den schmutzigen Boden, unter den Kiefern, und wie die fremde Dame seine Frau einlud, die Milch zu trinken, die sie nicht brauchten. Wie er staunte, als sie es wirklich tat. Wie die beiden Leute sich lustig machten über sie und lachten, sie habe einen rechten Milchbart, wie entzückend! Wie er mit seiner Frau zum Gasthof zurückkehren wollte und seine Frau dem fremden Herrn aber dann noch einen Bleistift bringen sollte. Wie sie ihn brachte, allein, und das Geld für den Kaffee in Empfang nehmen sollte, am See. Wie sie fortging. Zur Chaussee, ihr wurde schon heiß vom vielen Hin und Her. Wie sie zwei Schüsse hörte, erst einen, dann noch einen, Vögel flatterten auf, und sich nichts dachte, was ihr Mann bis zuletzt bezweifelt hat. Wie sie dann doch zurücklief, zu dem kleinen Hügel am See, in der Dämmerung. Was sie dann sah.

Die letzte Zeugin, die Frau mit dem Milchbart.

Henriette und Heinrich laufen zum See hinab. Sie werfen Steinchen ins Wasser. Sie lachen. Sie rufen einander Herzliebchen und Kindchen. Henriette schwenkt ihren Korb. Das weiße Leinentuch, inzwischen nicht mehr ganz so glatt, und nicht mehr ganz so sauber, verdeckt den Inhalt. Zwei kleine, zur Sicherheit, eine große, blank geputzt, geladen.

Komm, Heinrich, wir wollten doch – Es ist schon recht spät, wir müssen beginnen!

Du hast recht, Henriette, wir wollen gleich um einen Bleistift bitten und –

Kaffee!

Kaffee, und ein kleines bisschen Rum. Gib mir noch ein kleines bisschen Rum. Haben wir nicht schon genug getrunken? Ja, du hast recht. Also gut. Keinen Rum mehr. Aber einen Bleistift! Sehr wohl. Einen Bleistift? Was soll denn das? Pscht. Wir haben es doch ausgemacht, hast du es denn schon vergessen? Damit die gute Frau fortgeht, aber bald wiederkommt. Damit sie uns hier findet. Ach so, ja, entschuldige, ich habe es vergessen. Wir haben sie doch schon nach Kaffee und Milch geschickt. Die Arme, sie rennt ja nur noch hin und her. Wie sie die Tasse mit der Milch leer getrunken hat! Sie hatte einen richtigen süßen kleinen Milchbart, wie ein Kind! Hör auf damit, sonst schlag ich dich! Sei leise! Komm jetzt, sonst kommt sie zurück, und ich muss mir noch etwas einfallen lassen. Es wird ja auch schon bald dunkel. Nichts sagen. Komm.

Sieh mal, wie schön der See jetzt aussieht, im letzten Tageslicht! Sieh mal!

Heinrich und ich liefen zum See hinab. Das Wetter war schön, für einen Novembertag. Ich trug mein weißes Kleid und meinen leuchtend blauen Mantel.

Am Horizont, Richtung Potsdam, haben sich bleigraue Wolken versammelt, sie ziehen heran, breiten sich aus. Der Tag ist deutlich kühler als der letzte, das Licht hat sich verändert: von der Erinnerung an den Herbst ist es übergegangen zum beginnenden hellen Winterlicht. Die knorrigen Äste der Bäume, das Ufer gegenüber, die Krähen, alles gestochen scharf, schwarz.

Vielleicht riecht es sogar nach Schnee.

Vielleicht wäre es schön, wenn es anfangen würde zu schneien. Wenn man sie finden würde, auf einer weißen Fläche, sie, in ihrem leuchtend blauen Mantel, sie, in ihrem weißen Kleid. Von Weitem wird der Einschuss kaum zu sehen sein, talergroß, er wird den Stoff versengen, an den Rändern, ein wenig Blut daran – unterhalb des Herzens, soll ich dir die Stelle zeigen?

Gelernt ist eben gelernt.

So, setz dich hin. Mir gegenüber. Deine Beine nehme ich in das geöffnete V meiner Beine. Sieh mich an.

Ich seh dich an. Heinrich. Liebster.

Ich seh dich an. Henriette.

Der Boden, auf dem ich sitze, fühlt sich kalt an, es macht nichts, es wird nicht lange dauern. Ich höre den Wind in den Wipfeln der Kiefern flüstern. Ich sehe deine hellblauen Augen. Ich bete ein letztes stilles Gebet, sekundenlang, ich falte meine Hände, ich presse sie aneinander, Liebster, ich sehe über die Oberfläche des Sees, er ist silbern, darüber dieser Himmel, der sich gleich auf uns senken wird, mit seinem taubengrauen Kleid, er wird mich umarmen, es wird ein schöner Augenblick – und dann – wir sehn uns wieder in der Ewigkeit, nicht wahr, mein Liebster, Heinrich –

Ich seh dich an. Ich sehe in deine blauen Augen mit den hübschen dichten Wimpern. Ich werde mich beeilen müssen, aber ich will diesen Moment nicht vorzeitig beenden, damit ich dich sehe, wenn du dein Versprechen einlöst, deine Augen, wenn sie sich kurz nach oben drehen, wie in den Momenten tiefer Lust, ich werde in diesem Augenblick den Lauf in meinen Mund schieben, wenn dein Körper sich nach oben strecken wird, und bevor du nach hinten fallen wirst, aus dem Sitzen, werde ich es tun, denn ich will zuletzt in dein Gesicht sehen, Jette, mit der weißen, narbigen Haut, das letzte Licht des Tages wird sie unnatürlich leuchten lassen, dann siehst du am schönsten aus, ich werde da sein, ich habe es dir versprochen, gleich, ja, schnell, so ist es gut, so –

Nachtrag

Henriette und Heinrich wurden am Kleinen Wannsee in zwei Särgen, aber in einem Grab beigesetzt, über dessen exakte Position sich die Gelehrten streiten. Anders als Heinrich es sich gedacht hatte, gab ihnen ein Geistlicher Geleit; er verlangte für Heinrichs Beerdigung 5 Reichsthaler und 6 Groschen und für Henriettes 2 Reichsthaler und 21 Groschen.

Louis weigerte sich, den Leichnam seiner Frau anzusehen; er schickte den Tagelöhner Johann Riebisch, eine Haarlocke für ihn abzuschneiden. Ein halbes Jahr nach Henriettes Tod heiratete er die verwitwete Geheimrätin Julie Eberhardi; drei Jahre später bekamen sie eine Tochter.

Pauline blieb bei ihrem Vater. Sie wurde zweiundneunzig Jahre alt. Sie heiratete und bekam drei tüchtige Söhne und zahlreiche Enkel. In ihrem Kalender notierte sie Geburtstag und Tod »ihres lieben geliebten Herrn Vater«, den ihrer »Mutter« vermerkte sie, ganz ohne Beiwort.

Ernst wurde 87 Jahre alt. Er wurde Kriegsminister von Preußen und führte den Schwimmunterricht beim Militär ein. Zeit seines Lebens äußerte er sich diskret und voller Achtung über Heinrich, seinen Freund.

Marie verteidigte ihren Freund, verbrannte aber etliche Briefe.

Toussaint L'Ouverture erhielt im Fort de Joux ein Denkmal sowie eine Gedenktafel in seiner Zelle. Zu seinen Ehren vergibt die UN seit 2004 die Toussaint L'Ouverture Medaille, für besondere Verdienste gegen Hegemonie, Rassismus und Intoleranz.

Haiti wurde während der Fertigstellung dieser Erzählung von einem entsetzlichen Erdbeben heimgesucht.

Émile Liberté verschwand, ohne jede Spur.

Henriette erhielt erst im Jahr 2003 einen kleinen Grabstein neben dem großen von Heinrich, am Kleinen Wannsee zu Berlin.

Heinrich ist heute einer der meistgespielten, meistgelesenen und einflussreichsten Autoren der Welt.

Berlin-Wannsee, Januar 2010

Ich danke Horst Häker (Berlin) und Hans Christoph Buch (Berlin/Haiti), deren Wissen mir manchen Weg verkürzte.

Anmerkungen

1 *Seinem Affen Zucker geben:* ausgelassen sein, im Rausch lustig sein, seiner Neigung nachgehen, seiner Eitelkeit frönen. Röhrich, Lexikon der sprichwörtlichen Redensarten.
2 Kreolisch, etwas abweichend vom Französischen *vivre libre ou mourir.*
3 so übersetzte Heinrich Mann die »Gefährlichen Liebschaften«
4 Warum nur ist ein Wunsch
uns mehr wert als eine Krone?
Und warum, einmal erfüllt,
ist er das Grab unsres Glückes?

Tanja Langer im dtv

»Im Chaos der Sinne:
Gefühlsverwirrungen sind Tanja Langers Leitmotiv.«
Madame

Cap Esterel
Roman

ISBN 978-3-423-**13379**-1

Michel hat Erfolg: als Architekt und bei den Frauen. Und er hat Angst vor Schwimmbädern und vor der Liebe. Eine Reise an die Côte d'Azur weckt Stimmen in ihm – die Stimmen zweier Frauen, die sein Leben berührt haben.

Kleine Geschichte von der Frau, die nicht treu sein konnte
Roman

ISBN 978-3-423-**13658**-7

»... ein Roman über die Liebe ..., der ohne Klischees und Kitsch auskommt. In einer schlichten, doch packenden Sprache wird das Phänomen Liebe in all seinen Facetten gezeigt.« (Westdeutsche Zeitung)

Wir sehn uns wieder in der Ewigkeit
Die letzte Nacht von Henriette Vogel und Heinrich von Kleist
Erzählung

ISBN 978-3-423-**13981**-6

Am 21.11.1811 erschoss Heinrich von Kleist am Kleinen Wannsee zuerst Henriette Vogel und dann sich selbst. Tanja Langer erzählt, was in der Nacht davor passiert sein könnte.

Nächte am Rande der inneren Stadt
Roman · dtv premium
Mit Zeichnungen der Autorin

ISBN 978-3-423-**24659**-0

Sie sind jung, erleben Leidenschaft, Abhängigkeit, Lust und Angst. Konrad liebt Eva, aber Eva liebt Jackson. Auch Robert liebt Eva und Eva verfällt ihm. Ein Buch über Sex und Liebe und das, was wir dafür halten.

Heinrich von Kleist im dtv

»Was er mit unbeweglicher Miene vorbringt, sind Neuigkeiten, unerhört; die Spannung, in der sie den Leser halten, hat etwas unheimlich Spezifisches.«
Thomas Mann über Heinrich von Kleist

Sämtliche Werke und Briefe
Gesamtausgabe in einem Band
Hg. v. Helmut Sembdner
ISBN 978-3-423-12919-0

Sämtliche Erzählungen und Anekdoten
Hg. v. Helmut Sembdner
ISBN 978-3-423-12493-5

In der Bibliothek der Erstausgaben:

Herausgegeben von
Joseph Kiermeier-Debre

Michael Kohlhaas
ISBN 978-3-423-02604-8

Penthesilea
ISBN 978-3-423-02640-6

Die Marquise von O …
ISBN 978-3-423-02649-9

Klassiker der deutschsprachigen Literatur im dtv

Bettine von Arnim
Goethe's Briefwechsel mit einem Kinde
Hg. v. Wolfgang Bunzel
ISBN 978-3-423-13719-5

Dies Buch gehört dem König
Hg. v. Wolfgang Bunzel
ISBN 978-3-423-13720-1

Vom Herzen in die Feder
Lebensspuren im Briefwechsel
Hg. v. Sibylle von Steinsdorff und Ulrike Ehmann
ISBN 978-3-423-13721-8

Georg Büchner
Werke und Briefe
Neuausgabe
Hg. v. Karl Pörnbacher u.a.
ISBN 978-3-423-12374-7

Alfred Döblin
Berlin Alexanderplatz
Die Geschichte vom Franz Biberkopf
Roman
ISBN 978-3-423-00295-0

Theodor Fontane
Effi Briest
Roman
Hg. v. Helmuth Nürnberger
ISBN 978-3-423-12499-7

Der Stechlin
Roman
Hg. v. Helmuth Nürnberger
ISBN 978-3-423-12552-9

Theodor Fontane
Cécile
Roman
Hg. v. Helmut Nürnberger
ISBN 978-3-423-14000-3

Irrungen, Wirrungen
Roman
dtv AutorenBibliothek
ISBN 978-3-423-19137-1

Johann Wolfgang von Goethe
Werke
Hamburger Ausgabe in 14 Bänden
Hg. v. Erich Trunz
ISBN 978-3-423-59038-9

Johann Peter Hebel
Die Kalendergeschichten
Sämtliche Erzählungen aus dem Rheinländischen Hausfreund
Hg. v. Hannelore Schlaffer
ISBN 978-3-423-13861-1

Heinrich Heine
Sämtliche Schriften
Gesamtausgabe in 6 Bänden
Hg. v. Klaus Briegleb
ISBN 978-3-423-59074-7

Georg Christoph Lichtenberg
Sudelbücher I
Sudelbücher II,
Materialhefte und Tagebücher
Register zu den Sudelbüchern
Gesamtausgabe in 3 Bänden
Hg. v. Wolfgang Promies
ISBN 978-3-423-59075-4

Klassiker der deutschsprachigen Literatur im dtv

H. J. Chr. von Grimmelshausen
Der Abenteuerliche Simplicissimus Teutsch
Hg. v. Alfred Kelletat
ISBN 978-3-423-**12379**-2

E. T. A. Hoffmann
Die Elixiere des Teufels
Roman
Mit einem Nachwort von Gerhard Hay
ISBN 978-3-423-**12377**-8

Lebens-Ansichten des Katers Murr
Roman
Mit einem Nachwort von Peter Härtling
ISBN 978-3-423-**13473**-6

Heinrich von Kleist
Sämtliche Werke und Briefe
Hg. v. Helmut Sembdner
ISBN 978-3-423-**12919**-0

Sämtliche Erzählungen und Anekdoten
Hg. v. Helmut Sembdner
ISBN 978-3-423-**12493**-5

Gotthold Ephraim Lessing
Werke in drei Bänden
Hg. v. Herbert G. Göpfert
ISBN 978-3-423-**59059**-4

Friedrich Schiller
Sämtliche Werke in 5 Bänden
Hg. v. Peter-André Alt, Albert Meier und Wolfgang Riedel
5 Bände in Kassette
ISBN 978-3-423-**59068**-6

Arthur Schnitzler
Therese
Roman
ISBN 978-3-423-**13703**-4

Johann Gottfried Seume
Spaziergang nach Syrakus
Hg. v. Albert Meier
Illustr. v. Karl-Friedrich Schäfer
ISBN 978-3-423-**12378**-5

Aus meiner Welt
Ein Spaziergang
Hg. v. Heide Hollmer
ISBN 978-3-423-**13888**-8

Adalbert Stifter
Sämtliche Erzählungen nach den Erstdrucken
Hg. v. Wolfgang Matz
ISBN 978-3-423-**13369**-2

Witiko
Roman
ISBN 978-3-423-**13954**-0

Georg Trakl
Das dichterische Werk
Hg. v. Walther Killy und Hans Szklenar
ISBN 978-3-423-**12496**-6